April. Mai. Tot.

Georg von Andechs ist das Pseudonym des Kriminalbeamten Jörg Ziemer, der seit über fünfundzwanzig Jahren in seiner Heimatstadt Duisburg Verbrechern das Handwerk legt – mal mit mehr, mal mit weniger Erfolg. Seine dienstlichen Eindrücke und Erfahrungen verarbeitet er in seinen Büchern. Hauptsächlich bekannt ist er in Duisburg und Umgebung durch seine gesangliche Tätigkeit als Solotenor des Duisburger Polizeichores und des Vokalensembles »Restroom Singers«. Jörg Ziemer ist in zweiter Ehe verheiratet und Vater von vier Kindern.

April.

Mai.

Tot.

**Ruhrgebietskrimi
von
Georg von Andechs**

Bibliografische Information der Deutschen Nationalbibliothek
Die Deutsche Nationalbibliothek verzeichnet diese Publikation in der deutschen Nationalbibliografie, detaillierte biografische Daten sind im Internet unter http://dnb.dnb.de abrufbar

Herstellung und Verlag
BoD – Books on Demand, Norderstedt
ISBN: 9 783 746 089331

Disclaimer:

Die handelnden Personen, ihre Namen, Handlungen, Aussagen und Einstellungen und geschilderten Ereignisse entspringen ausschließlich der Fantasie des Autors, könnten aber durch tatsächliche Personen und Ereignisse inspiriert worden sein.

Gewidmet den Menschen, die durch ihre Worte oder Handlungen zum Entstehen dieses Buches beigetragen haben.

Danke dafür.

Prolog
Jetztzeit

„Nein, das mache ich auf keinen Fall!"

Klaus Heppner verschränkte die Arme und sah so trotzig drein, dass seine Frau Marion lauthals lachte. Ganz recht: seit etwa 14 Tagen stand in ihrem Personalausweis Marion Heppner geborene Paschen, und obwohl sie bei der Anmeldung im Hotel in Lazise am Gardasee noch unwillkürlich mit ihrem Mädchennamen unterschrieben hatte, gewöhnte sie sich jetzt an den neuen Zustand.

„Ach Klaus, nun hab dich doch nicht so", versuchte sie ihren Liebsten umzustimmen. „Das machen doch alle Männer, die hierherkommen." Ihr Mann zog einen Flunsch. „Das macht die Sache aber nicht besser. Wenn alle Männer plötzlich anfingen von Brücken zu springen würdest du auch nicht sagen ‚Mach den Quatsch mit'. Nee, nicht mit mir."

„Vielleicht doch, denn nach der Sage bringt das Glück, und es ist auch nichts Anderes, als in Auerbachs Keller in Leipzig den Fuß von Doktor Faust anzufassen." – „Ein Fuß ist aber kein sekundäres Geschlechtsteil. Außerdem ist das Stück dort viel zu kalt und zu abgegriffen." Er deutete auf die Bronzeskulptur einer jungen Frau, deren rechte Brust im Gegensatz zum übrigen Körper keinerlei Spuren von Patina aufwies. „Nein, da kenne ich etwas Wärmeres, Lebendigeres." Er grinste anzüglich, und Marion errötete.

Das Ehepaar Heppner befand sich natürlich in Verona, genauer gesagt im Hinterhof des Hauses der Familie Capulet, und betrachtete die Statue der Julia. „Dann eben nicht, du Spielverderber", knurrte Marion, durch die Worte ihres Mannes schon wieder halb besänftigt. Klaus Heppner legte seinen Arm um ihre Taille und schob sie vorsichtig an den hereindrängenden Touristen vorbei aus dem Hofeingang. Sie schlenderten langsam an den Filialen der teuren italienischen Modegeschäfte vorbei, und Marion blieb vor der Auslage von Gucci stehen, während sie betrachtend den Kopf an die Schulter ihres Mannes legte.

„Unglaublich", murmelte sie. „Alles sieht richtig toll aus, aber nur so lange es von Size Zero-Models getragen wird, die wie ein Teenager aus einer Hungerregion aussehen." – „Ja genau", grinste ihr Mann, der zu Marions Verblüffung unvermittelt schallend zu lachen begann.
„Jetzt weiß ich wieder, warum ich Julias Brust nicht streicheln wollte. Ich wollte keinen Ärger mit meinen Kollegen von der Sitte bekommen, denn laut Shakespeare war sie bei der Heirat mit Romeo Montague erst dreizehn…"

Marion knuffte ihn lachend in die Seite. „Na klar, wer keine Ausrede kennt, wird erschossen." Sie schlenderten weiter, bis sie zum großen Platz kamen, den das Denkmal von Vittorio Emanuele, dem ersten König Italiens nach der Wiedervereinigung im 19. Jahrhundert zierte. Marion blickte sinnierend auf das Reiterstandbild und versuchte, ihren Mann mit historischen Kenntnissen zu beeindrucken.

„Wusstest du eigentlich, dass die italienischen Revolutionäre um Garibaldi den Schlachtruf ,Verdi' auf den Lippen trugen? Damit meinten sie aber nicht den Opernkomponisten, sondern ,Vittorio Emanuele, Rei d'Italie."" Heppner verzog das Gesicht. „Verschone mich bloß mit Opern und klassischer Musik. Es genügt schon, wenn ich mir einmal im Jahr mit dir das Weihnachtskonzert des Polizeichores anhören muss. Das reicht dann für meinen Kulturbedarf."

„Und mit so einem Banausen mache ich meine Hochzeitsreise ausgerechnet in eine Opernstadt", lachte Marion und deutete auf die Arena, die sich im Hintergrund des Platzes gegen den Abendhimmel abhob. Die Pforten hatten sich bereits für die heutige Vorstellung geöffnet, und die Menschen strömten in das antike Bauwerk, um sich in schmale Metallsitze zu zwängen und trotz der Enge ekstatisch den Klängen zu lauschen. Als Marion ihren Mann ansah, erstarb ihr Lachen. Klaus Heppner war kalkweiß, und durch seine zusammengebissenen Zähne drang ein unterdrücktes Stöhnen.

Marion verstand sofort und führte ihren willenlos mitstolpernden Ehemann zu einer nahestehenden Bank, auf die er sich fallen ließ und die Hände vors Gesicht schlug. Marion streichelte über seine Schulter. „So schlimm?", fragte sie leise, und er nickte, doch es dauerte eine Weile, bis er den Kopf hob und sie mit tränenfeuchten Augen anblickte. „Es war alles in Ordnung, bis… ja, bis ich den Eingang sah." Er deutete auf die Tafel, die ein Segment der Arena genau bezeichnete.

„Poltrone", murmelte der Polizist. „Poltrone…"

Eins
26. April 2010, nachts

Sie erwachte ohne zu wissen, weshalb. Nicht, dass es später noch eine Rolle gespielt hätte…

Obwohl sie die Augen geöffnet hielt, sah sie nichts. Es musste also noch Nacht sein, was ihr Aufwachen noch unerklärlicher machte. Offenbar hatte sich der Mond hinter eine dicke Wolkenschicht verzogen, denn nicht einmal sein schwacher Schimmer beleuchtete das Schlafzimmer und das Doppelbett, auf dem sie lag. Als ihre Gedanken zum vergangenen Abend zurückkehrten, musste sie lächeln und schloss genussvoll die Augen, während ein wohliger Schauer über ihren Körper jagte und sich auf ihren Armen eine Gänsehaut bildete.

Holger war schon immer ein großartiger und einfallsreicher Liebhaber gewesen, aber am Abend hatte er sich selbst übertroffen. Mehr als die Hälfte der Stellungen, die sie ausprobiert hatten waren ihr völlig unbekannt gewesen, und sie wäre nicht einmal im Traum darauf gekommen, es…. Na ja, es war toll gewesen. Holger war einfach ein Traummann, wenn auch mit kleinen Fehlern. Sein Schnarchen zum Beispiel machte es schwierig, neben ihm... Schlagartig wurde ihr klar, was sie geweckt hatte, und sie riss die Augen erneut auf.

Die Stille.

Sie konnte die Wärme des Mannes neben sich deutlich spüren, aber er war still. Viel zu still, denn obwohl sie angestrengt in das Dunkel lauschte, vernahm sie nicht einmal Atemzüge von der Bettseite neben ihr.

Sie griff mit dem linken Arm zur Seite und tastete über den Bauch des Mannes, der reglos neben ihr auf dem Rücken lag. Mit Entsetzen registrierte die Frau, dass sich seine Brust nicht hob und senkte, und als sie die Hand aufwärts zum Herzen bewegte, spürte sie zuerst warme Nässe und dann…

Im gleichen Moment, als ihre Hand auf den Widerstand stieß riss die Wolkendecke auf, und das Mondlicht beleuchtete eine gespenstische Szenerie. Aus der Brust des Mannes ragte eine kurze, dünne Stange, welche unzweifelhaft sein Herz durchbohrt hatte. Jetzt konnte sie auch sehen, dass ein dünner Blutfilm die Einschlagstelle umgab.

Als sie sich aufrichtete und aus dem Bett springen wollte, erstarre sich noch in der ersten Bewegung. Mit vor Entsetzen weit aufgerissenen Augen starrte sie auf die dunkle Silhouette einer Gestalt, die am Fußende des Bettes stand und sie durch die Schlitze einer Skimaske ansah.

„Ruhig.“

Das einzelne Wort ließ den geplanten Schrei in ihrer Kehle ersterben. Ihr Mund stand offen, und der blanke Horror ließ sie nicht einmal auf die Idee kommen, die Bettdecke zu heben und ihre Brüste zu bedecken. Noch einmal sprach der Mann vor dem Bett, und seine sonore Stimme drückte zugleich Mitleid und Trauer aus.

„Es tut mir leid."

Sie rang nach Atem. „Was… was tut ihnen leid?", stammelte sie leise. „Was Sie getan haben? Dass Sie Holger ermordet haben?"

Der Mann schüttelte langsam den Kopf. „Nicht nur. Es tut mir vor allem leid, dass Sie aufgewacht sind und mitbekommen, was ich jetzt tun muss. Es ist nichts Persönliches, verstehen Sie? Ich habe nur leider keine andere Wahl."

Er zog jetzt die rechte Hand hinter dem Rücken hervor und richtete etwas auf die Frau, das aussah wie eine Kreuzung aus Pistole und einem Bogen. Erst jetzt holte die Frau tief Luft, um zu schreien. Doch es war zu spät. Der Bolzen bohrte sich mit einer Geschwindigkeit, die einer Pistolenkugel nur unwesentlich nachstand in ihre Brust. Obwohl der Mann fast aus der Hüfte geschossen hatte, traf er perfekt. Das Geschoß drang in die Lunge der Frau ein und ließ den Schrei zu einem matten Keuchen verkümmern, während sie rücklings auf das Bett zurückfiel.

Trotz der schweren Verletzung war sie immer noch bei Bewusstsein, aber durch den Schock unfähig, sich zu bewegen. Voll namenlosem Entsetzen sah sie, wie der Mann seine Waffe nachlud und sich über sie beugte. „Ich sagte schon: es tut mir leid", murmelte er.

Der Einschlag des zweiten Bolzens ließ den Körper der Frau noch einmal nach oben schnellen. Das Geschoss zerriss ihr Herz und sandte ihr Bewusstsein in ein schwarzes Nichts, das noch dunkler und lautloser war als das Zimmer, in dem sie zum letzten Mal in ihrem Leben erwacht war.

Während die letzten Zuckungen des Opfers erstarben, kämpfte der Schütze noch immer mit seiner Übelkeit. Blut hatte er noch nie sehen können, und obwohl es unwirklich schien, empfand er vor allem Mitleid für die Toten. Er biss sich auf die Zähne, bis seine Kiefermuskeln zu schmerzen begannen, um das Gefühl der Bitterkeit und den Brechreiz zu unterdrücken. Es musste einfach sein, dachte er. Ich konnte nicht anders handeln.

Der Maskierte blickte auf die vor ihm liegenden Gestalten hinab und erinnerte sich an den ursprünglichen Tatplan. Er packte die Geldbörsen und die teuren Armbanduhren der Ermordeten mit der Tatwaffe in eine Plastiktüte, doch hätte ihn jemand in den folgenden Minuten beobachtet, hätte er sich gewundert. Der Mörder begann, die Lage und den Zustand seiner Opfer zu verändern, bis er einen Schritt zurücktrat und befriedigt nickte. So war es gut, dachte er. Das würde genügen, um etwas Verwirrung in die Mordermittlungen zu bringen. Seine Latexhandschuhe quietschten, als er die Plastiktüte mit den Portemonnaies in seinen mitgebrachten Rucksack steckte, und der Killer verzog das Gesicht, als habe er Zahnschmerzen. Es war Zeit zu gehen.

***

Der Anruf eines anonymen Teilnehmers um 02:30 Uhr morgens verheißt nie etwas Gutes. Nicht für diejenigen, die den Grund für diesen Anruf bilden, und nicht für

13

Klaus Heppner, Mitglied der Duisburger Mordkommission. Es ist nicht jedermanns Sache, sich die Überreste von Toten anzusehen und sich mit Mördern zu unterhalten, aber irgendjemand muss sie aus dem Verkehr ziehen, und das machte Heppner wirklich Spaß. Leider kam der Schlaf dabei oftmals zu kurz.

„Gnade Dir Gott, wenn es nicht wichtig ist", knurrte Heppner anstelle einer Begrüßung. „Hallo Klaus, ich bin es, Helmut Schiller von der Kriminalwache. Es ist mal wieder soweit. Mach hinne und komm schnellstmöglich rüber. Brauchst Du lange? Ich könnte dir einen Wagen vorbei schicken, wenn du fußlahm bist oder…" – „Ach, halt den Rand", knurrte Heppner und legte auf. Schließlich war es von seiner Wohnung auf der Mercatorstraße nicht weit bis zu seiner Dienststelle.

Der Blick in den Spiegel war mal wieder kein Vergnügen. Heppner war inzwischen 45, und die tief in den Höhlen liegenden, von Falten umgebenen Augen ließen ihn weniger Brad Pitt als vielmehr Humphrey Bogart ähneln. Die Zeit vergeht, sinnierte er, verzichtete aufs Rasieren und zog sich fröstelnd an. Obwohl die Temperaturen bei Tag schon die 20°C-Marke erreichten, war es nachts noch ganz schön schattig, wie man im Ruhrpott zu sagen pflegt. Gott sei Dank ist die Jacke gefüttert, dachte Heppner und kuschelte sich in das Lammfellimitat, während er aus Gewohnheit die 300 m zu Fuß zum Präsidium ging. Beim Briefing auf der Kriminalwache sah Helmut Schiller immer noch blass aus.

„Heute Nacht um 00:45 Uhr hat die Streifenwagenbesatzung 12/21 einen Einsatz zur Sonnenstraße 122 nach

14

Walsum bekommen. Eine Nachbarin hatte bemerkt, dass an der Rückseite des Hauses ein Fenster zum Garten im ersten Stock offen war, und am Fenster stand eine Leiter. Typischer Einbruch, dachten die Kollegen, kletterten hoch und stießen im Schlafzimmer auf eine männliche und eine weibliche Leiche im Bett. Vermutlich handelt es sich bei den Toten um die dort gemeldeten Holger und Jennifer Krampke, beide 32 Jahre alt und seit zwei Jahren verheiratet. Es sieht da aus wie im Schlachthof, Klaus. Die Kollegen von der Streife kotzen immer noch." Na bravo, dachte Heppner nur.

Das Tatortteam, bestehend aus Fritz Sattmann und Detlef „Ede" Vollstraß lief winkend an ihnen vorbei und verschwand Richtung Dienstparkplatz. Sie redeten nie viel, sicherten die gefundenen Spuren und werteten sie fast emotionslos aus. Den restlichen Kommissionsmitgliedern standen andere Aufgaben bevor.

Heppner war klar, dass keiner der Kollegen auf der Bereitschaftsliste der Mordkommission wahnsinnig begeistert sein würde, schon um 05:30 Uhr zum Dienst erscheinen zu müssen. C'est la vie, dachte er, bevor er angewidert schnaubte. Nie hatte der komplette Spruch so gut gepasst wie jetzt. C'est la vie, c'est la guerre, c'est la mort. So ist das Leben, so ist der Krieg, so ist der Tod.

***

In den USA, wo Mordfälle in Großstädten ein Massendelikt sind und auch in Holland werden Morde in der Regel von einem aus zwei Detectives gebildeten Ermittlungsteam verfolgt. Hier in NRW wird bei der Bildung

Beide wiesen tatsächlich kleine kreisrunde Löcher im Oberkörper auf, aus denen nur relativ geringe Mengen Blut herausgequollen war, was darauf hindeutete, dass ihre Herzen schon kurz nach den Verletzungen aufgehört hatten zu schlagen. Helmut Schiller hat maßlos übertrieben, dachte Heppner. Ich habe schon weit schlimmeres gesehen. Was die Opfer getötet hatte würde wohl nur eine Obduktion zeigen. Bombardier erriet Heppners Gedanken und nickte. „Das gibt Arbeit für Professor Kürten".

Damit war der neue Chef der Pathologie in den Düsseldorfer Uni-Kliniken gemeint, welcher für die Mordkommissionen in Düsseldorf, Duisburg und die Landkreise Mettmann, Neuss und Wesel die Autopsien durchführte, nachdem aus Gründen der Kostendämpfung die Pathologien zentralisiert worden waren. Viel Arbeit für wenige Leute, aber warum sollte es den Pathologen besser gehen als den Polizisten oder Staatsanwälten.

Der Rückweg ins Präsidium dauerte dank der chronisch verstopften A 59 eine glatte Stunde, und die Fahrweise mancher Autofahrer ließ Heppner wünschen, wieder in einem Streifenwagen zu sitzen. Sein Chef lachte nur. „Dann würdest du aber feststellen, dass jeder vor dir genau die erlaubten 80 km/h fährt und du nur unwesentlich schneller vorankommst als jetzt." – „Auch wieder wahr", knurrte Heppner frustriert.

Im PP angekommen holte er sich einen Kaffee und verschwand in seinem Büro, stellte die Tasse ab und lehnte sich im Bürostuhl zurück, um über den Text des abzusetzenden Fernschreibens nachzudenken. Als er die Augen wieder öffnete, war es ungefähr eine halbe Stunde später. Er massierte sein schmerzendes Genick und fluchte ziemlich gotteslästerlich. Langsam werde ich alt und brauche mehr Erholung, dachte er und sah auf den Kalender, auf dem mit einem Textmarker sein nächster Urlaub angestrichen war. In Gedanken freute er sich schon auf diese Woche, in der er mit seinen Kindern einige Tage im London verbringen wollte. Na hoffentlich sind wir bis dahin fertig, dachte Heppner. Mordkommissionen halten sich nun mal an keinen Urlaubsplan.

Zwei
26. April 2010, 10:00 Uhr

„Vorbehaltlich des Obduktionsergebnisses müssen wir von einem zweifachen Tötungsdelikt ausgehen, welches durch einen oder mehrere Täter im Rahmen eines Einbruchs begangen wurde. Ob es ein echter Einbruch war, der irgendwie aus dem Ruder gelaufen ist oder das Einbruchsszenario gefaked wurde um uns zu falschen Schlüssen zu verleiten ist ebenfalls offen."

Im großen Besprechungsraum der Mordkommission ließ Klaus Heppner bei den Ausführungen Bombardiers seinen Blick über die Kollegen schweifen und entdeckte etliche altbekannte Gesichter. Hanna Karl war darunter, eine Kollegin des KK 15, das sich mit der Bekämpfung der Kfz-Kriminalität beschäftigt. Bei ihrem Anblick lächelte Heppner zum ersten Mal an diesem Morgen. Sie war es gewesen, die ihn nach der Trennung von seiner Frau vor Jahren mit den Worten „Oh, dann bist du ja wieder auf dem Markt" aufgemuntert hatte. In den folgenden Wochen hatte er dann festgestellt, dass sie tatsächlich Interesse an ihm hatte, und auch er mochte Hanna, aber zu einer echten Beziehung hatte es sehr zu ihrem Leidwesen nicht gereicht. Trotzdem gab sie die Hoffnung nicht auf.

Peter Elgert und Tom Hermanns vom KK 32, dem Betrugskommissariat saßen wie üblich direkt nebeneinander. Elgert war etwa so groß wie Heppner mit seinen 186 cm, wirkte aber durch seine extreme Schlankheit fast wie ein 2m-Mann. Dagegen war sein Kumpel Tom Hermanns eher klein und bestach durch krasse Säbelbeine, die ihn eigentlich polizeidienstuntauglich machen würden, ihn aber zu einem Fußballer Marke Pierre Littbarski machten. Nur eine schwere Verletzung hatte eine Profikarriere verhindert. Herausragend an Hermanns war sein absurder Humor Marke Monty Python, dem er zu jeder passenden Gelegenheit die Zügel schießen ließ.

Das KK 23 vertraten Rudi Brack, Jimmy Hellwich und Christian Paulsen, mit dem Heppner auch privat eng befreundet war. Früher einmal hatten sie mit- und gegeneinander Hockey gespielt; während Christian Paulsen als Strafeckenspezialist für die Tore sorgte, verhinderte Heppner als Torhüter die Gegentreffer – manchmal, jedenfalls. Heppner, der auch Trauzeuge bei seiner Heirat mit Juliane gewesen war, überraschte Paulsens Anwesenheit, da er als stellvertretender Leiter des Kommissariats zur Bekämpfung von Wirtschaftskriminalität eigentlich nicht mehr an MKs teilnehmen musste. Auf Heppners hochgezogene Augenbrauen raunte er ihm nur „Personalmangel" zu, um Hans nicht zu stören. Heppner winkte ab. Leidiges Thema.

Inzwischen ist es leider so, dass man sich von der Vorstellung verabschieden muss, die Polizei könnte jede gemeldete Straftat aufklären. Angesichts geringer werdender Personalressourcen bei ständig wachsenden Aufgaben nimmt die Polizei zwar jede Anzeige entgegen und bearbeitet sie auch, doch wirklich in die Tiefe gehende Ermittlungen sind schon aufgrund der Anzeigenflut nur noch punktuell möglich. Die größten Personalressourcen werden aktiviert, wenn die Straftat öffentlichkeitswirksam ist. Zynisch gesagt ist es also wahrscheinlicher bei einem Straßenraub mit 1,50 € Beute als Täter überführt zu werden als bei einem Kapitalanlagebetrug mit Millionenschaden. Christian Paulsen hatte Klaus Heppner einmal in weinseliger Stimmung frustriert berichtet, dass er bei seinem letzten Fall aufgefordert wurde, die Sache klein zu halten. „Stell dir vor, ich sollte bei der Asservateauswertung schludern und nur flüchtig darüber gucken. Da braucht der Täter keinen hoch bezahlten Wirtschaftsanwalt um die Sache kaputt zu machen; jeder Winkeladvokat erwirkt einen Freispruch aus Mangel an Beweisen, wenn ich vor Gericht sagen muss ‚ich glaube' oder ‚ich vermute', statt Beweise auf den Tisch legen zu können. Und dann machen die Täter munter weiter. Den Politikern ist es egal, weil der Fall doch statistisch als geklärt gilt. Der Effekt ist klar: noch mehr Arbeit für uns, und wir schieben Frust ohne Ende. Drei Mann meiner Truppe sind schon in Burnout."

Mordkommissionen sind davon Gott sei Dank noch nicht betroffen, dachte Heppner. Um jemand zu fangen, der gegen das Gebot ‚Du sollst nicht töten' verstößt, werden immer noch alle Register gezogen – jedenfalls bis jetzt noch. Er schreckte auf, als sich Bombardier ihm zuwandte.

„Die Obduktion ist für 12.00 Uhr angesetzt. Ich habe dich dafür eingeteilt, weil du bekanntlich leichenfest bist. Professor Kürten erwartet dich in der Pathologie der Düsseldorfer Uni-Kliniken."

Heppner zog dennoch einen Flunsch. Im Gegensatz zu manchen anderen gelang es ihm zwar, beim Aufschneiden einer Leiche sein Frühstück im Magen behalten, aber nur weil er die Übelkeit stets mit der Erinnerung an seine erste Obduktion bekämpfte. Bei dieser hatte ein drei Monate altes Baby auf dem Stahltisch gelegen, welches fachgerecht zerlegt wurde um herauszufinden, ob jemand den Tod herbeigeführt hatte. Es war plötzlicher Kindstod gewesen, doch die Wut darüber, dass dieses kleine Wesen niemals würde spielen, lieben, Trauer und Freude empfinden können hatte ihn alle Übelkeit vergessen lassen. Bei jeder neuen Obduktion dachte er nur an diese Wut, die er als seine „unsichtbare Wand" bezeichnete. Das half zuverlässig.

Heppner fuhr allein nach Düsseldorf, wo ihn ein blendend gelaunter, schlanker Mittvierziger erwartete und sich als Professor Kürten vorstellte. Irgendetwas assoziierte Heppner mit dem Namen, und diese Gedanken spiegelten sich offenbar auf seinem Gesicht, denn der Pathologe begann still zu feixen, sagte aber nichts.

Im Sektionssaal lagen beide Leichen bereits auf den Stahltischen. Heppner betrachtete die Toten mit Bedauern. Die Farbe des Lebens war bereits aus der Haut gewichen, und nur an den Körperunterseiten zeigten sich ausgedehnte rote Flecken, wo sich das Blut aufgrund der Schwerkraft angesammelt hatte. „Ausgeprägte Hypostase", bestätigte Professor Kürten. Er drehte den Körper der toten Frau auf die Seite und drückte auf den bläulichvioletten Bereich. „Die Livores sind noch wegdrückbar, verändern sich aber nach Umlagerung der Leiche nur noch teilweise. Demnach ist diese Frau zwischen 6 und

12 Stunden tot. Ihre Kollegen von der Spurensicherung haben die Rektaltemperatur gemessen; sie betrug bei Auffindung 33,8 Grad Celsius. Sofern keine massiven Temperatureinflüsse auf die Frau eingewirkt haben, würde ich den Zeitpunkt des Todeseintritts in ein Fenster zwischen 23.00 Uhr gestern Abend und 02.00 Uhr heute Morgen legen."

„Präzise Schätzung, Herr Professor. Wollen wir?" – „Aber natürlich, Herr Heppner." Er schnippte mit dem behandschuhten Finger, und seine beiden Mitarbeiter traten an die Tische, während der Polizist sich zurückzog und aus der Distanz das blutige Treiben durch seine unsichtbare Wand beobachtete. Es ist gesetzlich vorgeschrieben, dass bei einer sectio (so lautet der Fachbegriff für eine Obduktion) ein Polizist anwesend sein muss. Zumeist werden die Beamten dabei von dem zuständigen Staatsanwalt begleitet, doch heute musste Oberstaatsanwalt Hartung an der gleichzeitig stattfindenden Verhandlung gegen den letzten überführten Täter teilnehmen. Mörder haben nun mal mehr Aufmerksamkeit verdient als ihre Opfer, dachte Heppner zynisch.

„Interessant, interessant", hörte er den Rechtsmediziner murmeln. Heppner verscheuchte die trüben Gedanken und trat zu ihm. „Ich habe mir der Frau angefangen, Ladies First, könnte man sagen.

Wir sind uns bereits sicher, dass der Tod beider Personen durch äußeres und inneres Verbluten hervorgerufen wurde. Ich habe mir daher die Wunden genau angesehen.

Die Frau hat insgesamt vier Löcher im Oberkörper. Eines sitzt genau unterhalb der rechten Brust, das zweite leicht nach innen versetzt unter der linken. Die beiden anderen Löcher befinden sich im Rücken in korrespondierender Höhe. Wir haben es nach meiner Meinung also mit zwei Eintritts- und zwei Austrittswunden zu tun. Und jetzt kommt das Interessante dabei."

Kürten drehte den Körper des Mannes, neben dem er stand auf die Seite, sah hin und nickte. „Fällt Ihnen an den Wunden etwas auf?" Heppner sah ebenfalls hin und stutzte. „Sie haben die gleiche Größe, denke ich. Und das finde ich wirklich interessant. Jetzt frage ich mich, womit die beiden erschossen wurden". Kürten nickte eifrig.

Wenn ein normales Projektil einen Körper trifft, gerät es durch das Durchstoßen von Haut, Fettgewebe und eventuell Knochen ins Taumeln. Deshalb sind die Austrittswunden in der Regel viel größer als die Einschüsse. Hier war es jedoch nicht der Fall.

„Highspeed-Geschoß?", fragte Heppner gespannt, doch Kürten schüttelte den Kopf. „Ihre Kollegen haben weder in Wänden noch im Bett Projektile gefunden, und die Wunden verhalten sich anders. Nein, das Geschoss war langsamer. Fast würde ich denken… Nein, ich will nicht spekulieren."

Kürten machte sich wieder an die Arbeit, und der Polizist sah wortlos zu, wie er die Leichen aufschnitt, Organe untersuchte und vermass und sie anschließend wieder in die Leichen legte. Nach etwa drei Stunden streckte er seinen Rücken, zog die blutbefleckten Handschuhe aus und warf sie in einen Mülleimer. „Kommen Sie, Herr Heppner, ich brauche einen Kaffee."

In der Kantine der Uni trank Kürten seinen ersten Kaffee auf ex, was Heppner klarmachte, warum er sofort drei Tassen auf sein Tablett gestellt hatte. Sein genussvolles Seufzen zeigte, dass sein Kaffeekonsum dem des Ermittlers wahrscheinlich in nichts nachstand. Dieser nippte an der Tasse und nickte anerkennend. Das Zeug war nicht nur heiß, sondern auch gut. Kürten streckte die Beine unter dem Tisch aus und begann zu berichten.

„Die Frau starb durch zwei Schüsse. Einer zerriss die linke Lunge und führte dazu, dass sie sich unmöglich durch Schreien bemerkbar machen konnte, der zweite zerstörte die rechte Herzkammer. Nach meiner Schätzung dürfte die Frau danach noch etwa 30 Sekunden gelebt haben, aber sie war höchstwahrscheinlich durch die Einschläge bewusstlos.

Für den Mann hat ein Schuss gereicht, der Herz und Lunge durchbohrt hat. Wahrscheinlich hat er noch einmal kurz gezuckt und geröchelt, dann war es vorbei.

Ich habe die Wunden präpariert und lasse sie histologisch untersuchen, um Hinweise auf die Tatwaffe zu bekommen. Außerdem sahen die Wunden in der Vergrößerung so aus, als habe das Projektil sie einmal vorwärts und einmal rückwärts durchquert.

Apropos vor und zurück: die Opfer haben übrigens kurz vor ihrem Tod Geschlechtsverkehr gehabt. Ich habe

Spermaspuren an verschiedenen Körperstellen der Frau gefunden. Na wenigstens hatten sie vorher noch richtig Spaß gehabt. Hoffe ich wenigstens. Ist aber ein möglicher Grund, warum sie so fest geschlafen und den eindringenden Täter nicht bemerkt haben. Sie wissen ja, wer schläft sündigt nicht, aber wer sündigt, schläft nachher besser."

Heppner schüttelte nur scheinbar indigniert den Kopf. Ihm gefiel Kürtens Humor. „Na gut, Herr Professor. Haben Sie einen Tipp oder eine Vermutung wegen der Tatwaffe?" Kürten grinste jetzt breiter, während in seinen Augen der Schalk aufblitzte. „Nur einen Schuss ins Blaue. Verzeihen Sie das Wortspiel. Wenn ich jetzt mal doch spekulieren darf, suchen Sie nach Robin Hood oder Wilhelm Tell. Ich glaube, die beiden Opfer starben durch Pfeile oder Armbrustbolzen. Und seien Sie bei den Ermittlungen vorsichtig: der Täter ist nach wie vor bewaffnet. Wenn meine Hypothese stimmt, hat er die Pfeile oder Bolzen aus den Opfern herausgezogen…"

***

„Pfeil und Bogen oder Armbrust? Ja was zum Teufel…". Hans Bombardier war sichtlich konsterniert. „Wer zum Henker läuft mit einem Bogen oder einer Armbrust durch die Gegend, um einzubrechen?" – „Ich kenne da so ein paar Bekloppte", ließ sich Tom Herrmanns aus dem Hintergrund vernehmen, der seine große Klappe mal wieder nicht halten konnte. „Es gibt so genannte Mittelaltermärkte. Die Leute dort schmieden Schwerter, schießen mit Pfeil und Bogen und…" – „Ja ja, kennen wir doch", knurrte Bombardier. „Aber diese Mittelalter-freaks machen das in ihrer Freizeit. Ich habe noch nie-mals erlebt, dass einer von ihnen seine Mitmenschen massakriert hat." – „Vielleicht reicht einem von ihnen ja das bloße Herumlaufen nicht mehr, und er will sich als Raubritter betätigen", sprang Christian Paulsen Tom Hermanns bei. „Kann doch sein". Bombardier schüttelte den Kopf. „Keine Spekulationen, bitte. Halten wir uns an die Fakten".

Sie saßen zur turnusmäßigen 20 Uhr-Besprechung im MK-Raum und trugen die Früchte der heutigen Ermitt-lungen zusammen. Kurz gesagt: die Ernte war ziemlich dürftig. Es gab schlicht und ergreifend keine Zeugen, die am Tatort und in seiner Umgebung etwas Ungewöhnli-ches bemerkt hatten oder haben wollten.

„Ich hätte da vielleicht etwas", meldete sich Carsten Specker. Er war der Frischling im Team, und er ging seine erste MK mit Feuereifer an. „Wir haben beim Re-gionalkommissariat im Norden seit Anfang Dezember eine atypische Einbruchsserie. Der Täter operiert in der Nacht, und er steigt grundsätzlich in offenstehende Fens-ter von zweigeschossigen Einfamilienhäusern ein. Zu-meist hat er sich irgendwelcher Aufsteighilfen bedient, die vor Ort greifbar waren. Würde ja hier auch passen. Bei ein paar Einbrüchen haben wir aber keine Ahnung, wie er in die Fenster hineingelangt sein soll. Karl Weid-mann, der die Sache in unserem KK bearbeitet hat schon vermutet, dass es sich um Vortäuschungen mit dem Ziel des Versicherungsbetruges handelt."

„Hinweise auf Bewaffnung?", fragte Bombardier hoffnungsvoll, doch Specker schüttelte den Kopf. „Nee. Der Bursche kommt wie ein Phantom in der Nacht, und verschwindet auch wieder ungesehen. Hat es bisher nicht nötig gehabt, irgendjemand zu bedrohen oder zu killen. An den Tatorten wurde zwar ein paar Mal ein älterer, dunkler Pkw Kombi in Tatortnähe gesehen, aber da haben wir kein Fleisch dran bekommen. Der Täter hinterlässt keine Spuren, zumindest keine auswertbaren. Na ja, bisher haben wir auch noch nicht nach DNA gesucht, nur nach Finger- oder Werkzeugspuren. Bei Massendelikten schießen wir ja nicht mit Kanonen auf Spatzen. Vielleicht sieht das jetzt ja anders aus."

Hans Bombardier nickte. „Es kann nicht schaden, wenn wir uns die Tatorte noch einmal ansehen. Sagt Bescheid, wenn euch etwas auffällt. Sonst noch Wortmeldungen? Keine? Dann machen wir für heute Schluss. Treffpunkt morgen um 08.00 Uhr hier. Vielleicht haben wir im Schlaf eine Eingebung."

Heppner ging nach Hause, ohne besonders lange zu zögern. Nach 18 Stunden Dienst ließ die Wirkung des Adrenalins langsam nach. Er schloss gähnend seine Wohnungstür hinter sich, hängte die Jacke an die Garderobe und sah nach, was sich im Kühlschrank befand. Toll. Ein Paket Salami, zwei Scheiben Käse, ein Paket Schwarzbrot und drei Flaschen Erdinger alkoholfrei. Es reichte für ein karges Abendessen, dass er mit dem Bier herunterspülte.

Bevor er ins Bett fiel, warf er einen Blick auf seine Wohnung. 60 m², verteilt auf zweieinhalb karg eingerichtete

Zimmer. Eine Sammlung von 200 DVDs und 400 Musik-CDs, aber niemand, mit dem er Musik oder Filme teilen konnte. Seine Frau hatte sich vor fünf Jahren von ihm scheiden lassen, nachdem die Gemeinsamkeiten immer weniger wurden, und jeder Versuch zum Aufbau einer neuen Beziehung endete spätestens dann, wenn Heppner wegen seines Dienstes zum zweiten Mal ein geplantes Date absagen müsste.

Seufzend löschte er das Licht. Ein tolles Leben. Und das, wenn kein Wunder geschah, honoriert mit Besoldungsstufe A 11 auf Ewigkeit.

Drei
27. April 2010, 01:00 Uhr

„Ist es denn wirklich notwendig?"

Nelly konnte manchmal ziemlich nervig sein. Da half nur stoische Ruhe. Thomas zuckte also einfach mit den Schultern, knurrte nur: „Ja. Ist halt so", und schloss die Tür hinter sich, wobei er tief durchatmete. Es war schon schwierig, seiner Frau nicht alles erzählen zu können.

Am Auto blieb er kurz stehen und hob den Kopf, als würde er Witterung aufnehmen. Tatsächlich prüfte er die klimatischen Verhältnisse und stellte zufrieden fest, dass heute Nacht nicht mit Regen zu rechnen war. Sein Vorhaben würde dadurch erleichtert werden

Die Fahrt nach Walsum dauerte zu jetzigen Uhrzeit nur eine gute halbe Stunde. Thomas war kein gelernter Einbrecher, aber die Notwendigkeit, sich steuerfreie Einnahmen zu verschaffen ergab sich, als er arbeitslos wurde und keinen neuen Job fand. Nelly wusste nichts davon, und da sie seine Kontoauszüge nicht in die Finger bekam war es leicht, Hartz IV und die Einnahmen aus den Brüchen als Lohn zu verschleiern.

Für heute stand das Haus in der Neptunstraße 18 auf dem Plan. Er hatte das Objekt in einer ruhigen Sackgasse sorgsam ausbaldowert, und wusste die Bewohner im Urlaub auf Teneriffa, und nur einmal am Tag kam die Tochter der Nachbarn zum Blumen gießen in das Haus, so dass nicht mit vorzeitiger Entdeckung durch Passanten oder Fahrzeugverkehr zu rechnen war. Thomas fuhr deshalb mit seinem Kombi direkt vor das Objekt. Schnell rein und schnell raus, ohne Zeugen zu hinterlassen, das war seine Devise.

Er wusste bereits, dass er seine mitgebrachte Steighilfe nicht benötigen würde, denn die Bewohner bewahrten eine 3m-Teleskopleiter hinter dem Haus auf. Zusammen mit dem Fenster in Kippstellung im ersten Stock war das so etwas wie eine Einladung. Thomas schüttelte angewidert den Kopf vor so viel Unvorsichtigkeit. So was würde ihm und Nelly nie passieren.

Sekunden später stand er im Kinderzimmer der Familie Wozniak. Seine Überschuhe aus Plastik verursachten ein leises Quietschen, als er über den Laminatboden des Flurs zum Schlafzimmer ging, wo sich nach seinen Vorinformationen der kleine Möbeltresor der Familie befand. Intelligenterweise hatten die Wozniaks ihre 29,95 €-Sicherung nicht fest eingebaut, was Thomas' geringschätziges Grinsen noch breiter werden ließ. Er öffnete die Schlafzimmertür und erschrak, obwohl der Anblick durchaus seinen Reiz hatte.

Zwei offenbar noch sehr junge Personen lagen nackt auf dem Bett. Anscheinend hatte die Tochter der Nachbarsfamilie den Besitz des Hausschlüssels dazu genutzt sich unbemerkt mit ihrem Freund treffen zu können. Tja, aus Kindern werden Leute, dachte Thomas zynisch.

Die beiden unerwarteten Gäste stellten ihn vor ein Problem, und er stand fast eine halbe Minute grübelnd und unschlüssig vor dem Bett, bevor er die Achseln zuckte. Als er sich umdrehte, quietschten seine Gummisohlen erneut, und die Gestalten im Bett begannen sich zu regen, Thomas wirbelte herum, und mit einem fast unhörbaren Schnappen löste seine Steighilfe aus.

Der Bolzen schlug mit einem dumpfen „Wock!" in die Wand am Kopfende des Bettes, in den das junge Mädchen begonnen hatte sich zu räkeln. Thomas dachte nicht daran abzuwarten, ob das Geräusch die Schlafenden endgültig geweckt hatte. Er löste die Halteschnur, ließ Bolzen Bolzen sein und tat das naheliegende: er verschwand ebenso schnell und lautlos wie er gekommen war. Erst auf der Autobahn fiel ihm ein, dass die Leiter immer noch an der Hausrückseite stand.

***

„Der Kerl wird immer dreister". Karl Weidmann ließ sich im MK-Raum in einen Stuhl fallen und sah verdrießlich vor sich hin. Als Carsten Specker heute Morgen die Ermittlungsakten der früheren ‚Brüche' angefordert und Weidmann brühwarm von der neuen Tat berichtet hatte, war er von Hans Bombardier kurzerhand in die MK beordert worden.

„Der Kerl hat offenbar Vorkenntnisse über die Objekte, in der er einsteigt. Allerdings haben wir noch nicht herausbekommen woher. Ehrlich gesagt sind wir erst vor kurzem dahinter gestiegen, dass es sich um eine Serie handelt." Weidmann sah bekümmert aus. Er war Mitte 50 und ein in Ehren ergrauter Hauptkommissar, der seine letzten Jahre in einem Regionalkommissariat abriss und nicht mehr vorhatte, sich für ein Ermittlungsverfahren die Nächte um die Ohren zu schlagen. Die intensiven Bemühungen der Mordkommission erinnerten ihn aber wieder daran, wie man in früherer Zeit ermittelt hatte – und das deprimierte ihn sichtlich.

Heppner konnte es ihm nachfühlen. Die Beamten der Regio-Kommissariate sind genug damit beschäftigt, pro Tag möglichst so viele Anzeigen vom Tisch zu bekommen wie neue hereinkommen, und können sich nicht mehr um Tatserien kümmern. „Vorgänge abschlachten" nennen sie das unter der Hand. Die Durchschnittsbelastung pro Sachbearbeiter beträgt derzeit 80 - 90 gleichzeitig zu bearbeitende Vorgänge. Das macht pro Vorgang eine Bearbeitungszeit von 5 – 6 Minuten am Tag. Intensive Vernehmungen von Tatverdächtigen gehen da zu Lasten der anderen Verfahren, also beschränkt man sich auf das Wesentliche, also den reinen Formalismus. Echt bitter für die Kollegen, dachte Heppner. Weidmann zuckte die Achseln und sprach weiter.

„Die Anzeige wurde von der 15-jährigen ‚House-Sitterin' Jasmin Erdmann erstattet. Ihre Angaben waren für mich nicht ganz schlüssig, und sie wurde ständig rot bei ihrer Aussage. Als ich bei der Tatortbegehung sah, dass das Ehebett komplett zerwühlt ist, war mir der Grund dafür schnell klar. Kleines Stelldichein mit einem Lover, und das durften ihre Eltern nicht wissen. Falls unsere Erkennungsdienstler also serologische Spuren von dem sechzehnjährigen Rico Schneider im Schlafzimmer finden: das ist jedenfalls nicht unser Täter."

„Beide waren also während der Tat im Bett und schliefen. Genau wie die ersten Todesopfer. Warum hat der Täter nicht auch sie erschossen?", fragte Hans Bombardier in die Runde. Allgemeines Achselzucken beantwortete seine Frage. „Vielleicht hatten sie einfach Glück und so tief geschlafen, dass sie sich nicht bewegt haben", äußerte Christian Paulsen eine Vermutung. „Trotzdem hat der Täter mit seiner Armbrust auf sie geschossen. Zu Hause vergessen hatte er sie also nicht", spöttelte Tom Hermanns. „Ja, aber er schoss nicht mit einem glatten Bolzen, sondern einem mit einer Spitze wie ein Enterhaken", widersprach Peter Elgert trocken. „Vielleicht hatte er keine Zeit gehabt, das Geschoss zu wechseln, und nach dem ersten Schuss hat er hat er das Hasenpanier ergriffen. Vielleicht hatte er nur Mitleid, weil die beiden so jung waren."

Hans Bombardier seufzte. „Euch kann man nicht wirklich ernst nehmen, Leute. Jetzt lasst mal die Späße und denkt nach. Ich möchte eine plausible Antwort auf diese Fragen, und zwar möglichst bis zur Pressekonferenz um 15.00 Uhr. Unser Staatsanwalt steht im Kreuzfeuer, weil die ungeklärten Einbrüche sich häufen und der Täter jetzt scheinbar zum Killer mutiert ist. Schnappt euch die Anwohner der einzelnen Häuser, und fragt sie aus." – „Mit oder ohne Elektroschocks?", fragte Tom Hermanns zynisch. „Ohne. Wir sind schließlich nicht in Guantanamo Bay", fauchte Bombardier. Hermanns und Elgert verschwanden feixend. Der MK-Leiter bedachte ihren Abgang mit einem Kopfschütteln.

„Die machen mich noch fertig. Klaus, du schnappst die Hanna und unterstützt Carsten und Karl beim Abklappern der Tatorthäuser. Acht Augen sehen mehr als vier. Detlef, du kümmerst dich um den Spurensicherungsantrag für den Bolzen."

„Das kann ich doch machen", bot sich Christian Paulsen an. „Detlef hat mit der Aktenführung genüg um die Ohren. Den Antrag schreibe ich dir ex Ärmelo. Bin in zwei Minuten wieder da." Er griff nach der Tüte mit dem Bolzen und schob ab in sein Büro. Detlef Schall, Aktenführer der Mordkommission und Stellvertreter Hans Bombardiers sah ihm dankbar nach.

Karl Weidmann war ebenso erfreut bei dem Gedanken, dass Hanna Karl und Klaus Heppner auch noch seine Vorgänge für ihn abarbeiten würden. Er drückte ihnen einen Stapel von 14 Ermittlungsakten in die Hand und empfahl sich. Hanna Karl sah bei ihrem Eintreffen in Walsum auf die Akten und seufzte.

„Oh Mann, das gibt eine blöde und wahrscheinlich sinnlose Latscherei. Mir tun jetzt schon in Gedanken die Füße weh." – „Dann kaufe ich dir Einlagen. Jammere nicht und klappere deine 7 Objekte ab. Wir treffen uns nachher hier am Auto."

Nach dem fünften Einfamilienhaus spürte auch Heppner seine unteren Extremitäten. Du bist halt nicht mehr in Form, hielt ihm sein schlechtes Gewissen vor. Wann warst du zum letzten Mal im Fitnessstudio? Er wusste es nicht mehr und sah seufzend an der Front des sechsten Hauses empor.

Irgendetwas störte ihn bei dem Anblick der fast makellosen Fassade, und zwar etwas, das er zuvor schon mal gesehen hatte. Aber was? Er kam nicht darauf. Wie bei den anderen Häusern fotografierte er die gesamte Fassade in Einzelsegmenten ab, um daraus am PC eine Art Puzzle zu erstellen.

Sie waren gerade mit ihrer Arbeit fertig, als sich buchstäblich die Schleusen des Himmels öffneten. In stummer Eintracht flüchteten Hanna Karl und Heppner in den Schutz des Dienstwagens. „Jetzt sind deine Füße wenigstens gekühlt", grinste Heppner und wies auf ihre durchnässten Mokassins. „Dadurch geht es ihnen auch nicht besser", fauchte seine Kollegin und streifte die Schuhe ab, um ihre offenbar immer noch schmerzenden Füße zu massieren.

Legwork. So nennen Polizisten die langweilige Routinearbeit, bei der man zu Fuß von Tür zu Tür stiefelt. Diese sture Beharrlichkeit sei der Ersatz für fehlendes Genie, spotten Kritiker dieser Methode. Nun gut, vielleicht haben sie Recht, aber die Methode ist effektiv, denn auch ohne Genialität beträgt die Aufklärungsquote der Duisburger Mordkommissionen über 95%. Das soll ihnen auch ein Genie erst mal nachmachen.

Heppners Kollegin hatte jetzt genug von der Fußmassage und deutete nach draußen in den Regen. „Es lässt nach, glaube ich. Wird auch Zeit; in dem Haus da gibt gerade die Dachrinne nach." Heppner sah hin, und was er sah ließ seine Kinnlade nach unten fallen. Das war es doch! Er griff nach der Akte und las nach. Richtig, das Haus vor ihnen befand sich unter denjenigen, bei dem ein gewaltsames Eindringen nicht festgestellt worden war.

„Die Dachrinnen, Hanna! Mensch, bin ich blöd. An einigen Objekten waren die Dachrinnen oberhalb eines Fensters heruntergebogen, und zwar über ein ganzes Stück. Der Täter kann durch ein Fenster im Obergeschoss eingedrungen sein, wenn er einen Greifhaken an die Dachrinne geschossen hat." – „So eine Dachrinne hält nicht viel", widersprach Hanna Karl. „Es wäre aber eine Erklärung für die Beulen in der Rinne. Zu schwer darf der Einbrecher aber nicht sein. Für dich zum Beispiel würde es eine kurze Kletterpartie." – „Spar dir die Bemerkungen über meinen Rettungsring", knurrte Heppner und rief bei Carsten Specker an, der seine Objekte nochmals überprüfte und die gleichen Feststellungen machte wie Heppner. Der bestellte kurzerhand einen Kranwagen der Feuerwehr mit Mannkorb, um sich die Spuren aus der Nähe anzusehen.

Hanna Karl und Klaus Heppner standen im engen Korb und sahen es fast gleichzeitig. „Ganz klar eine Krallenspur", meinte die Kommissarin und deutete auf die tiefe Einkerbung in der Dachrinne. „Ja, und sie stammt bestimmt nicht von der Nachbarskatze", grinste Heppner. Seine Kollegin schüttelte indigniert den Kopf. „Wenn du einen auf Tom machen willst, musst du aber noch viel üben." – „Schaffe ich sowieso nicht", knurrte Heppner immer noch lächelnd, während er Fotos von den Kerben schoss.

Auch an den beiden anderen Häusern fanden sich identische Kerben auf dem Rand und der Innenseite der

Dachrinne. Hans Bombardier, der sich bei der Besprechung am Abend ein abgebautes Rinnenstück betrachtete nickte zufrieden.

„Steighaken, da verwette ich mein Weihnachtsgeld drauf. Oder was davon übrig ist. Offenbar hat der Kerl zwei Haken angebracht, wahrscheinlich um sein Körpergewicht auf zwei Punkte zu verteilen. Der weiß, was er tut.

Die übrigen Teams hatten nicht viel zu bieten. Nur eine Kleinigkeit könnte interessant sein. Ein Bursche namens Kevin Woltersheim wohnt ein paar Häuser vom letzten Einbruchstatort entfernt, und er hat einen alten Labrador mit Blasenschwäche, der dreimal in der Nacht raus muss. Er sagt, dass gegen 02.45 Uhr ein alter dunkler Opel Omega Kombi vor dem Haus gestanden habe. Das Kennzeichen kannte er nicht, aber er sagte, es sei kein Duisburger Fahrzeug gewesen." – „Fein, das schränkt den Kreis ja enorm ein", meinte Christian Paulsen trocken. „Auch, wenn der Opel Omega nicht mehr so häufig ist."

„Trotzdem ist dies schon mal ein Anhaltspunkt, Christian. Da du dich ja schon wieder freiwillig meldest, recherchiere doch bitte, ob es ähnliche Beobachtungen eines Opel Omega im Duisburger Norden gegeben hat. Zeitraum der Suche bitte auf die Tatserie im Norden abstimmen." – „Na vielen Dank. Und das Ergebnis wie üblich gestern, nehme ich an", knurrte Paulsen kopfschüttelnd. „Na ja, ich suche mir mal einen Rechner. Hoffentlich klappt die Recherche, nur mit Hersteller und Typ."

Hans Bombardier schüttelte den Kopf. „Es reicht, wenn du die Recherche morgen früh machst. Wir treffen uns um halb acht wieder hier. Vielleicht gibt es bis dahin schon was Neues."

Nicht immer ist etwas Neues auch etwas Gutes….

Vier
29. April 2010, 01.00 Uhr

Es war alles schiefgelaufen.

Der Mörder sah sich kopfschüttelnd im Schlafzimmer um. Was für eine furchtbare Drecksmisere, dachte er. Und dabei hatte es so gut angefangen.

Er war problemlos ins Haus und ins Schlafzimmer gelangt, aber als er vor dem Bett gestanden und seine Armbrust hervorgeholt hatte, waren beide im Bett liegenden Personen gleichzeitig wach geworden und hatten sich aufgerichtet. Ohne zu zögern hatte er auf die rechts sitzende Gestalt geschossen, doch die zweite Person war nicht vor Entsetzen gelähmt gewesen, sondern aus dem Bett gesprungen und hatte versucht zu entkommen. Glücklicherweise hatte er das Nachladen so oft trainiert, dass der zweite Bolzen blitzschnell auf der gespannten Sehne lag, und das zweite Opfer keine Chance hatte zu fliehen.

Das Geschoss hatte den Flüchtenden genau unterhalb des linken Schulterblatts getroffen und geradezu an die Tür, die er gerade öffnen wollte, genagelt. Da sich sein Opfer noch bewegte, sandte der Mörder noch ein weiteres Projektil hinterher, welches das Opfer im Nacken traf, zwischen den Halswirbeln und Kehlkopf hindurch sauste und sich in die Tür bohrte. Das Opfer starb, ohne noch einen Laut von sich zu geben.

Der Killer sah auf die Person im Bett und stellte fest, dass er sich um sie keine Gedanken mehr machen musste. Das letzte was sie gesehen hatte war der auf sie zu rasende Todesbote gewesen, der sie perfekt im linken Auge getroffen und ihr Hirn durchbohrt hatte. Die letzten Zuckungen verebbten, während der Täter überlegte. Nein, es war ein zu großes Risiko, die Bolzen zu bergen. Zu viele Spuren konnten hinterlassen werden. Er wusste, dass die Herkunft der Geschosse nicht zurückverfolgt werden konnte, und dass auf ihnen brauchbare Identifizierungsmerkmale gefunden werden konnten war zu bezweifeln. Er zuckte also die Achseln. Dann bleibt es halt so, dachte er. Soll sich das Möchtegern-CSI die Köpfe zerbrechen.

Die Leiche an der Tür bereitete ihm die meisten Sorgen. Der Weg in das Wohnzimmer, wo er die Wertsachen vermutete war versperrt, und für den Weg nach draußen blieb auch wieder nur die an der Wand stehende Leiter. Nicht zu ändern, dachte er mit einem Achselzucken, und begnügte sich mit den Armbanduhren der Opfer und den Portemonnaies, die er in den Nachttischen fand.

Als er in den wartenden Wagen stieg huschte ein zufriedenes Lächeln über sein immer noch maskiertes Gesicht. Das perfekte Auto gefunden zu haben war ein fast nicht zu steigernder Glücksfall. Er begann lauthals zu lachen, als er nach rechts in die Planetenstraße einbog und fast ein junges Paar angefahren hätte, dass offenbar aus der Disco kam und ihm lautstarke Flüche nachsandte. Erst auf der Dr. Hans-Böckler-Straße riss er sich die Skimaske vom Kopf. Von Passanten maskiert gesehen zu werden, war gar nicht mal schlecht; eine Begegnung mit einem Streifenwagen wollte er aber, wenn möglich, vermeiden.

***

Diesmal war es 04.30 Uhr, als das Klingeln des Telefons Heppner aus dem Schlaf riss. „Was wollt ihr von mir, ich bin doch schon in einer MK", stöhnte er, legte auf und drehte sich wieder um. Nur Sekunden später klingelte es wieder. Bevor er etwas in den Hörer fauchen konnte hörte er Hans Bombardier am anderen Ende der Leitung. Sofort war der Ermittler hellwach.

„Eben darum rufe ich an, Klaus. Komm sofort her. Es sieht so aus als habe unser Täter wieder zugeschlagen. Wir haben in Walsum zwei weitere Tote gefunden, die offenbar mit einer Armbrust erschossen wurden."

***

Der junge Mann mit den kurz geschorenen blonden Haaren schien immer noch wütend zu sein. „Der Kerl hätte uns beinahe platt gefahren", empörte er sich. „Wir haben einen richtigen Satz zurück auf den Gehweg gemacht, um nicht angefahren zu werden", ergänzte das brünette Mädchen, das sich an ihn drängte. Die beiden gaben ein hübsches Paar ab, dachte Heppner ohne jegliche Ironie. Ihre Beobachtung könnte uns einen entscheidenden Schritt weiterbringen.

„Und der Kerl hat tatsächlich gerade jemanden gekillt?", fragte das Mädchen weiter. Heppner zuckte die Achseln.

„Möglicherweise. Zumindest hatte er es echt eilig, von hier weg zu kommen." – „Nicht auszudenken", murmelte der Junge, der sich als Martin Hemmerden vorgestellt hatte. „Wenn der auf die Idee gekommen wäre, dass wir zu viel gesehen haben..." – „Eigentlich haben wir das ja auch", warf Susanne Claassen ein. „Sag es schon". Martin nickte ihr zu und holte sein Smartphone aus der Tasche. Als er den Bildschirm aktivierte sah Heppner auf einen stilisierten Notizzettel. „Das ist das Kennzeichen des Opel Omega, der uns fast umgefahren hat. Aber verlangen Sie keine Fahrerbeschreibung. Der Kerl hatte nämlich eine Skimaske auf."

Heppner atmete pfeifend aus. Aufgrund des Anrufes über 110 hatte die Einsatzleitstelle schnell geschaltet und die Streifenwagen in Walsum ausschwärmen lassen. Binnen 10 Minuten war Egon 12/21 fündig geworden. Die Leiter lehnte an der Außenwand des Hauses Marsstr. 4, und direkt darüber war ein Fester geöffnet. Das genügte den Streifenbeamten, um auf Alarmstufe Rot zu gehen. Leider hatten sie mit ihrer Vermutung Recht. Im Schlafzimmer des ersten Stockwerks fanden sie zwei Tote.

„Es handelt sich bei den Toten um Sebastian Pirkner und Thorsten Kalinke", berichtete Ede Vollstraß vor der Tür des Tatorthauses, wo er sich eine Zigarette genehmigte. „Die beiden sind 34 und 35 Jahre alt, haben eine eingetragene Lebenspartnerschaft und wohnen seit etwa acht Monaten hier, wenn ich dem Kaufvertrag glauben kann, der im Nachttisch lag. Tut mir leid, da lasse ich euch nicht rein. Das Schlachtfeld bereiten wir erst mal auf. Pirkner liegt im Bett und hat den Tod kommen sehen, denn in seinem linken Auge steckt ein Armbrustbolzen." Hans Bombardier schnaubte verächtlich ob des flachen Witzes, aber der Spurensicherer sprach unbeirrt weiter. „Bei Kalinke verhält es sich anders. Er hat wahrscheinlich zu flüchten versucht, aber er kam nicht weit." Ede reichte sein iPad, mit dem er einige Tatortfotos gemacht hatte an Heppner weiter. Er und Bombardier konnten sehen, was mit dem zweiten Opfer geschehen war, und schluckten schwer. Ede Vollstraß setzte noch einen drauf.

„Ich glaube nicht, dass er sich so hat nageln lassen wollen…" – „Es reicht, Ede", unterbrach Bombardier ihn scharf. „Ob Homo oder Hetero, bleibt sich gleich. Er ist ermordet worden, und sein Sexualleben war seine Angelegenheit." – „Ist ja gut", maulte Vollstraß. „Ich wollte nur einen etwas makabren Witz machen". – „Unpassend", kommentierte Bombardier. Ede Vollstraß nickte ergeben und trollte sich, um zusammen mit Fritz Sattmann seine unappetitliche Arbeit fortzusetzen.

„Lass ihn mal reden, die Sprüche hätten auch von Professor Kürten sein können. Immerhin haben wir diesmal die tödlichen Geschosse", merkte Heppner an. „Ich kenne mich mit Bolzen zwar nicht aus, aber verursacht der Armbrustschlitten nicht auch individuelle Merkmale?" – „Keine Ahnung", knurrte sein Chef. „Kann ich auf dem Wasser wandeln? Habe ich Löcher in den Händen? Konferiere mal mit unserer KTU und dem LKA, die können dir bestimmt eine Antwort geben."

Ein Zivilwagen hielt neben ihnen, und Christian Paulsen ließ die Seitenscheibe in der Beifahrertür verschwinden.

Die Mitglieder der MK waren morgens um 06.00 Uhr aus dem Bett geklingelt worden und seitdem dabei, nach weiteren Zeugen zu suchen. Christian Paulsen hatte ziemlich müde ausgesehen, da er nach dem Dienst noch drei Stunden lang mit seiner Frau Juliane über verschieden Immobilien diskutiert hatte, da die Meinungen, wo und wie groß doch ziemlich auseinandergingen. Der aus Serm stammende Christian Paulsen wollte eher im Süden bleiben, aber seine Frau hatte sich Walsum in den Kopf gesetzt. Offenbar hatte sie keine Angst vor gewalttätigen Einbrechern mit Armbrüsten. Eher untypisch für eine Frau, dachte Heppner und seufzte. Na ja. Er war zufrieden, dass ihm solche Diskussionen erspart blieben. Paulsen gähnte, als ob er einen kompletten Kürbis verschlucken wollte. „Gott, die Leute hier in Walsum schlafen offenbar wie die Toten." – „Die beiden da oben schon", gab Heppner trocken zurück und wies mit dem Daumen über die Schulter auf das Haus, in dem sich unser Tatort befand. Christian Paulsen schnaubte nur. „Klasse, die haben wenigstens eine Ausrede. Die ganzen Nachbarn haben nichts, aber auch gar nichts mitgekriegt. Dabei sollte man doch hören, wenn ein Fenster aufgehebelt wird." Er schüttelte konsterniert den Kopf.

„Sag mal, Klaus, wie heißen die Opfer eigentlich? Das Haus hier kommt mir irgendwie bekannt vor." – „Warte mal – Pirkner und Kalinka oder so ähnlich." – „Waas? Kalinke? Das… Scheiße aber auch!". Paulsen riss die Tür auf, sprang aus dem Auto und rannte zur Haustür, wo er auf den Briefkasten starrte. „Das gibt es doch nicht!"

46

Heppner sah ihn neugierig an. Sein Freund und Kollege fuhr sich mit der Hand über den Kopf, als wollte er sich die Haare raufen. „Klaus, ich kenne die Toten! Ich bin sogar vor kurzem hier im Haus gewesen! Das ist doch nicht wahr!" – „Moment mal", unterbrach Hans Bombardier. „Was hattest du in dem Haus verloren? Wechselst du jetzt die sexuelle Disposition, oder…" – „Ach Blödsinn", schnappte Paulsen. „War eine dienstliche Geschichte. Dieser Thorsten Kalinke hatte Geld in ein Schwindelunternehmen gesteckt, und ich habe ihn als Zeugen vernommen. Als ich ein paar vergessene Unterlagen bei ihm abgeholt habe, gefiel mir das Baumuster des Hauses, und er hat mich überall herumgeführt. Das war vor etwa zwei Wochen. Du weißt doch, dass ich auf Haussuche bin."

„Auch im Schlafzimmer?", fragte Heppner feixend, doch seinem Freund Christian war der Humor anscheinend vergangen. „Na klar, aber nicht aus DEM Grund, sondern um zu sehen, ob unser Schlafzimmer reinpasst." – „Toll", knurrte Hans Bombardier. „Dann hast du dort sicher genug Spuren hinterlassen. Vergiss bloß nicht, bei Ede und Fritz Bescheid zu sagen, dass sie deine Vergleichs-DNA mit zum LKA schicken, um dich als Mörder auszuschließen. Nicht, dass wir dich nachher versehentlich festnehmen." – „Wäre ja noch schöner", grinste Paulsen matt und stieg wieder in den Passat. „Wir werden jetzt noch die verbliebenen Straßen abfahren und die Anwohner befragen, aber ich verspreche mir nicht viel davon. Na ja, vielleicht erzielen wir ja noch einen Glückstreffer."

Heppner sah dem davonbrausenden Dienstwagen schmunzelnd nach. Christian als Mörder. Das würde doch sowieso niemand glauben.

**

„Doch, Tom. Auch eine Armbrust hinterlässt an dem Bolzen individuelle Merkmale." Hermanns hatte vom Büro aus seinen ehemaligen Lehrgangskollegen Radek Stefanski, der jetzt Ballistiker beim LKA war angerufen und erhielt sofort, wenn auch ein wenig gönnerhaft, eine fachmännische Auskunft. „Das Projektil in einer Schusswaffe wird in den Lauf gepresst, wodurch die Unebenheiten in Zügen und Feldern sich auch auf einem Vollmantelgeschoss abbilden. Der Bolzen einer Armbrust rutscht über die Projektilführung, eine Art Rinne, und auch hier findet ein Austausch statt. Der Druck auf das Projektil ist aber nicht so stark wie in einem geschlossenen Lauf, und deshalb sind die Spuren schwächer. Hinzu kommt, dass ein Bolzen sicher oftmals gebraucht wird und sich die Spuren daher überlagern. Trotzdem: beschaffe mir die Bolzen, dann kann ich dir wahrscheinlich sagen, ob sie von der gleichen Armbrust abgeschossen worden sind." – „Na wenigstens eine gute Nachricht", knurrte Hermanns. „Dann brauchen wir ja nur noch nach der Tatwaffe zu suchen." – „Auch dabei kann ich dir helfen", tröstete ihn Stefanski. „Bei Armbrüsten gibt es verschiedene Größen, vergleichbar mit dem Kaliber bei Schusswaffen. Hilft zwar nicht viel, aber ich kann dann sicher eine Reihe von Waffen ausschließen."

Der Duisburger Fahnder dankte seinem Kollegen und legte auf. Prima, dachte er. Jetzt müssen wir nur noch die Tatwaffe finden. Ist doch ein Klacks. Die Auskunft von Stefanski passte zu den Pleiten, die die MK in den letzten Stunden gesammelt hatten. Das von Martin Hemmerden abgelesene Kennzeichen ME-SD 451 passte nicht auf einen Opel Omega, sondern war auf einen Smart Fourtwo ausgegeben. Der Halter hatte vor einer Stunde Anzeige wegen Kennzeichendiebstahls erstattet, und sein Alibi war wasserdicht. Er war nämlich in Huckingen bei einer Trunkenheitsfahrt erwischt worden und saß im Tatzeitraum in einer Ausnüchterungszelle des Duisburger Polizeigewahrsams. Der Erkennungsdienst hatte rund um die Kennzeichenhalterungen Wischspuren von Leinenhandschuhen gefunden, die der Täter beim Abmontieren der Kennzeichen benutzt hatte. Christian Paulsen erste Recherche nach einem Opel Omega, der verdächtig durch den Duisburger Norden gefahren war hatte bislang keinen Treffer ergeben. Die Ermittlungen schienen also wieder völlig am Anfang zu stehen.

***

„Sie werden ja langsam zum Stammgast in unserem trauten Gemäuer, Herr Heppner", begrüßte ein sichtlich gut gelaunter Professor Kürten den Ermittler. „Natürlich, Herr Professor, denn ich liebe den würzigen Geruch von Formalin", entgegnete dieser sarkastisch. Kürten lachte nur, und klopfte Heppner auf die Schulter. „Wollen wir?" – „Nee. Aber wir müssen", knurrte Heppner. Kürten grinste erneut, während er sich den Mundschutz über das Gesicht zog. „Wissen Sie übrigens, weshalb wir das machen?", fragte er, wobei die Fältchen um seine

Augen sich vor Belustigung kräuselten. „Um selbst keine Spuren zu verursachen?", fragte Heppner müde. Kürten schüttelte den Kopf. „Nee. Damit wir bei der Wahllichtvorlage nicht wiedererkannt werden können...."

Der hat Humor, dachte Heppner kopfschüttelnd. Wie soll ihn sein Patient denn wiedererkennen? Der ist doch sowieso tot... Typischer Medizinerhumor. Schwarz wie die Nacht und manchmal ziemlich abstrus.

Kürten öffnete die Tür zum Sektionssaal und ließ den Polizisten eintreten. Als er die Laken über den beiden Toten zurückschlug pfiff er anerkennend durch die Zähne. „Scheint ein echter Kunstschütze zu sein, oder der Kerl hat einfach unverschämtes Glück. Na, immerhin haben wir jetzt die Projektile."

Zu Heppners Überraschung kümmerte er sich nicht zuerst um die Leichen, sondern griff nach einer Schieblehre und vermaß den Durchmesser des Bolzens, dessen Ende aus dem Auge des Mannes aus dem Bett ragte, bei dem es sich nach Christian Paulsens Angaben um Pirkner gehandelt hatte. „Er kam gerade nach Hause, als Kalinke mir das Haus zeigte", hatte Paulsen erklärt. „Die beiden tun mir leid. Sie schienen sich wirklich geliebt zu haben, wenn man die Begrüßung zugrunde legt."

Kürten pfiff leise eine Melodie, die Heppner vage bekannt vorkam. Er sollte sich auf seine Arbeit beschränken und auf eine Karriere in der Musikbranche verzichten, dachte Heppner gequält. Roger Whittaker pfeift besser. Kürten unterbrach jetzt sein Gepiepe mitten im Takt und begann leise zu lachen. „Wie ich es mir gedacht habe", sagte er fast triumphierend. „Der ist absolut identisch mit den Löchern in den beiden anderen Leichen, wenn man die Hautdehnung beim Durchtrennen der Epidermis mit einberechnet. Also sind alle vier mit Geschossen identischer Größe getötet worden." – „Eventuell sogar mit den gleichen Geschossen?", fragte Heppner gespannt. Kürten zuckte mit den Achseln. „Gemach, gemach, Herr Heppner, Ich schlage vor, dass Sie die Geschosse auf serologische Spuren untersuchen lassen, bevor sie an die Ballistiker gehen." Als der Ermittler ihn nur leidend ansah, begriff er, dass er gerade Eulen nach Athen getragen hatte, und machte sich stumm an sein blutiges Handwerk.

Zwei Stunden später übergab er Heppner drei in Plastiktüten verpackte Stifte, die aus schwarzem Kunststoff bestanden. Am einen Ende war eine zylindrisch-konische Metallspitze aufgesetzt, und am anderen Ende ragten drei rudimentäre, weiche Stummelflossen aus dem Plastikmaterial heraus. Auf einen fragenden Blick hin nickte Kürten Heppner zu.

„Sie halten gerade die Geschosse in der Hand, die den Tod der beiden Menschen auf den Tischen verursacht haben. Die Dinger haben das Kaliber 14 x 212, in Millimetern ausgedrückt. Sollte jemals ein Angreifer eine Armbrust auf Sie richten, gehen Sie besser in Deckung. Manche Schutzweste wird von einem Armbrustbolzen durchschlagen, weil die Fasern einfach beiseitegedrängt werden. Da schützt Sie nur der zusätzliche Stichschutz. Das Geschoss bei dem ersten Toten hat es geschafft, alle

Knochen im Schädel zu durchschlagen, bis es schließlich in der Kalottis stecken blieb. Alles was an Hirnmasse dazwischen lag wurde entweder vom Geschoss oder den zersplitterten Knochen vernichtet, unter anderem das Atemzentrum. Das Opfer muss sofort tot gewesen sein.

Der Schusseffekt auf den zweiten war noch krasser. Der Bolzen zerschmetterte das Schulterblatt und durchquerte die Lunge, wobei die große Lungenarterie angerissen wurde. Bereits dieser Treffer war tödlich; das Opfer wäre binnen weniger Minuten innerlich verblutet. Der zweite Bolzen gab ihm aber den Rest. Er durchtrennte den Nervenkanal im Nacken und tötete das Opfer auf der Stelle. Diesen Schuss muss man als regelrechten Fangschuss betrachten. Dass der Bolzen auf seinem Weg aus dem Hals heraus auch noch den Kehlkopf mitnahm, kann der Schütze als zusätzlichen Bonus verbuchen. Einen Unterschied machte das aber nicht mehr."

Kürten griff nach einer bereitstehenden Thermoskanne und goss sich dampfenden Kaffee in den Becher. Erst als er den Becher zum Mund führte stellte er fest, dass er immer noch die blutverschmierten Handschuhe trug. Er stellte den Becher mit einem frustrierten Seufzen beiseite und entledigte sich der Latexgebilde. Sein Blick glitt zum Kaffeebecher, und die Blutspuren darauf ließen ihn wütend knurren. „Da kann man ja zum Massenmörder werden."

Heppner griff sich an den Kopf. Natürlich! Er sah zu dem Pathologen hin, dessen Gesicht sich wieder zu einem Grinsen verzogen hatte. „Haben Sie es jetzt?", feixte er. Heppner nickte matt. „Ist aber keine Verwandt-schaft", schloss Kürten mit einer wegwerfenden Hand-bewegung. Gott sei Dank, dachte der Polizist. Besser ist es.

Düsseldorfs Antwort auf Fritz Haarmann war in den 20er Jahren des letzten Jahrhunderts Peter Kürten gewe-sen, der schließlich 1929 wegen sechs vollendeten und neun versuchten Morden hingerichtet wurde. Es beru-higte Heppner wirklich, dass keine Verwandtschaft be-stand. Als er dem Pathologen zum Abschied die Hand schüttelte kam er plötzlich darauf, was Kürten vorhin ge-pfiffen hatte. Duran Duran. A View to a Kill. Wie unge-mein passend.

***

„Ziehen wir die gesamte Sache mal von der anderen Seite auf", kommentierte Hans Bombardier bei der Ab-schlussbesprechung die frustrierten Gesichter der übri-gen MK-Mitglieder. Alle Anhaltspunkte liefen momen-tan ins Leere. Es gab keine Zeugen für die Taten, und ihr fast überfahrenes Pärchen hatte mit Ausnahme des Wa-gentyps auch keine brauchbaren Anhaltspunkte gelie-fert.

„Am vergangenen Samstag ist auf dem Hochemmeri-cher Markt ein Mittelaltermarkt eröffnet worden", setzte Bombardier fort. „Dort kann man Schmieden bei der Ar-beit zusehen, sich Schwerter anfertigen lassen, Met trin-ken…" – „Und mit der Armbrust schießen", setzte Christian Paulsen hinzu. „Ich bin schon mal auf so einem Markt gewesen. Ist ganz putzig, wie die Leutchen dort

in ihren Gewändern rumlaufen. Juliane hat echt geguckt, als ich danach mit einem Schwert nebst Gehänge ankam. Macht sich aber echt gut an der Wohnzimmerwand." – „Direkt neben dem Kopf des selbst erlegten Elch", frozzelte Tom Hermanns. „Falsch", knurrte Paulsen. „Hirschkopf mit Geweih. Ich habe einen Vertrag mit Jägermeister". – „Schluss ihr beiden", unterbrach Bombardier das Geplänkel. „Werdet mal wieder ernst."
Die beiden Angepfiffenen grinsten sich noch einmal an und lehnten sich zurück. „Wir werden uns auf diesen Mittelaltermarkt konzentrieren und den dortigen Armbruststand genau unter die Lupe nehmen. Vier Teams werden die dort beschäftigten Leute überprüfen und befragen. Vielleicht finden wir ja jemanden, der gern einbricht und einen Opel Omega hat."

„Gutes Stichwort", meldete sich Paulsen noch mal zu Wort. „Ich recherchiere noch bezüglich des Autos. Dank Änderung der Suchkriterien gibt es doch noch eine Menge Hinweise, denen ich nachgehen muss, und ich würde mich bei der Mittelaltersache gern zunächst mal ausklinken. Guido hat versprochen, mich zu unterstützen". Guido Sonntag, der aus dem KK 15 stammte nickte nur. „Gut, Christian. Der Markt ist noch bis kommenden Sonntag ab 10.00 Uhr morgens geöffnet. Die Teams 1 bis 3 werden sich unter Leitung von Klaus dort umsehen. Hanna, du wirst Klaus begleiten und Protokoll führen". Hanna Karl nickte begeistert. „Zieh dir Turnschuhe an", frozzelte Heppner mit Hinweis auf die Aktion am Vortag. Hanna dankte ihm den Hinweis, indem sie die Zunge herausstreckte. Heppner seufzte nur. Frauen sind halt undankbar.

Hans Bombardier entließ die Kräfte mit der Aufforderung, sich gründlich auszuschlafen und am nächsten
Morgen um 08.00 Uhr wieder fit zu sein. Der hat gut reden, dachte Heppner müde. Wahrscheinlich würde es
mehrerer Halbe im „Deutschen Vatter" bedürfen, um
wirklich schlafen zu können.

Er sollte Recht behalten.

Fünf
30. April 2010, 09.00 Uhr

Bei Außenermittlungen gibt es kaum etwas, das Polizisten mehr hassen als strömenden Regen. Sie glauben dann immer, dass von oben herab irgendwer ihnen einen Knüppel zwischen die Beine werfen will, und wer wollte ihnen das verdenken. Heute war wieder einer von diesen Tagen, an denen der Himmel seine Schleusen exakt zu dem Zeitpunkt geöffnet hatte, an dem die Ermittler nahe des Rheinhausener Marktplatzes anhielten. Manchmal ist in diesem Job das Duschen inklusive.

„Zum Glück sind die meisten Stände überdacht", tröstete Hanna Karl ihre Kollegen, während sie sich ihre Regenjacke auszog. Klaus Heppner zog einen Flunsch. „Ja, und zwischen den Ständen dürfen sie hin und her schwimmen, was?". Hanna Karl und ihm ging es verhältnismäßig gut, da sie ihre ‚Kommandozentrale' im Marktcafe aufgeschlagen hatten, aber die drei Teams hatten bereits mehrfach angekündigt, trockengelegt werden zu wollen. „Wir holen uns den Tod, wenn wir uns nicht aufwärmen", hatte Peter Elgert aus Team 2 gejammert. Heppner hatte daher angeordnet, dass sich alle Kollegen um 12.00 Uhr im Marktcafe treffen sollten. Fünf Minuten vor der Zeit klingelte sein Handy, und er sah, dass es wieder Peter war.

„Von mir aus könnt ihr auch jetzt schon kommen, wenn ihr durchweicht seid", knurrte er. Elgerts Antwort, vorgebracht im Tonfall tiefer Befriedigung, ließ Heppner langsam vom Stuhl aufstehen. „Deshalb rufe ich nicht an. Du solltest schleunigst mal zur Spinnerei kommen. Nein nicht, damit du auch nass wirst. Vielleicht habe ich hier einen Hinweis auf unseren Opel Omega."

Bei ihrer Ankunft in der Spinnerei war auch Heppner klatschnass, was Peter Elgert mit einem Gesichtsausdruck tiefster Befriedigung zur Kenntnis nahm. Er stand neben einer Frau Mitte Vierzig, die in ein sackartiges Kleid gehüllt war, welches nicht nur im Stil des Mittelalters gehalten war, sondern auch so verschlissen aussah als sei es tatsächlich um 1400 genäht worden. Die Frau, die sich als Clarissa Stadler vorgestellt hatte sah Heppners Blick und lachte. „Tja, damals war das Spinnen Arbeit der Bauersfrauen, und zumeist waren es Leibeigene. Da suchten Sie vergebens nach modischem Chic. Der war den Frauen der Adligen vorbehalten. Die Pest hat aber vor niemandem haltgemacht." Und sie wies auf eine Gestalt im weiten, offenbar wasserdichten Umhang, dessen Gesicht von einer Maske mit langem Schnabel verborgen war. Der Mann trug also das Kostüm eines mittelalterlichen Pestarztes. Anscheinend hatte er die Geste der Standbesitzerin gesehen, denn er drehte den Kopf in ihre Richtung, blieb abrupt stehen und kam auf die Polizisten zu.

„Das ist unser Doktor", lachte die Frau. „Er ist übrigens auch wirklich Arzt und erscheint hier nur in seiner Freizeit." – „Die überaus knapp bemessen ist, woran Herr Heppner keineswegs unschuldig ist", tönte es dumpf hinter der Maske hervor. Obwohl verzerrt, erschien Heppner der Klang der Stimme vertraut, und er sah genauer hin. Der Pestarzt begann zu lachen und zog die Maske von seinem Gesicht.

„Mich laust der Affe", entfuhr es Heppner. „Ja, zur damaligen Zeit war es praktisch, einen Affen zum Lausen zur Verfügung zu haben. Läuse gab es damals mehr als genug. Deshalb auch die weite Verbreitung der Pest. Soll ich mal nachsehen?" – „Nicht nötig, Herr Professor", ächzte Heppner, denn sein Gesprächspartner war kein geringerer als Professor Kürten.

„Tja, jeder hat wohl ein Hobby, dem er in seiner Freizeit frönt. Bei mir ist es das Mittelalter. Wussten Sie, dass die meisten medizinischen Fortschritte im Mittelalter dort gemacht wurden, wo sich die Medizin nicht dem Dogma der Kirche unterwarf? Alle Erkenntnisse stammten aus den damals illegalen Leichenöffnungen."

„Schon gut, ich habe den ‚Medicus' gelesen", unterbrach Heppner Kürtens vergnügten Redeschwall. „Okay, Sie haben bestimmt zu tun. Ich werde sicher hier noch einige Leute schröpfen oder zur Ader lassen müssen", grinste Kürten, bevor er sich die Schnabelmaske wieder aufsetzte und weiterging. Hanna Karl sah ihm mit offenem Mund nach. „Das war doch nicht…" – „Doch, war er" seufzte Heppner. „Und er macht den Pestarzt. Ich hoffe nur, dass er hier nicht praktiziert, um nachher als Pathologe mehr zu tun zu haben."

Clarissa Stadler hatte das Gespräch mit offenkundiger Belustigung verfolgt. Sie wurde jedoch umgehend ernst, als sich Peter Elgert neben ihr räusperte und sie bat, ihre Aussagen zu wiederholen.

„Ich hatte mein Auto seit Beginn des Marktes in der nächsten Seitenstraße geparkt, und da ich sie nach dem

Markt nicht mehr brauche hatte ich einen „zu verkaufen"-Zettel mit meiner Handynummer in die Scheibe gehängt. Vor zwei oder drei Tagen rief mich jemand an und wollte die alte Kiste kaufen. Er hat auch gar nicht gefeilscht, sondern akzeptierte sofort den Preis. Na ja, 350 € sind auch nicht viel Geld. Ich war froh, den alten Opel Omega los zu werden, weil ich ihn nicht mehr über den TÜV bekommen hätte, aber der Mann sagte, für seine Zwecke würde das Auto genügen. Es sei sogar perfekt, hat er gemeint, als er ihn besichtigt hat. ‚Ein perfektes Spiegelbild', sagte er wörtlich. Er hat bar bezahlt, die Papiere mitgenommen um sich neue Kennzeichen zu besorgen und den Wagen irgendwann in der Nacht abgeholt. Da war ich aber nicht da."

Heppner nickte bedächtig, während seine Gedanken rasten. Spiegelbild von was? „Wie sah dieser Käufer denn aus?", fragte Hanna Karl die Zeugin. Deren Augen leuchteten auf. „Das war ein echter Hüne. So um die 40 Jahre alt, etwa 190 cm groß, athletisch gebaut, tiefgrüne Augen. Er trug einen langen schwarzen Ledermantel, und zu seiner Haarfarbe kann ich nichts sagen, denn er hatte eine Wollmütze auf dem Kopf. Aber sein Vollbart war blond." – „Dann dürften die Haare kaum anders gefärbt sein", kommentierte Hanna Karl trocken, während sie die Angaben und die Personalien der Zeugin notierte, die enttäuscht seufzte. „Der Kerl sah echt gut aus. Fast wie Henning Baum. Er hatte versprochen, den Wagen sofort umzumelden. Hat er aber nicht gemacht. Wenn Sie ihn erwischen, zeige ich ihn an." Heppner schnaubte nur. „WENN wir ihn erwischen, und Ihr Auto etwas mit unserer Sache zu tun hat dürfte ein nicht umgemeldetes Auto das Geringste seiner Probleme sein. Was ist mit

dem Kaufvertrag?" – „Fehlanzeige, reines Handschlag-
geschäft." Hanna Karl und Heppner knirschten mit den
Zähnen. Selbst wenn der Käufer einen falschen Namen
benutzt hätte, wäre eine Identifizierung über Fingerab-
drücke auf dem Vertrag möglich gewesen. Aber so...
Hanna Karl seufzte und wandte sich wieder an die Zeugin: „Und Sie erkennen ihn wieder?" Frau Stadler nickte
entschieden. „Wir können ja versuchen, so ein Phantom-
bild von ihm zu erstellen. Ich finde das spannend!"

Klaus Heppner winkte ab. „Lassen wir die Kirche erst
mal im Dorf. Zurzeit ist es nur ein Hinweis, dem wir
nachgehen werden. Vielen Dank, Frau Stadler. Wir melden uns bei Ihnen."

***

Die Kollegen tropften vor sich hin, und ihre Laune ließ
sich aus ihren Mienen ablesen. Es schien sie nicht im
Mindesten zu trösten, dass auch ihr Chef Heppner sich
hatte nass regnen lassen müssen. Rudi Brack nieste demonstrativ. „Also das mit dem Armbruststand kann man
wohl knicken. Die Geräte sehen aus wie aus dem 13.
Jahrhundert, sind aus massivem Holz, mindestens 1,20
m lang und wiegen fast 15 kg. So was schleppt kein Einbrecher mit sich rum. Außerdem habe ich die Bolzen gesehen, die verwendet werden. Sie sind fast 40cm lang
und viel dicker als das, was in den beiden letzten Opfern
steckte." Brack nieste erneut, und Hanna Karl reichte
ihm ein Taschentuch.

„Allerdings haben wir an den Ständen ein bisschen nach
dem Käufer des Opel Omega von Frau Stadler gefragt.

60

Der Kerl war tatsächlich am Armbruststand, hat aber nicht geschossen, sondern gemeint er wäre so was wie ein Profi, und das sei unfair." – „Profi im Armbrustschießen?", fragte Tom Hermanns verblüfft. „Klar, schließlich gibt es offizielle Meisterschaften. Sogar Weltmeisterschaften gibt es.", belehrte ihn Hanna Karl. „Schlag nach bei Google." Hermanns schnaubte verächtlich. „Fein. Ich bin übrigens Europameister im Sackhüpfen." – „Ich hüpfe dir gleich auf deinen..." – „Schluss jetzt", unterbrach Heppner die Streithähne. „Hanna hat Recht. Vielleicht sollten wir uns um die Spezialisten kümmern und die Freizeitritter außen vorlassen. Immerhin haben wir jetzt eine Spur, nämlich einen 190 cm großen Mann mit grünen Augen, der eine Wollmütze trug und den Omega gekauft hat, der unser Tatfahrzeug sein kann, aber nicht muss. Ob die Spur also heiß ist, werden wir herausfinden müssen."

„Vielleicht geht das ja schnell", meinte Rudi Brack, der immer noch schnüffelte. „Wir haben das Kennzeichen des Omega und dadurch auch die Fahrgestellnummer. Wen der Wagen umgemeldet wird, haben wir die Personalien des neuen Halters." – „Ja, wenn!", warf Tom Hermanns ein. „Und wenn es sich um unser Tatfahrzeug handelt, wird er nicht umgemeldet, sondern immer wieder mit frisch gestohlenen Kennzeichen versehen. Dann sind wir ebenso schlau wie zuvor." – „Vergiss nicht die Macht der Hormone, Tom", widersprach Heppner. „Frau Stadler hat jetzt noch Sternchen in den Augen, wenn sie an den Omega-Käufer denkt. Von ihr bekommen wir bestimmt ein gutes Montagebild."

Er blickte seufzend auf seine pudelnassen Kollegen. „Machen wir Feierabend, Leute. Ich glaube, wir haben hier alles herausgeholt. Fahren wir wieder rein, um uns trocken zu legen."

Die Erleichterung war allgemein. Niemand lässt sich gern bis auf die Haut nass regnen, ohne ein eindeutiges Ermittlungsergebnis erzielt zu haben. Wenn ein Polizist schon seine Gesundheit einsetzt, sollte es sich wenigstens lohnen.

***

„Der Wagen von Frau Stadler hatte das Kennzeichen WES – KS 483, und er ist nicht wieder zugelassen worden", beendete Heppner seinen Bericht über die Ermittlungen auf dem Markt. Sie waren fast die einzigen gewesen, die etwas Positives zu berichten hatten. Nur Guido Sonntag war doch noch fündig geworden.

„Am 12. April wurde gegen zwei Uhr nachts auf der Dr. Wilhelm-Roelen-Straße ein anthrazitfarbener Opel Omega nach einem Verkehrsverstoß angehalten. Der Fahrer zahlte sein Verwarnungsgeld, aber irgendetwas kam den Kollegen von der Streife verdächtig vor, denn sie haben sich das Kennzeichen notiert. BOR-CA 137. Halter ist ein Thomas Mellersen aus Bocholt. Keine Ahnung, was der Bursche mitten in der Nacht in Walsum verloren hatte.

Zu Mellersen haben wir keine Erkenntnisse. Der ist so was von negativ, dass es fast unnormal ist. Nicht mal einen Eintrag im Bundeszentralregister in Flensburg finde ich. Wenn wir was über ihn wissen wollen, müssen wir ihn selbst fragen."

Hans Bombardier knetete seine Schläfen mit den Fingerspitzen, um seine Kopfschmerzen zu vertreiben. Die Mitglieder der MK kannten das von ihm zur Genüge und warteten einfach ab. Als ihr Chef vom Kneten genug hatte, sah er auf. „Das sind unsere nächsten beiden Hauptspuren. Christian und Guido, ihr fahrt morgen früh nach Bocholt und quetscht diesen Mellersen aus. Erfindet von mir aus irgendeine Legende, aber fotografiert sein Auto von allen Seiten und seht euch auch den Laderaum an. Rudi und Tom, ihr schnappt euch Frau Stadler und fahrt mit ihr zum LKA, um ein Montagebild erstellen zu lassen. Vielleicht kennt jemand den Käufer wieder. Klaus und Hanna, ihr fragt beim Deutschen Schützenbund nach, ob dort jemand bekannt ist, der der Beschreibung von Frau Stadler entspricht.

Wir machen heute um 17.00 Uhr Schluss, wenn ihr mit euren Berichten fertig seid. Einige von euch werden sicher in den Mai tanzen wollen, und die anderen…" – „Setzen sich wahrscheinlich auf den Besen und reiten zum Blocksberg", frozzelte Tom Hermanns mit Blick auf Hanna Karl, die es mit Humor nahm und begann, mystische Zeichen in die Luft zu malen, während sie gutturale Beschwörungsformeln ausstieß, um ihren Kollegen zu verhexen. Hans Bombardier wartete grinsend, bis das Lachen verebbte. „Wir treffen uns morgen früh um zehn Uhr wieder. Trotz Tags der Arbeit. Wir müssen diesen Killer fangen, bevor noch weitere Menschen sterben."

Wie sich herausstellte, war hier der Wunsch Vater des Gedankens, denn sie hatten keine Chance…

Sechs
1. Mai 2010, 00.45 Uhr

Der kühle Luftzug wehte über die nackte Schulter der Frau im Bett, die sich bildende Gänsehaut ließ sie schaudern, und sie zog die Bettdecke bis zum Kinn hoch. Das kann nicht sein, dachte sie. Wie kann es kalt werden, wenn wir alle Fenster geschlossen haben?

Obwohl sie sich nicht für unsagbar klug hielt, war sie den Warnungen der Polizei gefolgt und Hartmut und sie hatten vor dem Schlafen gehen alle Fenster geschlossen. Hier in Walsum seines Lebens nicht mehr sicher sein zu können war zwar übertrieben, aber ein Risiko eingehen wollte sie nun auch wieder nicht. Und trotzdem.... wo kam die kühle Luft her?

Jetzt bemerkte sie den Windhauch auch in ihrem Gesicht, und sie öffnete ihre dunkelblauen Augen, deren Wirkung von langen blonden Wimpern noch verstärkt wurde. Langes gelocktes Haar von ebensolcher Farbe umrahmte ein Gesicht mit porzellanartigem Teint, aus dem der Mund mit fein geschwungenen Lippen hervorstach. Sie war eine ausgesprochene Schönheit, und sie war sich ihrer Wirkung auf die Männer immer bewusst gewesen. Hartmut erobert zu haben bedeutete ihr viel. Für ihn war sie bereit, die Brücken hinter sich abzubrechen und bei ihm zu bleiben, was immer geschehen würde.

Ihr Liebhaber, der leise atmend neben ihr auf dem Bauch lag zuckte plötzlich zusammen und erschlaffte. Erst danach wurde ihr klar, unmittelbar zuvor eine Mischung aus Schnappen und Schwirren gehört zu haben.

Sie fuhr hoch, und mit Entsetzen starrte sie auf die große Gestalt, die hoch aufgerichtet hinter dem Bett stand. Obwohl kein Licht eingeschaltet war konnte sie im Mondlicht die Umrisse des Mannes deutlich sehen. Er war komplett dunkel gekleidet, hatte Handschuhe aus einem gummiartigen Material übergestreift und hielt eine Waffe auf sie gerichtet, deren Bauart sie nicht kannte, deren Wirkung sie aber an Hartmut eindeutig sehen konnte, als sie den Kopf langsam nach rechts drehte.

Hartmut war zweifellos tot. Aus seinem Rücken ragte etwas, das dem Ende eines dicken Bleistifts nicht unähnlich war, und wenn die Länge stimmte, hatte die Spitze das Herz durchquert.

Die Frau drehte den Kopf jetzt wieder und sah den Mann vor ihrem Bett, welcher sie durch die Schlitze einer Skimaske musterte gefasst an. Sie wusste, dass sie sterben würde, und dass ihre äußere Erscheinung jetzt keine Rolle mehr spielte. Als der Mann vor dem Bett sie ansprach, riss sie dennoch Mund und Augen auf, doch sie konnte noch zwei Worte stammeln, bevor der Bolzen ihr Herz zerriss.

Sie fiel zurück auf das Bett und spürte, wie ihr zerstörtes Herz zu schlagen aufhörte. Als sich die Finsternis über sie senkte, dachte sie zum letzten Mal an ihr Leben zurück, und ihr letzter Gedanke galt nicht dem Toten neben ihr oder ihrem Mörder, sondern den verpassten Chancen in ihrem Leben. Es war falsch gewesen. Alles falsch… Ihre Bewegungen erstarben, als auch ihre Gehirnströme erloschen.

***

Dreimal in einer Woche ist eindeutig zu viel, dachte Heppner, als das Telefon ihn um 02.30 Uhr aus dem Schlaf riss. „Langsam könnt ihr mich mal", knurrte er ins Mikrofon. „Geschenkt", antwortete Hans Bombardier am anderen Ende der Leitung. „Mich haben sie vor zehn Minuten geweckt. Warst du gestern Abend weg?" Heppner schüttelte den Kopf, bevor es seinem benebelten Gehirn klar wurde, dass sein Chef es nicht sehen konnte. „Nee, ich habe mich direkt aufs Ohr gehauen. Bin eh nicht der Tanzfreak. Als ob ich es gewusst hätte. Wo diesmal?" – „Plutostr. 24. Natürlich in Walsum. Wir treffen uns auf der Kriminalwache."

Heppner hängte ein und schüttelte den Kopf, um ihn wieder klar zu bekommen. Unter der Dusche feuerten die Synapsen endlich mit annehmbarer Geschwindigkeit. Mein Gott. Pluto. Nicht der Kleinstplanet und nicht Hund von Mickey Mouse, sondern römischer Gott der Unterwelt. Was für eine bescheuerte Übereinstimmung…

***

Das Haus auf der Plutostr. 24 entpuppte sich als ein zweigeschossiges Einfamilienhaus mit Spitzgiebel, dessen Schmalseite zur Straße zeigte. Im Licht der Morgensonne hatten die sandfarbenen Klinkersteine an der Fassade einen freundlichen, warmen Schimmer, und ein kleiner Vorgarten mit Blumenrabatten umrahmte einen sanft geschwungenen, mit roten Pflastersteinen ausgelegten Weg zur Eingangstür. An der rechten Seite des Hauses befand sich die Garage, die offenstand und den Blick auf einen silbergrauen BMW freigab. Vom hinteren Ende der Garage ab wurde das zum Haus gehörende Grundstück durch eine etwa mannshohe, aber nicht völlig geschlossene Buchsbaumhecke nach rechts zu einer Brachfläche abgeschlossen. Ein Fenster an der Rückseite stand offen, und an der Hauswand lehnte die unvermeidliche Leiter. Heppner seufzte und rekapitulierte die ihnen vorliegenden Fakten.

Laut Einwohnermeldeamt handelt es sich bei den Hausbewohnern um Hartmut und Katharina Runde, 46 und 39 Jahre alt und seit knapp 10 Jahren verheiratet. Beide hatten einen siebenjährigen Sohn, der im letzten Jahr verstorben war. Nach dem Sohn jetzt die Eltern. Heppner begann zu frösteln.

Der mies gelaunte Ede Vollstraß öffnete ihm und Bombardier die Tür, nachdem sie die unvermeidlichen Spurensicherungsanzüge angelegt hatten. Heppner warf einen Blick in die Küche, wo Gevatter Tod offenbar die Beseitigung der Reste eines „Dinner for Two" verhindert hatte. 1992er Bardolino, Bariquefass-gelagert, registrierte Heppner automatisch beim Blick auf die Weinflasche. Respekt.

Der nette Abend hatte sich augenscheinlich im Wohnzimmer fortgesetzt. Gegenüber von einem jetzt durchwühlten Schrank stand eine Wohnlandschaft aus anilingrauem Leder, auf die sich die Mordopfer nach dem gemeinsamen Essen mit einem guten Glas Wein zurückgezogen hatten. Was die beiden daran gehindert hatte, den Wein zu Ende zu trinken, zeigten die auf und neben der Couch liegenden Kleidungsstücke nur zu deutlich. „Der Schrank sieht nicht so aus, als hätten bei beiden nach Kondomen gesucht", flachste Heppner beim Blick auf das Chaos. Sein Chef schnaubte nur.

Über die Treppe im Flur gelangten Bombardier und Heppner ins erste Obergeschoss. Gegenüber dem Treppenaufgang befand sich ein großes, luxuriös eingerichtetes Badezimmer mit Whirlpool, Dusche, Bidet und Doppelwaschbecken, dessen Fliesen allein bereits ein Vermögen gekostet haben mussten. Bei dem Zimmer links davon handelte es sich wohl um den eigentlichen Tatort, da der Zugang zu diesem Zimmer durch rotweißes Absperrband versperrt war.

Hans Bombardier stand direkt vor der Absperrung und blickte kopfschüttelnd auf die beiden Toten. Auch Heppner sah hin und prägte sich sofort automatisch die Lage der Toten ein. Die Bettdecken waren am Fußende des Bettes zusammengeknüllt und hingen halb auf den Fußboden hinab, der mit einem hellgrauen Veloursteppich ausgelegt war. Beide Tote waren splitternackt, lagen längsseitig im Bett und mit den Köpfen auf den Kissen, die wie die Bettdecken mit beigefarbenem Chintz überzogen waren. Der Mann lag auf dem Bauch, und durch seine gespreizten Beinkonnte man sehen, dass die rechts neben ihm auf dem Rücken liegende Frau mit der rechten Hand auch hier den Penis des Mannes umklammert hielt. Ein Copykill, schoss es Heppner durch den Kopf. Nur hatte der Täter seine eigene Tat kopiert. In ihrer Brust und seinem Rücken erkannte Heppner Verletzungen, aus denen Blut ausgetreten war – und in den Wunden sah er schwarze Stifte, die einen Durchmesser von gut einem Zentimeter hatten. „Die Bolzen hat er auch diesmal wieder in den Körpern gelassen", murmelte Heppner, sah der Frau erstmals ins Gesicht - und stöhnte entsetzt auf.

Heppner griff fassungslos nach einem Halt. „Mein Gott", murmelte er. „Das kann doch nicht…" Er tauchte unter dem Absperrband durch und ging trotz der missbilligenden Blicke von Fritz Sattmann näher an die Tote heran. Der Blick in die noch offenen und sich langsam trübenden tiefblauen Augen beseitigten jeden Zweifel. Sie war es. Aber was tat sie hier? Trottel, ätzte Heppners Unterbewusstsein. Sie ist nackt, und der Typ ist nackt. Was haben sie wohl gemacht? Er gab sich einen Ruck, wandte sich zu Bombardier um und ließ die Katze aus dem Sack.

„Hans, ich habe zwei Nachrichten für dich: eine schlechte und eine beschissene. Erst mal die schlechte: bei der Toten handelt es sich nicht um Katharina Runde. Und die beschissene ist: wir müssen die MK personell verändern. Christian Paulsen muss von den Ermittlungen ausgeschlossen werden. Die Tote ist nämlich Juliane, seine Frau."

***

70

Hans Bombardier war für eine glatte Minute sprachlos, bis er sich wieder fasste. „Bist du sicher? Ich meine…. Ja klar. Du warst ihr Trauzeuge. Das ist ja ein Hammer. So was habe ich noch nicht gehabt." Er schüttelte konsterniert den Kopf, bevor er laut zu denken begann.

„Christian ist natürlich erst mal raus aus der Sache. Wir kommen auch ohne ihn klar, notfalls ordere ich Ersatz. Wir müssen uns aber um ihn kümmern. Rufe sofort unseren Polizeiseelsorger an und den Polizeiarzt. Wüsstest du sonst noch jemanden?"

Heppner schüttelte stumm den Kopf. Warum hat Juliane das gemacht, fragte er sich immer und immer wieder. Warum hat sie sich mit diesem Typen eingelassen? Sein Hass auf den Toten im Bett ließ ihn mit den Zähnen knirschen.

Bombardier hatte inzwischen Gesellschaft von Ede Vollstraß erhalten, der erregt auf ihn einsprach und das Zimmer wieder verließ. Der MK-Leiter sah ziemlich ratlos aus. „Ede ist gerade auf die Idee gekommen, sich die Leiter einmal genauer anzusehen. Auf den Sprossen waren nur Spuren von den Dienstschuhen der Streifenbeamten. Diese Spuren sind auf den Trittstufen so deutlich zu sehen, als wären sie mit einem Stempel angebracht worden. Täterspuren gibt's da gar keine, und das ist quasi unmöglich, wenn der Täter nicht hinaufgeschwebt ist. Der Tatort selbst ist ein klassischer Copykill von unserem ersten Mordszenario. Die Körperlage der Toten dürfte somit nach der Tat vom Täter arrangiert worden sein. Und das Opfer heißt Juliane Paulsen. War das wirklich nur Zufall?" Bombardiers Augen wurden bei seinen

Worten immer kälter, und Heppner brauchte einige Sekunden, bis er entsetzt begriff, was sein Chef damit andeuten wollte.

„Redest Du irre?", fragte Heppner gepresst. „Wir haben am letzten Tatort doch nur gewitzelt, dass Christian der Täter sein könnte, und Christian ist mein Freund. Mein Gott, ich werde ihm jetzt erst mal erzählen müssen, dass seine Frau ermordet wurde! Vielleicht war das ja ein Anschlag, der mittelbar ihn treffen sollte!" – „Das weiß ich, Klaus. Wir dürfen die Möglichkeit aber nicht außer Acht lassen. Schließlich sind wir Profis." – „Außer Acht lassen?" Heppner schrie fast. „Hans, wenn du Juliane als gezieltes Opfer betrachtest, können wir auch gleich behaupten, er sei der Täter, und…. Mein Gott! Dann müsste er die übrigen Taten … zur Ablenkung benutzt haben. Hans, das ist doch völlig absurd!" - „Und wenn doch? Was wäre, wenn Christian von dem Verhältnis der beiden gewusst hätte? Hätte er dann nicht auf die Idee kommen können, die Möglichkeit zu ergreifen, sie quasi in eine bestehende Mordserie einzureihen?" Klaus Heppner schüttelte angewidert den Kopf. „Mensch Hans, wir reden von Christian Paulsen, also nicht nur von meinem Freund, sondern auch von einem Kollegen, mit dem wir schon etliche Mörder zur Strecke gebracht haben! Das kann nicht dein Ernst sein", wiederholte er. Hans Bombardier seufzte tief. „Ist es hoffentlich auch nicht. Aber… dass ausgerechnet Juliane Paulsen bei ihrem Liebhaber ist, dort eingebrochen wird und der Einbrecher beide killt…. Ziemlich viele Zufälle auf einmal." Er schüttelte den Kopf und winkte Fritz Sattmann heran. „Ich weiß, dass ihr sorgfältig arbeitet, aber hier will ich, dass buchstäblich jedes Staubkorn im Schlafzimmer registriert wird. Habt ihr mich verstanden? Hier ist die Frau eines Kollegen ermordet worden, unter welchen Umständen auch immer, und wir werden den Mörder fangen, egal wie!!!" Bei Heppners Mitteilung, wer dort tot auf dem Bett lag wich den Spurensicherern das Blut aus dem Gesicht. Als Sattmann nach mehreren Sekunden etwas sagte, klang seine Stimme rau vor unterdrückter Wut.

„Raus."

Die Ermittler nickten nur und gingen, während der Mann vom Erkennungsdienst die Tür hinter sich schloss. Sein Zorn war Gewissheit genug, dass er keine einzige Spur übersehen würde.

„Hier können wir Moment nichts mehr tun, Klaus. Da wir nun schon mal hier sind, könnten wir eigentlich mal bei der Hinweisgeberin vorbeifahren und ihre Aussage aufnehmen." - „Bietet sich an", stimmte Heppner ihm zu. „Nach den Angaben der K-Wache heißt sie Marion Paschen und wohnt in der Planetenstr. 14. Das ist die nächste Parallelstraße. Ich schlage vor, wir laufen." Bombardier nickte, und ungefähr eine Minute später standen sie vor der Tür des Hauses, in dem die Hinweisgeberin Marion Paschen wohnte.

Als sich die Tür öffnete hielt Klaus Heppner unwillkürlich die Luft an. Marion Paschen war allenfalls mittelgroß und verfügt über eine Figur, mit der sie es nicht einmal in die Vorrunde bei Germanys Next Top Model geschafft hätte. Mittelbraunes, gelocktes Haar in Schulterlänge umrahmte ein gleichmäßiges, ovales Gesicht, aus dem eine kecke Stupsnase herausragte. Die dunkelsten braunen Augen, die Heppner je gesehen hatte, sahen ihn gerade und neugierig an. Sie war geschätzt Anfang bis Mitte 40, trug Jeans und eine Bluse, deren Batikmuster irgendwann in den siebziger Jahren modern gewesen sein musste. Die Zeit vergeht. Dennoch besaß sie eine Ausstrahlung, die Klaus Heppner sofort faszinierte. So, dachte er. So müsste sie aussehen. Aber ich habe doch aufgehört zu träumen. Er setzte ein unverbindlich-freundliches Lächeln auf, das uneingeschränkt erwidert wurde, und das löste etwas in ihm aus.

Auf ihre Aufforderung hin traten die Beamten ein, wobei Heppners Knie aus Gummi zu bestehen schienen. Sie gingen in ein Wohnzimmer, welches exakt so geschnitten war wie das am Tatort, doch im Gegensatz zum Wohnzimmer im Haus der Rundes, welches auf Heppner kalt und protzig gewirkt hatte, strahlte ihr Wohnzimmer Leben und Wärme aus. Ihre Personalien bargen für Heppner eine Überraschung. 47 Jahre alt, aha. Hätte er jünger geschätzt. Geschieden, keine Kinder. Nett, wirklich nett, dachte Heppner. Er hätte sie gern unter anderen Bedingungen kennen gelernt als denen, die Hans Bombardier jetzt schilderte. Ihrer Gastgeberin fiel buchstäblich die Kinnlade herab.

„Oh mein Gott. Wer könnte den beiden so etwas angetan haben? Und ich hatte bis zuletzt auf einen stinknormalen Einbruch gehofft." - „Das hätte wohl jeder. Kennen Sie ihre Pflichten als Zeugin im Strafverfahren?" Frau Paschen winkte ab. „Wahrheitspflicht, Zeugnisverweigerung und so weiter. Kenne ich von Ihrem Kollegen Peterstal vom KK 42, bei dem ich vor drei Monaten gesessen habe, als mein Fahrrad geklaut wurde." Heppner nickte ihr zu, und sie begann zu berichten, während er mit einem Gesichtsausdruck zuhörte, der es Bombardier schwer machte, ein Grinsen zurückzuhalten.

„Nun ja, ich bin gestern Abend ins Oberbayerns Anton in Neudorf gefahren. Ü30-Party zum 1. Mai. Eine Freundin hatte mich überredet, weil sie fürchtete, ich würde hier als Mauerblümchen vertrocknen. Beim Umziehen etwa gegen 21:00 Uhr hatte ich vom Schlafzimmer aus gesehen, dass das Haus der Rundes gegenüber völlig dunkel war, was nur passiert, wenn sie weg sind. Stimmt, dachte ich, Katharina ist vorgestern Nachmittag mit ihrem Auto weggefahren. Sie fährt einen roten Toyota, Kennzeichen DU-JH 2005. JH steht für Jan Hendrik. Dies war der Name des Sohnes von Hartmut und Katharina, und er ist letztes Jahr am 20. Mai bei einem Verkehrsunfall ums Leben gekommen. Das Kennzeichen ist wohl so was wie ein permanentes Mahnmal."

Innerhalb von nur einer Minute erfuhren die vernehmenden Beamten durch ein schnelles Telefonat, dass der rote Toyota nirgends zu finden sei, aber ein silbergrauer BMW 535i in der Garage stehen würde. Frau Paschen, die mitgehört hatte, nickte nur. „Essener Kennzeichen? Hartmut ist Ingenieur bei einer Essener Baufirma, und hat den BMW als Dienstwagen."

Bombardier, der genug hatte vom Heppner-Beobachten kam jetzt wieder zur Sache. „Sie waren also gestern

Abend bei dieser Ü30-Party. Was geschah dann weiter?". Frau Paschen schnaubte. „Das entwickelte sich im Laufe der Zeit zu einer Techno-Veranstaltung. Nicht die Mucke unserer Generation, und die Leute dort zuckten nur, statt zu tanzen. Ich kam mir vor wie auf der Mayday, und bin deshalb schon gegen halb eins zurück nach Hause gefahren. Als ich oben im Schlafzimmer war, habe ich gesehen, dass sich die Gardinen am Schlafzimmerfenster der Rundes bewegt haben. Katharina ist eine lebende Frostbeule und schläft immer bei geschlossenem Fenster; außerdem waren die Warnungen vor dem Einbrecher-Killer in allen Nachrichten. Und dann sah ich die Leiter, die direkt neben dem Fenster an der Hauswand lehnte. Also habe sofort über 110 die Polizei angerufen. Das war fünf vor eins. Außerdem… an der linken Gartenbegrenzung hatte sich, glaube ich, etwas bewegt. Ich habe überhaupt keine Ahnung was es war. Vielleicht habe ich mich auch nur einfach getäuscht."

Heppner konnte seine Augen nicht mehr von Marion Paschen nehmen. Da er bei einer Frau eher auf weibliche Formen denn auf absolute Modelmaße stand, entsprach Marion Paschens Aussehen vollständig seinem Geschmack. Wovon er sich jedoch am meisten angezogen fühlte, war der warme Blick in ihren Augen, ihr Humor und das Mitgefühl, das sich während ihrer Aussagen für die Opfer zeigte. Und es schien ihm, als würde auch sie ihn unverwandt ansehen.

Gegen Ende der Vernehmung schrillte Hans Bombardiers Handy. „Videostream von Ede", raunte er Heppner zu, während er einige Schritte wegging. Vier Kameras waren zur Spurensicherung in den Winkeln des Schlafzimmers aufgebaut worden, und die Bildausschnitte wurden per Split Screen auf dem Bildschirm angezeigt. Beide Leichen sahen inzwischen aus, als hätte Christo oder ein anderer Verpackungskünstler sich an ihnen ausgetobt. Sattmann und Vollstraß hatten ganze Arbeit geleistet und die Leichen bereits vollständig abgeklebt, um mögliche Faserspuren zu sichern.

Während Bombardier mit Vollstraß telefonierte bat Klaus Heppner Frau Paschen ihm zu zeigen, von wo aus sie ihre Beobachtungen gemacht hatte, woraufhin sie lächelte und ihn ins Schlafzimmer führte. Dort zog sie die Gardine zur Seite und deutete hinaus.

„Wie Sie sehen können, befindet sich das Schlafzimmer der Familie Runde genau gegenüber von hier. Von hier aus habe ich bei meiner Rückkehr das offene Fenster und das sich am Metall der Leiter spiegelnde Mondlicht gesehen, und…genau dort war die Bewegung!"

Marion Paschen deutete nach unten auf die lückenhafte Buchsbaumhecke, die beide Grundstücke begrenzte. Heppner trat ans Fenster und blickte hinaus und sah, wie sich Fritz Sattmann in seinem weißen Spurensicherungsanzug durch die Hecke quetschte und zum Haus zurückging. „Ja, genau an der Stelle war es. Da bin ich mir sicher."

Heppner drehte sich um, und bei dieser Bewegung streiften seine Finger für einen Moment die von Marion Paschen. Beide zuckten zusammen, denn so etwas wie eine glühend heiße Welle durchströmte ihre Körper. Unfassbar, dachte Heppner. Was geschah da? Er sah Marion Paschen ins Gesicht, die ihn mit weit aufgerissenen Augen anstarrte. „Was war das? Ich habe das noch nie erlebt. Ich… wir…" Ihre Worte erstarben. Heppner griff langsam und vorsichtig nach ihrer Hand, und als er sie ergriff, wiederholte sich das Ereignis. Ein Strom von Energie, bestehend aus Emotionen und vielem anderen durchtoste ihn. Er konnte nicht mehr sagen, ob es seine Gefühle waren oder Marion Paschens, die er gerade in sich spürte.

Marion Paschen sah ihm unverwandt ins Gesicht, und ohne etwas sagen zu müssen wusste Klaus Heppner, dass sie das Gleiche fühlte wie er selbst. „Unfassbar! Wir kennen uns nicht, haben uns erst einmal gesehen, und diese Berührung…. Wenn ich Tom Hanks wäre…" – „…und ich Meg Ryan, würde ich sagen: ‚Es war wie Magie'." Marion Paschen beendete seinen Satz lächelnd, und ihre Augen leuchteten.

Vorsichtig löste Heppner seine Hand aus der ihren und atmete tief durch. „Das geht nicht. Jetzt noch nicht. Ich muss professionelle Distanz wahren, sonst sind meine Ermittlungen wertlos." Die Frau vor ihm nickte verständnisvoll, wenn auch ein wenig enttäuscht. „Ich verstehe schon. Dienst ist Dienst… aber deine Ermittlungen werden ja nicht ewig dauern. Du weißt, wo du mich findest – und ich dich."

Auf dem Rückweg zum Tatorthaus hatte Klaus Heppner das Gefühl, irgendwie auf Wolken zu schweben. Was für ein Wetter gerade herrschte, nahm er nicht wahr. Regen?

Hagel? Kann sein. Egal, für ihn lachte die Sonne. Hans Bombardier ging stirnrunzelnd neben ihm her. „Du grinst, als hättest Du gerade den Jackpot im Lotto geknackt." – „Na ja, nicht ganz", druckste Heppner herum. Hans sah ihn zuerst prüfend, dann konsterniert an. „Du warst doch mit Frau Paschen oben im Schlafzimmer, und…. och nö! Nicht wirklich, oder? Wie alt bist Du? Sechzehn? Wenn Du nicht objektiv an die Sache herangehen kannst, muss ich dich von den Ermittlungen ausschließen. Das fehlte noch, wo schon Christian nicht mehr mit von der Partie ist. Zumindest sollte, wenn nötig, jemand anderes deine Freundin vernehmen. Du weißt selber, wie oft sich scheinbare Zeugen in unseren Verfahren in Tatverdächtige verwandelt haben."

Auf dem Rückweg zum Präsidium hingen Bombardier und Heppner schweigend ihren Gedanken nach. Heppners Gedanken schweiften immer wieder zu einer Frau in Batikbluse und Jeans ab, und dass er auf der linken Spur der A 59 mit gerade einmal 55 km/h entlang schlich, veranlasste den Fahrer des Wagens hinter ihnen zu einem Feuerwerk mit der Lichthupe. Verdammt! Klaus Heppner ermahnte sich selbst zur Konzentration. Der Fahrer des blinkenden Porsche Cayenne zeigte ihm beim Vorbeifahren den berühmten Finger, bekam beim Anblick der Kelle aber Schnappatmung. Bis die Polizisten an der Ausfahrt Hauptbahnhof die A 59 verließen, fuhr er ganz brav mit den erlaubten 80 km/h vor dem Streifenwagen her. Manchmal bewirken Nervenschocks auch was Positives.

Hans Bombardier hatte bis zum Betreten der Einsatzzentrale im 2. Stock kein Wort mehr gesagt, doch jetzt drehte er sich zu Heppner um. „Nächste Besprechung um 12:00 Uhr. Hast Du dir schon überlegt, was du Christian sagen wirst? Gut."

Er schüttelte den Kopf, sah seinen Kollegen von der Seite an und meinte: „Das habe ich auch noch nicht erlebt, die Frau eines Kollegen als Mordopfer zu haben. Du etwa?" Heppner konnte nur frustriert den Kopf schütteln und knurrte: „Genauso wenig wie einen Kollegen als Tatverdächtigen".

Sein Chef schnaubte, gab ihm einen Klaps auf den Arm, nickte und meinte, dass er wohl schon mal Kaffee für alle machen würde. Heppner verdrehte die Augen. Hans Bombardiers Kaffee ist im gesamten Präsidium berüchtigt, da bei ihm ein Löffel Kaffee etwa einem Tropfen Wasser gegenübersteht, so dass die daraus resultierende Brühe eigentlich nur noch als Straßenbelag tauglich ist. Klaus Heppner dachte sehnsuchtsvoll an Marions Kaffee, verzog sich in sein Büro und bekämpfte die Versuchung, einfach alles hinzuschmeißen, um Christian Paulsen die Horrornachricht nicht überbringen zu müssen. Zum ersten Mal in seinem Leben hasste Klaus Heppner seinen Job.

Sieben
1. Mai 2010, 11:00 Uhr

Nachdem Heppner ihm den Tatort genannt hatte, sprang Christian Paulsen so heftig auf, dass der dadurch nach hinten beschleunigte Bürostuhl mit einem lauten Krachen gegen das Sideboard an der Wand schlug. „Klaus, in Gottes Namen! Dort wohnen Hartmut und Katharina Runde, Freunde von Juliane und mir! Das kann nicht sein, das ist nicht möglich! Kathi wollte zu ihrer Schwester, und Hartmut ist mit Juliane zur Mayday gefahren! Sie können doch um eins noch gar nicht dort gewesen sein! Ich habe doch noch gestern Abend mit Julie telefoniert, bevor sie abgefahren sind!"

Heppner blieben die Worte kurz im Hals stecken. Sein Freund war ihm ins Wort gefallen, bevor er die Identität der Toten enthüllen konnte. Also setzte er noch einmal an. „Es tut mir leid, aber wir haben zwei Tote in dem Haus gefunden, und es sind Hartmut Runde und… nicht seine Frau Katharina, sondern Juliane. Christian, es tut mir leid es dir auf diese Weise beibringen zu müssen, aber du weißt, was jetzt folgt. Wir müssen ihren letzten Abend rekonstruieren. Du bist also der Meinung, dass die beiden auf der Mayday in Oberhausen waren?". Paulsens Schultern sanken herab, während sein Gesicht noch immer fassungslos wirkte. „Waren sie es denn nicht? Sie und Hartmut sind Techno - Freaks und jedes Jahr zusammen auf der Mayday. Ich kann mit dem Kram nichts anfangen, wie Du weißt."

Heppner nickte, weil der Klassikfan Christian Paulsen ihn seit Jahren zu dem Besuch von Opern und Konzerten zu begeistern versuchte, Heppner als bekennender Banause aber stets abgelehnt hatte. „Juliane ist also gestern so gegen 18:00 Uhr zu Hartmut nach Walsum gefahren, um ihn abzuholen. Ich bin lieber zu Hause geblieben und habe auf ARTE ‚La Boheme' geguckt. Bei einer laufenden MK kann ich schlecht nach Oberhausen fahren. Selbst wenn ich alarmiert werde, höre ich bei dem Gescheppere doch mein Handy nicht."

Klar und logisch, dachte Heppner. Aber warum befeuert er mich mit Informationen, nach denen ich noch nicht einmal gefragt habe?

„Nichts für ungut, Christian, aber: hattest Du kein mulmiges Gefühl dabei gehabt, Deine Frau mit einem anderen Mann losziehen zu lassen?" Paulsen schüttelte entschieden den Kopf. „Nein. Sie war schließlich mit meinem besten Freund unterwegs, dem ich bedingungslos vertraue – wie ihr." Er stutzte plötzlich. „Jetzt erzähl mir nicht, der Mord passt zu der Serie in Walsum." Heppner biss sich auf die Lippen. „Leider ja. Wir haben die Leichen von Juliane und Hartmut Runde tatsächlich gegen 01:00 Uhr nachts gefunden, also zur gleichen Zeit wie die anderen, was viel zu früh ist für eine Rückkehr von der Mayday. Alle Umstände lassen darauf schließen, dass die beiden..." er stockte und fuhr fort: „... von vorne herein etwas anderes im Sinn hatten als zu einer Techno-Veranstaltung zu gehen. Als wir die beiden fanden, hatten sie nichts an, und gefunden haben wir sie im Schlafzimmer der Rundes im Bett."

Christian Paulsen saß da wie erstarrt. Klaus Heppner versuchte seinen Blick zu fixieren, doch dieser ging ins Leere. Sein Kopf sank ganz langsam hinab, bis er das Gesicht mit beiden Händen bedeckte. Seine Schultern bebten und begannen zu zucken. Heppner stand auf und ging zu ihm hinüber, um ihn an beiden Schultern zu fassen und ihm zumindest ein klein wenig Trost zu spenden.

„Ich glaube nicht, dass ich nur annähernd begreifen kann, wie scheiße Du dich jetzt im Moment fühlst." Paulsen hob langsam den Kopf und sah seinen Freund fast angewidert an. „Ach nee. Wie soll ich mich denn fühlen bei dem Gedanken, dass meine Frau sich vor ihrem Tod von meinem besten Freund hat durchvögeln lassen? Es ist alles im Arsch. Meine Frau ist tot, und ich kann meiner Menschenkenntnis nicht mehr vertrauen. Mir ist, als hättest du eine Ladung Ziegelsteine auf mich herunterdonnern lassen. Kannst Du mir verraten, wie ich jetzt noch weitermachen soll?"

Schwer zu beantwortende Frage, dachte Heppner, während er seinen Freund besorgt ansah. Irgendetwas war ihm aufgefallen, etwas, was merkwürdig war und ihn trotz aller nach außen sichtbaren Trauer irritierte. Heppner beschloss, noch ein wenig weiter zu bohren.

„Du hattest also nicht die geringste Ahnung davon, dass die beiden ein Verhältnis miteinander hatten?" Christian Paulsen sah ihn mit versteinerter Miene an. „Nein, Klaus, dann hätte ich Hartmut nach guter alter Sitte verbeult, und sie vielleicht auch übers Knie gelegt. Sorry, aber in meinem Kopf rappelt es gerade. Ich denke an all die Techno-Veranstaltungen, zu denen sie teilweise mehrere Tage gemeinsam weg waren. Kannst Du dir vorstellen, dass ich mir jetzt gerade ausmale, wie es die beiden dabei getrieben haben?".

Er sprang urplötzlich auf, sah Heppner an und murmelte: „Ich halte das nicht mehr aus. Ich will nach Hause. Ich muss jetzt allein sein." Er griff nach seinem Mantel und wollte das Büro verlassen. Als Heppner ihn am Arm festhielt und fragte, ob ihn jemand nach Hause fahren sollte schüttelte er nur den Kopf und ging schleppenden Schrittes davon.

Obwohl jede seiner Reaktionen mehr als verständlich war, hatte sich das mulmige Gefühl in Klaus Heppners Bauch noch verstärkt. Christian Paulsen war immer ein musisch gebildeter, sensibler Mensch gewesen, dem angesichts besonders schöner Kunstwerke oder Musikstücke die Tränen kamen. Heppner hatte nie vergessen, wie Paulsen sehr zur Belustigung der anderen Zuschauer in ‚Les Miserables' das Theater am Marientor mit Tränen fast geflutet hätte. Warum waren jetzt, nach der Ermordung seiner Frau, seine Augen trocken? Lag dies alles an dem erlittenen Schock oder der Erkenntnis des Ehebruchs? Fange ich an, Gespenster zu sehen, dachte Heppner?

Und noch etwas irritierte ihn. Christian Paulsen hatte zweifellos gezittert, als Heppner ihn festgehalten hatte. Es gibt jedoch einen Unterschied zwischen einem Zittern, welches auf einer nervlichen Reaktion beruht und einem Zittern, welches man absichtlich erzeugt. Außerdem: mit keiner Silbe hatte Christian Katharina Runde erwähnt oder gefragt, ob sie schon aufgetaucht war oder Kenntnis vom Tod ihres Ehemanns hatte. Wiewohl er zweifellos mit sich selbst beschäftigt war, ist dies für einen Freund ein außergewöhnliches Verhalten.

Als Heppner im Aufstehen auf seine Notizen sah, schien ein langer, eisiger Nagel in sein Herz zu fahren. Er hatte Paulsens Worte stichwortartig mitgeschrieben, und was er dort las, war ihm zuerst gar nicht bewusst geworden. Woher zum Teufel hatte Christian Paulsen die mutmaßliche Tatzeit gekannt, bevor Heppner sie erwähnt hatte?

***

Ede Vollstraß überprüfte seine Notizen und grunzte. „Der Tote wurde als Hartmut Runde identifiziert. Im Wohnzimmerschrank lag ein Reisepass mit seinem Foto drin. Falls jemand an der Identität von Juliane Paulsen zweifelt: unter dem Bett haben wir ein Handy gefunden, dessen SIM-Karte wir ausgelesen haben, und Anschlussinhaberin ist die Frau unseres Kollegen."

Als Hans Bombardier seinen Blick über die einzelnen Ermittlungsteams schweifen ließ wirkten alle mindestens so müde wie er selbst. Ede Vollstraß und Fritz Sattmann hatten die digitalen Fotos vom Tatort über einen Beamer vom Laptop auf eine Leinwand projiziert, und der Anblick der beiden Getöteten schien die Anwesenden schwer zu beeindrucken. Stefan Sivas, ein Kollege aus der Rauschgiftdienststelle KK 44, bat ums Wort.

„Das Ehepaar Steenkamp aus Haus 21 sieht von seinem Wohnzimmerfenster aus direkt auf den Eingang von

Haus Nummer 24, wo der Doppelmord passiert ist. Etwa gegen 23:00 Uhr ist mehrfach ein Auto durch die eigentlich ruhige Nebenstraße gefahren. Wenige Minuten später haben beide gehört, dass ein Fußgänger durch die Straße gegangen ist, und als sie durchs Fenster gesehen haben bemerkten sie, dass sich die Haustür des Hauses Nummer 24 gerade schloss. Keine Beschreibung des Eintretenden." Victoria Müller, eine Kollegin aus dem KK 14 konnte hinzufügen, dass die Nachbarin Konstanze Brackmann gesehen hatte, wie Juliane Paulsen um genau 20:00 Uhr angekommen und dort von Hartmut Runde in Empfang genommen worden war. „Ihr Auto, einen Opel Tigra haben wir zur Spurensicherung eingeschleppt. Der war um die Ecke geparkt. Die Zeugin hat gesagt, dass es ihr merkwürdig vorgekommen sei, wie innig Hartmut Runde die Frau bei der Begrüßung umarmt habe. Wörtlich sagte sie, dass sie sich dagegen wehren würde, wenn ihr jemand anderes als ihr Mann so an den Arsch packen würde. Ich bezweifle allerdings, dass ihr Mann das tut. Sie hat nämlich, wie man sagt, ein Übermaß an erotischer Nutzfläche."

In ihre weitere Beschreibung der Körperformen von Frau Brackmann hinein klingelte das Telefon. Detlef Schall nahm ab und bat durch hektische Handzeichen um Ruhe. „Ja, natürlich. Sicher. Bringt sie sofort hierher. Ja, beeilt euch. Also bis gleich." Er legte auf und sah Hans Bombardier an. „Das waren Rudi Brack und Peter Elgert. Katharina Runde hat gerade versucht, ihr Haus zu betreten. Sie wird gleich hierhergebracht. Und Hans - so wie ich es verstanden habe, weiß sie noch von nichts."

86

Hans Bombardier sah Klaus Heppner und Hanna Karl in stummer Aufforderung an. Na klasse, dachte dieser. Das wäre dann die zweite Person, der er das ganze Szenario erklären musste. Er signalisierte mit hochgerecktem Daumen stumme Zustimmung, und sein Chef nickte.

„Gut, aktuell wäre es das zunächst gewesen. Alles zum Klinkenputzen, dann treffen wir uns um 17:30 Uhr hier und verteilen die neuen Aufgaben. Noch jemand einen Kaffee?" Die Reaktion der Kollegen auf dieses Angebot bestand in beschleunigter Flucht. Es war klar, dass nach dem Genuss von mehr als einer Tasse von Bombardiers Gebräu an Schlaf auch nach etlichen Stunden in der kommenden Nacht nicht mehr zu denken gewesen wäre.

***

Katharina Runde musste vor nicht allzu langer Zeit eine sehr gut aussehende Frau gewesen sein, doch ihr jetziges Erscheinungsbild drückte pure Hoffnungslosigkeit aus. Das früher sicherlich glänzende und gut geschnittene rote Haar war strähnig und offensichtlich einige Tage nicht gewaschen. Ihre Kleidung bestand aus einem verwaschenen Jogginganzug und ziemlich ausgelatschten Turnschuhen, die Gesichtsfarbe konnte nur als grau bezeichnet werden, und die Lippen zeigten kaum eine Spur von Rot. Na toll, dachte Heppner. Ganz großes Kino. Wenn ich ihr jetzt mitteile, dass ihr Ehemann zusammen mit seiner Geliebten in ihrem eigenen Haus umgebracht worden ist, dreht sie völlig am Rad. Vorsichtshalber war schon einmal ein Arzt bestellt worden.

„Frau Runde, mein Name ist Heppner vom KK 11 des PP Duisburg. Dies hier ist meine Kollegin Frau Karl. Wir haben sie hierher bringen lassen..." Weiter kam Heppner nicht, da Katharina Runde haltlos in den Besuchersessel sackte.

„Ist er tot?" Die Stimme Katharina Rundes war kaum vernehmbar. Klaus Heppner reichte ihr ein Glas Wasser, welches sie mit zitternden Händen nahm und mit großen Schlucken austrank. „Wenn Sie Ihren Ehemann meinen, muss ich ihre Frage leider mit Ja beantworten. Es tut mir sehr, sehr leid."

Sie stellte ihr Glas weg und atmete tief durch, bevor sie äußerlich gefasst fragte, ob er allein gewesen sei oder ob es Juliane Paulsen auch erwischt habe. Heppner war verblüfft. Offensichtlich hatte sie einen entsprechenden Verdacht gehabt, und sie nannte eindeutig Juliane Paulsen als Geliebte ihres Mannes. Aufschlussreich, dachte er. Obwohl der Ermittler Frau Runde eine Verschiebung anbot, bestand sie darauf sofort auszusagen.

"Nachdem wir vor einigen Jahren aus Stuttgart hierhergezogen sind, habe ich mich der HSG Concordia angeschlossen, wo die kleine Nutte Juliane zu diesem Zeitpunkt Außenläuferin gespielt hat. Im Laufe der Zeit ergaben sich immer mehr Kontakte zu Christian und ihr. Zum Schluss war es so, dass wir miteinander in Urlaub gefahren sind und auch so eine ganze Menge Freizeit miteinander verbracht haben.

Ungefähr ein Jahr vor Jan Hendriks Tod schien Hartmut dann auf meine Gegenwart überhaupt keinen Wert mehr zu legen. Stattdessen verbrachte er immer mehr Zeit mit Juliane, um mit ihr auf irgendwelche Technopartys zu gehen. Ich glaube, dass ihre Affäre mit der Reise meines Mannes nach Ibiza zu einem Ingenieurstreffen begonnen hat, zu der ich nicht mitkonnte, weil Jan Hendrik krank war; an meiner Stelle ist Juliane mitgeflogen. Erst viel später habe ich herausbekommen, dass Hartmut Juliane auf Ibiza als seine Frau vorgestellt hatte. Als ich ihn zur Rede stellte, gab es zum ersten Mal einen Riesenkrach, nach dem ich zu meiner Zwillingsschwester nach Stuttgart gefahren bin – wie seitdem ziemlich häufig. Auf einer dieser Fahrten ist letztes Jahr dann auch Jan Hendrik ums Leben gekommen. Danach wurde alles nur noch schlimmer. Gestern und heute war ich auch bei meiner Schwester und meinem Vater. Wir wollten beraten, wie und ob es zwischen mir und Hartmut noch weitergehen sollte. Aber das hat sich jetzt offensichtlich erledigt."

„Trocken gesagt - ja", erwiderte Heppner lakonisch. „Was hat Christian eigentlich davon gehalten? Ich meine, von der Tatsache, dass Ihr Mann Juliane vor seinen Kollegen als seine Frau ausgegeben hat?" Katharina Runde wiegte den Kopf. „Das war komisch. Er hat es damit entschuldigt, dass es doch ansonsten im erzkatholischen Spanien Probleme mit der Zimmerreservierung gegeben hätte, die ja auf das Ehepaar Runde gelaufen war. Ich hatte den Eindruck, dass er wider besseres Wissen immer noch an der Vorstellung festhalten wollte, dass Juliane ihm unbedingt treu ist."

„Wo waren Sie eigentlich gestern…?" Katharina Runde unterbrach Hanna Karls Frage mit einer wegwerfenden Handbewegung und schüttelte traurig den Kopf. „Mein

Alibi ist wasserdicht. Ich habe seit gestern gegen 20:00 Uhr mit meiner Schwester und meinem Vater zusammengesessen und bis etwa 03:00 Uhr morgens über meine scheiß-komplizierte Situation diskutiert. Ich bin heute am frühen Nachmittag, schätzungsweise so gegen 14:00 Uhr, nach einem ausgiebigen Brunch wieder in Richtung Duisburg gefahren." – „Das ergibt wirklich das perfekte Alibi. Wussten Sie, was Ihr Mann und Juliane Paulsen für den Abend geplant hatten?" – „Angeblich wollten sie zur MAYDAY nach Oberhausen. Ich hatte Hartmut auf den Kopf zugesagt, dass dies alles doch nur eine Ausrede sei, um sich mit seiner Geliebten zu treffen. Hartmut ist daraufhin explodiert und hat mich angeschrien, dass ich jetzt meinen Eifersuchtswahn besser kontrollieren solle, sonst würde ich noch in der Klapsmühle landen. Ein Wort gab das andere, ich habe daraufhin das Notwendigste eingepackt, um zu meiner Schwester zu fahren. Hartmut versuchte Juliane zu erreichen, aber sie ging nicht an ihr Handy. „Warum versuchst Du es nicht über Festnetz, oder hast Du Angst, dass Du Christian am Apparat hättest?", habe ich verachtend gefragt. Er hat das Telefon nach mir geworfen, mich aber verfehlt und nur die Wand getroffen. Dass unser Anschluss seitdem gestört ist, hat mich nicht gewundert. Das Mobilteil ist hin."

„Woher wussten Sie, dass er versucht hatte, Juliane Paulsen zu erreichen?", fragte Heppner sie. „Wen sonst sollte er anrufen?" fragte sie matt zurück. „Es war ein Schuss ins Blaue, aber er saß." Ihre Augen füllten sich erneut mit Tränen, aber sie schluckte und riss sich sichtlich zusammen.

„Ich habe auf der Heimfahrt fortwährend versucht, Hartmut anzurufen, aber er hat sich auch auf seinem Handy nicht mehr gemeldet. Das hat mich echt irritiert, und ich habe mich beeilt, nach Hause zu kommen. Nach Hause…. Ich bezweifle, dass ich dieses Haus jemals wieder betreten werde. Aber: wo soll ich denn hin?"

Ihr Kopf sank langsam herab, und sie begann zu schluchzen. Hanna Karl nahm sie von hinten in den Arm, und Frau Runde ließ ihren Kopf gegen ihre Schulter sinken. Klaus Heppner kam plötzlich eine Idee. Er sprang auf, murmelte eine Entschuldigung und ließ die beiden verblüfft wirkenden Frauen zurück. Vom Nebenraum aus rief er Marion Paschen an, die sich sofort bereit erklärte, Katharina Runde für einige Tage aufzunehmen. „Setze Dich ins Auto und bring Katharina her, sobald Du mit der Vernehmung fertig bist. Ich habe frei und werde mich schon um sie kümmern. Als Kummerkasten bin ich ganz brauchbar." – „Und auch anderweitig, denke ich", ergänzte Heppner grinsend. „Finde es doch heraus", lachte Marion Paschen und legte auf.

Hanna Karl hatte inzwischen die Aussage Katharina Rundes protokolliert, und da diese immer mehr die Fassung verlor, verschob Heppner die weitere Befragung auf den folgenden Tag. Er bat seine Kollegin, Katharina Runde mit ihm im Dienstwagen zur Planetenstraße zu fahren, und wenige Minuten später waren sie unterwegs. Die A 59, im Volksmund schlicht Nord-Süd-Achse genannt, war jetzt gegen 18:30 Uhr rappelvoll, und sie erreichten Walsum erst nach einer guten Stunde.

Marion Paschen öffnete ebenso schnell wie am Vormittag die Tür. Umgezogen hatte sie sich nicht, aber jetzt in den kühleren Abendstunden eine mittelbraune Strickjacke übergezogen. Sie würdigte Hanna Karl und Klaus Heppner zunächst keines Blickes, sondern breitete die Arme aus, und Katharina Runde stürzte auf sie zu und klammerte sich an ihr fest wie eine Ertrinkende. Als es Klaus Heppner gelang Marion Paschens Blick einzufangen, bedeutete er ihr, dass Hanna Karl und er sie mit Katharina Runde wohl besser allein lassen sollten. Marion Paschen schüttelte den Kopf, zog Katharina mit sich in den Hausflur und zeigte ihm durch eine Kopfbewegung, dass sie mit hineinkommen sollten.

„Setzt Euch doch bitte drüben ins Wohnzimmer, ich verfrachte Katharina oben in mein Gästezimmer. Fühlt Euch doch inzwischen wie zu Hause. Falls Ihr noch einen Kaffee wollt, dann bedient Euch; der Vollautomat ist selbsterklärend, und Mineralwasser ist im Kühlschrank". Da die Polizisten in den vergangenen Stunden mehr als genug Kaffee getrunken hatten, bedienten sie sich lieber an dem angebotenen Mineralwasser und gingen danach ins Wohnzimmer.

Es dauerte fast eine halbe Stunde, bis Marion Paschen zurückkam. „Sie hat noch eine Beruhigungstablette genommen und schläft jetzt fest. Glücklicherweise ist das Gästezimmer direkt neben meinem Schlafzimmer, so dass ich hören kann, wenn sie wach wird. Wir haben in aller Kürze über die ganze Sache gesprochen, und – oh Mann, ich glaube, dass sie dringend in psychologische Betreuung muss." – „Schon geklärt", winkte Klaus Heppner ab, und Hanna Karl nickte bestätigend. „Ich vermute, dass Dr. Engel bei ihr anrufen wird. Übrigens Klaus, hast du noch etwas, oder sind wir hier fertig? Ich möchte nicht drängen, aber ich bin doch ziemlich müde, und morgen früh müssen wir wieder im Einsatz sein." Heppner schüttelte den Kopf. „Lass uns nach Hause fahren; Hans wird schon auf uns warten. Frau Paschen, ich habe noch ein oder zwei Nachfragen zu der Vernehmung von heute Mittag und werde Sie nachher noch mal kontaktieren."

Jetzt sah Hanna Karl ihren Kollegen misstrauisch an. Allerdings reichte ein warnender Blick von Heppner, um sie von weiteren Nachfragen abzuhalten und mit ihm zurück fahren zu lassen.

Bei der Besprechung saß er dann wie auf heißen Kohlen und war glücklich, als Hans Bombardier alle bis zum nächsten Tag entließ. Heppner rannte regelrecht nach Hause, warf sich in seinen BMW und schlängelte sich durch den Verkehr noch einmal nach Walsum. Marion Paschen schien ihn bereits erwartet zu haben.

„Nachfragen hinsichtlich der Vernehmung von heute Vormittag? Was an meinen Aussagen ist Dir denn nicht klargeworden?" Mit einem sanften Lächeln ging Sie in die Küche und kam wenige Sekunden später mit zwei gefüllten Gläsern Rotwein zurück. Heppner seufzte, nahm einen Schluck von dem Rotwein und klassifizierte ihn als durchaus schmackhaften Dornfelder. „Mir fehlen noch ein paar Angaben zu deiner Person. Also erzähle mal."

In den nächsten drei Stunden erfuhr er von Marion Paschen, dass sie eigentlich aus Frankfurt stammte und zusammen mit ihrem Mann vor knapp 20 Jahren nach Duisburg gekommen war. Sie selbst hatte eine Stelle in der hiesigen Filiale des VENTURA-Versicherungskonzerns bekommen und sich im Laufe der Zeit bis in die Führungsetage hochgearbeitet. Vor zwei Jahren zerbrach ihre Ehe, da ihr Mann zuerst seine Sekretärin schwängerte, sich dann nach München versetzen ließ und seine Sekretärin mitnahm. „Ich habe ihn dann ausgezahlt und das Haus übernommen. Wie du siehst, ist meine Einrichtung nicht gerade teuer..." – „Aber schön", unterbrach Heppner Marion Paschen. „Ich meine, hier könnte ich leben." Die Worte fielen, bevor er sich darüber klar wurde, was er gesagt hatte. Marion lächelte nur und wollte nun mehr von ihm wissen.

„Na ja, ich bin 45, hier in Duisburg geboren und aufgewachsen, habe mit durchschnittlichem Erfolg die Schule besucht und bin Polizist geworden, weil man durch 3 Jahre Polizeidienst der Bundeswehr entgehen konnte. Nach den drei Jahren hatte ich mich aber an den regelmäßigen Gehaltseingang gewöhnt. Ich habe geheiratet, zwei Töchter wurden geboren, und durch den Ehrgeiz meiner Frau schaffte ich es in den gehobenen Dienst der Kripo, wo ich letztendlich beim KK 11 landete. Die vielen Überstunden führten dazu, dass im Laufe der Jahre meine Ehe den Bach runterging, und seit der Scheidung und dem Auszug von Frau und Töchtern bin ich allein." Marion Paschen atmete sichtbar auf. „Ich hatte da schon meine Befürchtungen, auch wenn du keinen Ring am Finger trägst. Das steigert die Hoffnung."

Heppners Kommentar dazu wurde durch ein Gähnen abgewürgt, das ihm fast den Kiefer ausrenkte. Marion Paschen grinste nur „Lassen wir es für heute Nacht gut sein. Morgen ist auch noch ein Tag. Fahren lasse ich dich nach drei Gläsern Wein aber nicht mehr. Katharina schläft im Gästezimmer, und Du hier unten im Wohnzimmer auf der Couch. Mehr wäre noch zu früh." Wie wahr, dachte Heppner trübe. Während er es sich also mit einer Decke und mehreren Sofakissen auf der Couch gemütlich machte, verschwand Marion Paschen ins Obergeschoss. Widerstrebend stellte Klaus Heppner den Alarm seines Blackberrys auf 06:45 Uhr. Echt Super. Vier Stunden Schlaf sind echter Luxus. Er stellte sich Hans Bombardiers Gesicht bei der Nachricht, wo er geschlafen hatte vor und beschloss, es ihm lieber nicht zu erzählen. Mit diesem Gedanken schlief Heppner nahezu augenblicklich ein.

***

Als die voll aufgeblendeten Scheinwerfer ihn erfassten, blieb der Mann wie erstarrt stehen. Offenbar kam es ihm überhaupt nicht in den Sinn beiseite zu springen, als der Wagen mit aufheulendem Motor auf ihn zuraste. Wahrscheinlich wäre es ohnehin zu spät gewesen.

Die Stoßstange des VW Passat traf den Mann mit urtümlicher Gewalt und brach beide Schienbeine, als wären sie Streichhölzer. Es ist eine hypothetische Frage ob die Schmerzimpulse noch in seinem Gehirn ankamen, bevor sein Schädel an der Dachkante des Fahrzeugs zerschmettert wurde und sich sein Geist ins Nichts verflüchtigte.

Sein Körper wirbelte über das ihn tötende Fahrzeug herüber und schmetterte gegen einen Alleebaum, und der Aufprall zerbrach mit einem Übelkeit erregenden Geräusch fast alle anderen Knochen im Körper des längst Toten.

Wenige Meter dahinter kam das Auto zum Stillstand. Der Fahrer sah in den Rückspiegel und überzeugte sich, dass niemand die Aktion beobachtet hatte, bevor er ausstieg und zu der verdrehten Gestalt zurückging. Was er sah, ließ ihn befriedigt nicken. Der Mann war tot, und die linke Seite seines Gesichts drückte fassungsloses Entsetzen aus. Von der rechten Hälfte hatte die Dachkante nur wenig übriggelassen. Blut und Gehirnmasse bildeten ein Gemisch, das an gequirlten Heidelbeerquark erinnerte.

Schweißüberströmt schoss der Mörder in seinem Bett hoch. Man sagt, dass man von seiner ersten Frau sein Leben lang träumt; bei ihm war es sein erster Mord. Er ging zum Wohnzimmerschrank, goss sich ein großes Glas Metaxa ein und stürzte den Cognac mit einem Zug herunter. Scheiß Flashbacks, dachte er. Wenn das mit den übrigen Taten auch so läuft, habe ich noch unruhige Nächte vor mir. Mit schlurfenden Schritten ging er ins Bad. Prüfend sah er auf seine Hände, die den Cognacschwenker hielten. Dass sie nicht zitterten, ließ ihn ruhiger werden.

Er hob den Kopf und sah sich selbst im Spiegel, der über dem Waschtisch hing. Das Gesicht im Spiegel verzog sich zu einem spöttischen Grinsen. „Hallo, Killer! Wie fühlt man sich denn als Serienmörder?" – „Gut, und selbst?" gab er zynisch zurück.

Das Spiegelbild lachte nur. „Oh, richtig toll! Ich möchte nur wissen: war's das jetzt, oder wirst du noch eine Schippe drauflegen? Egal was du tust – es wird niemand verstehen, was du getan hast. Du bist ein kaltblütiger, gnadenloser Killer, der rücksichtslos mordet. Das Leid deiner Opfer und ihrer Angehörigen interessiert dich nicht in mindesten." – „Hör auf!", flüsterte der Mann vor dem Spiegel. „Warum?", konterte das Spiegelbild. „Auch, wenn ich aufhöre, bleibt die Wahrheit bestehen. Hast du schon vergessen, wie viele es waren? Ich helfe dir gern: es waren acht. Acht Menschen, die du getötet hast, und warum? Glaubst du, gewonnen zu haben, weil sie jetzt tot sind? Das Gegenteil stimmt: du hast alles verloren, was dir jemals etwas bedeutet hat – sogar die Ideale, für die du früher gekämpft hast. Du bist ein Mörder, du bist der letzte Abschaum, und jeder wird dich hassen – sogar du selbst."

„HÖR AUF!" Die Worte kamen als verzweifelter Schrei, und der Mann vor dem Spiegel schleuderte seinen Cognacschwenker gegen das ihn angrinsende Spiegelbild, welches vor seinen Augen zerbarst. Doch er wusste genau, dass er die Stimme seines Gewissens nicht würde zum Schweigen bringen können. Der Mörder tat etwas, das seine Jäger bestimmt nicht von ihm erwartet hätten.

Er schlug die Hände vor das Gesicht, sank auf die Knie und weinte.

Acht
2. Mai 2010, 06:30 Uhr

Ein wohlbekannter, aromatischer Duft weckte Klaus Heppner. Kaffee, dachte er genussvoll, noch bevor er die Augen öffnete und in das lächelnde Gesicht Marion Paschens sah, die mit einer dampfenden Tasse Kaffee und einem Teller voller Croissants vor ihm stand. „Guten Morgen, Schlafmütze! Was hältst du von Frühstück?" – „Viel", knurrte Heppner. „Ich brauche jetzt ganz dringend den Kaffee, was zu essen und eine heiße Dusche, und zwar genau in dieser Reihenfolge. Was macht dein zweiter Hausgast im Moment?". Marion Paschen zuckte die Achseln. „Als ich gerade nach ihr gesehen habe, schlief sie noch fest", konstatierte sie. „Wenn sie so weit ist, werde ich sie ins Auto packen und zu euch fahren." Heppner hatte inzwischen seine Brille aufgesetzt und festgestellt, dass Marion in einem lavendelfarbenen Bademantel vor ihm stand, der offensichtlich nur von einem Gürtel gehalten wurde, und sein Unterbewusstsein übernahm die Kontrolle über seine Gesichtszüge. Marion Paschen grinste nur, schüttelte den Kopf und verschwand ins Bad, um sich anzuziehen.

Heppner beendete sein Frühstück, löste Marion im Bad ab und duschte erheblich ausgiebiger als beim letzten Mal. Kein Rasierer, keine Rasur. Auch seine Suche nach einem etwas herberen Duschgel oder Deodorant verlief negativ, so dass er beim Verlassen des Badezimmers so roch, als habe man ihn umgepolt. Eine Mischung aus Glööckler und Bogart, na toll, dachte er und freute sich schon auf die Kommentare im Büro.

98

Unten in der Küche drückte ihm Marion eine Tüte in die Hand, in der sich, wie sich herausstellte, zwei belegte Baguettebrötchen befanden. Sie in der offenen Türe stehen und ihm nachwinken zu sehen, war ein solch wundervolles Gefühl, dass Heppner nicht einmal der einsetzende Frühlingsregen und der Stau auf der A 59 etwas ausmachten. Zum ersten Mal dachte er daran, wie schön es wäre, jeden Morgen so verabschiedet zu werden.

Hans Bombardier empfing ihn im MK Raum mit einer ziemlichen Leichenbittermiene. „Mensch Klaus, die Vorstellung, dass Christian etwas mit dem Mord an seiner Frau zu tun haben könnte schmeckt mir gar nicht. Nachersatz für ihn bekomme ich auch nicht, also haben wir einen Mann weniger zur Verfügung." Sein Blick fiel auf die Tüte, die Heppner immer noch in der Hand hielt und krampfhaft hinter dem Rücken zu verstecken versuchte. Er runzelte die Stirn, schnupperte und setzte schon mal zu einer Explosion an.

Klaus Heppner hob daher vorsichtshalber die Hand. „Katharina Runde befindet sich bei Marion Paschen. Hanna Karl und ich haben Sie gestern Abend dorthin gebracht, da sie in ihrem Zustand nicht allein bleiben konnte. Ich habe dort treu und brav auf der Couch geschlafen und bin eigentlich nur dorthin gefahren, um auf Katharina Runde aufzupassen." Sein Chef glaubte ihm offenbar kein Wort. Heppner konnte es ihm nicht verdenken und erklärte Katharina Rundes Zustand. „Marion ist Katharinas einzige Vertrauensperson. Sie steht quasi vor dem Nichts und greift verzweifelt in eine schwarze Leere, um irgendwo Halt zu finden. Den Halt kann Marion ihr geben; zumindest wird sie ihr Möglichstes tun."

„Marion, aha. So weit sind wir also schon. Wie auch immer, wir dürfen auch die Möglichkeit nicht außer Acht lassen, dass Katharina Runde von dem Verhältnis gewusst hat und möglicherweise zwar selbst in Stuttgart war, aber jemand anderen mit der Tat beauftragt hat." Heppner wiegte bei den Worten seines Chefs zweifelnd den Kopf hin und her. „Theoretisch denkbar, aber nach gestern Abend glaube ich nicht daran. Sie hatte zwar einen vagen Verdacht, aber innerlich gehofft, dass sie falsch lag. Die Tat war minutiös vorbereitet, und Katharina Runde wäre höchstens zu einem Mord im Affekt fähig. Darüber hinaus hat sie gestern eine Bemerkung fallen lassen, der ich noch nachgehen muss."

Bombardier nickte, klopfte ihm auf die Schulter und meinte, dass seine Aufgabe klar sei. Für den Vormittag stünde die Obduktion der Opfer an, und Heppner würde es ja gut mit Professor Kürten können. Fritz Sattmann und Ede Vollstraß seien sicher noch einige Tage mit der Auswertung und Katalogisierung der aufgefundenen Spuren beschäftigt. „Wem sagst Du das?", fragte Heppner lakonisch. Jede einzelne aufgefundene Textilfaser, jede einzelne Zigarettenkippe beziehungsweise die an ihr klebende DNA sind einzeln abzuarbeitende Spuren, für die separate Akten angelegt werden müssen. Das Wichtigste bei den anstehenden Ermittlungen Vollstraß und Sattmanns war jetzt die Präzision. Dass ein Mörder wegen eines Fehlers bei der Spurensicherung unbestraft bleibt, ist der Alptraum jedes Polizisten.

100

„Und? War es schön?" Die Frauenstimme kam aus Richtung Tür und gehörte ganz unzweifelhaft Hanna Karl, die mit übergeschlagenen Beinen und verschränkten Armen an den Türrahmen gelehnt stand und Heppner fixierte. Auch das noch, dachte dieser bestürzt. Mich auch noch mit einer eifersüchtigen Kollegin auseinander setzen zu müssen, war das letzte, worauf ich jetzt Bock hatte. Er warf Hanna einen Blick zu, der seiner Warnung vom vorherigen Abend in etwa entsprach, aber wirkungslos von ihr abprallte. Sie war offenbar stinksauer. „Hans, weißt du eigentlich, dass Klaus heute Nacht bei unserer Zeugin war? Ich dachte immer, dass wir nicht mit Zeugen rummachen sollten." Zu ihrer großen Überraschung winkte Hans einfach ab. „Geschenkt, Hanna. Klaus hat mich bereits informiert, und ich bin der Meinung, dass wir Privatangelegenheiten nicht in großer Runde erörtern sollten." Hanna lief rot an. „Olle Petze", zischte Heppner ihr zu. Das Rot verdunkelte sich, als sie sich brüsk umdrehte und abrauschte.

Detlef Schall, der als Aktenführer eingeteilt war, platzte in die Besprechung hinein. „Tolle Neuigkeiten. Es hat heute Nacht wieder einen Einbruch in Walsum gegeben, der sich nach ähnlichem Muster abgespielt hat. Tatort war diesmal ein Einfamilienhaus auf dem Lindemanshof. Das ist eine Querstraße der Sonnenstraße. Als der Täter überrascht wurde, hat er das Ehepaar mit einer Armbrust bedroht und die Flucht ergriffen. Könnte also ein Zusammenhang sein."

„Armbrust! Passt ja wie die Faust aufs Auge. Die Frage ist nur, warum er einmal tötet und das andere Mal nicht. Na, wenigstens haben wir jetzt Zeugen. Also los, Rudi.

Du weißt was du zu tun hast." Während Rudi Brack sich seinen Partner schnappte, um am Lindemanshof die Ermittlungen aufzunehmen, ging Klaus Heppner in sein Büro, um seine Sachen für die Obduktion zu packen. Rudi tat ihm leid, denn es hatte gerade begonnen, mal wieder in Strömen zu regnen.

Hanna Karl hatte sich inzwischen zu ihm gesellt, und auf die entsprechende Frage hin gab sie zu, Heppner gestern Abend zu Marion Paschen verfolgt zu haben. „Na gut, ich gebe ja zu, dass ich eifersüchtig war. Warum kann sie bei Dir eine Chance haben, wenn Du mir keine gibst?" Hanna sah ihren Kollegen bittend an. Der seufzte. „Willst Du eine ehrliche Antwort? Ich weiß es nicht. Du bist lieb, attraktiv und klug, aber es reicht nicht, um Dich zu lieben, und das musst Du leider akzeptieren."

Zu Heppners Erleichterung nickte Hanna. „Ich weiß ja auch, dass man Gefühle nicht erzwingen kann. Also Schwamm drüber." Friedensangebote sollte man nicht ausschlagen, also öffnete Heppner Marion Paschens Tüte und überließ Hanna eines der Brötchen. In Obduktionen sollte man gestärkt gehen.

***

„Warst du das, Thomas? Hast Du das gemacht?"

Thomas Mellersen blickte überrascht vom Frühstückstisch hoch. Seine Frau stand vor ihm und hielt ihm die Titelseite der BILD-Zeitung vor das Gesicht, die von der

Schlagzeile „*Killer-Einbrecher terrorisiert Walsum*" beherrscht wurde. Mellersen runzelte die Stirn.

„Wieso…" Weiter kam er nicht. Nelly schmetterte die Zeitung und die Einkaufstüte so stark auf den Küchentisch, dass die Brötchen sich in alle Richtungen verstreuten. „Weil ich gesehen habe, wie du gestern nach Hause gekommen bist. Du hast die Tasche aus dem Wagen geholt und in die Garage gestellt, bist ins Bad gegangen und hast geduscht, bevor du zu mir ins Bett kamst. Ich habe mich schlafend gestellt und bin, als du eingeschlafen warst in die Garage gegangen. Ich habe immer geahnt, dass deine vielen Nachtschichten etwas zu bedeuten haben, und eine Armbrust und Pfeile mit Widerhaken gehören nicht zu deiner Arbeitsausstattung. Also habe ich gerade auf dem Weg bei deiner Firma angerufen, oder soll ich lieber bei deiner ehemaligen Firma sagen?"

Mellersen blieb der Mund offenstehen, aber Nelly hatte sich in Rage geredet. „Du bist schon vor vier Monaten entlassen worden, Thomas. Seitdem spielst du uns den hart arbeitenden, treusorgenden Familienvater vor, der morgens zur Arbeit geht, nachmittags nach Hause kommt und dann und wann mal eine Nachtschicht einlegen muss. Du hast uns angelogen, Thomas." – „Na schön", knurrte der Gescholtene, „aber wieso glaubst du, dass ich plötzlich auf Killer umgesattelt habe?"

Nelly ließ die Schultern sinken, und in ihren Augen stiegen Tränen auf. „Die Tatorte, Thomas. Die Art, wie der Täter…. ach, lies selbst. Ich weiß nicht mehr, ob ich dir noch etwas glauben kann." Sie drehte sich um und verließ die Küche.

Mellersen seufzte und nahm die Zeitung zur Hand. Er hatte dieses Revolverblatt schon immer gehasst, doch von Zeile zu Zeile steig seine Verachtung. Diese Schmierfinken. Man sollte.... Er stockte. Plötzlich sah er einen Weg, wie er seine Frau von seiner Unschuld überzeugen konnte.

***

„Herr Heppner, Herr Heppner; Sie verursachen eine ganze Menge Arbeit." – „Wieso ich, Herr Professor?", knurrte der Angesprochene. „Schließlich murkse ich die armen Teufel doch nicht ab." – „Sicher nicht, aber wenn Sie sich nicht beeilen, ist Walsum bald menschenleer." – „Na ja, hat aber auch Vorteile: die Grundstückspreise dort fallen schon. Und zwei Häuser stehen jetzt bestimmt zum Verkauf".

Professor Kürten und der Ermittler grinsten sich an. Kürten stand vor dem Leichnam Hartmut Rundes und hatte bereits die ersten Schnitte gesetzt. Irgendetwas an der Wunde, in welcher der tödliche Bolzen steckte reizte sein Interesse, denn er holte eine große Lupe hervor, mit der er das Loch ausgiebig betrachtete. Dann wendete er die Leiche und sah sich die Umgebung des aus dem Rücken herausragenden Bolzens ebenso sorgfältig an. Danach nickte er mehrmals schnell und gab ein befriedigtes Grunzen von sich.

„Wie erwartet, Herr Heppner. Ich hatte gelesen, wie die Leichen aufgefunden worden sind. Die Endposition des Geschosses ist an dieser Leiche verändert worden. Ich habe an der Brust feine Spuren von Unterhautfettgewebe aufgefunden, welches durch einen Hautdefekt nach außen gedrückt wurde. Der Täter hat die Leiche so stark bewegt, dass der Bolzen noch mal in der Wunde herumgerutscht ist. Eine feingewebliche Untersuchung des Geschosskanals wird dies sicher bestätigen. Dauert aber ein paar Tage."

Kürten fuhr mit der Untersuchung Rundes fort. Er untersuchte Herz und Lunge, und murmelte beim Anblick der Leber, ihr Besitzer hätte sie nicht gerade pfleglich behandelt. „Ja ja, der Alkohol", sinnierte er. „Die meisten Menschen denken nicht daran, dass Alkohol zwar von der Leber abgebaut wird, ein oftmaliger Alkoholgenuss aber die Leberzellen zerstört. Er hier hätte bestimmt in zwei oder drei Jahren seine erste Hepatitis bekommen. Na ja, das bleibt ihm jetzt erspart. Da hat er Glück gehabt – ääh, wohl eher nicht."

Heppner zog sich in eine hintere Ecke des Raumes zurück, als Kürten mit der Obduktion Juliane Paulsens begann. So viel Pietät besitzt man schließlich. Kürten kam zu ihm, um die Ergebnisse mitzuteilen. Erneut hatte er zwei Plastikbeutel in der Hand, in denen sich die tödlichen Bolzen befanden.

„Beide Bolzen waren todesursächlich und zerstörten die Herzen der Opfer. Der Tod trat fast unverzüglich ein. Die Bolzen sind jeweils 21,2 cm lang, haben einen Durchmesser von 14 mm und bestehen aus einer Art Hartplastik. Bevor sie fragen – ja, es ist genau die gleiche Machart wie im Fall Pirkner und Kalinke. Geben Sie die Bolzen dem LKA, und die Experten werden wahrscheinlich herausfinden, dass alle vier von der gleichen Armbrust abgefeuert worden sind."

Heppner schauderte es. „Also langsam reicht es mir, Herr Professor. Entweder haben wir es mit einem schizophrenen Einbrecher zu tun oder…" – „Wieso schizophren?", wollte Kürten wissen. „Weil er einerseits schlafende Menschen tötet, in anderen Fällen erwachende Zeugen aber nur bedroht und flüchtet", erläuterte der Polizist. Kürten runzelte die Stirn. „Sie haben Recht, das passt nicht, Herr Heppner. Überhaupt nicht. Und was ist Ihr zweiter Verdacht?"

Heppner holte tief Luft. „Eigentlich kein wahnsinnig konkreter. Eigentlich habe ich nur vage Hinweise." – „Eigentlich gibt es kein eigentlich", unterbrach ihn Kürten. „Das Wort ‚eigentlich' sollten Sie aus Ihrem Sprachschatz streichen. Es besagt nur, dass Sie nicht wahrhaben wollen, was Sie festgestellt haben. Also raus damit. Vielleicht hilft es ja auch mir bei meiner Arbeit."

Kürten sah erwartungsvoll aus, doch Heppner schüttelte den Kopf. „Ich muss mir erst noch über ein paar Dinge klarwerden, Herr Professor. Bisher ist es nur ein blödes Gefühl. Herum zu spinnen bringt nix, weder mir noch Ihnen."

***

Marion Paschen hielt Wort, und um Punkt 12.00 Uhr lieferte sie in Hanna Karls Büro eine Katharina Runde ab, die eine erstaunliche Wandlung vollzogen hatte. Dies mochte in erster Linie daran liegen, dass Marion sie unter die Dusche gestellt, ihr den Gebrauch von Shampoo und einer Haarbürste empfohlen und sie neu eingekleidet hatte. Sowohl die Jeans als auch das Sweatshirt, welches Katharina heute Morgen trug, schienen aus Marion Paschens Fundus zu stammen und etwa eine Nummer zu groß zu sein, standen ihr aber besser als der verschlissene Jogger. Darüber hinaus kontrastierte das pastellgrüne Sweatshirt sehr gut zu ihren gleichfarbigen Augen und dem roten Haar. Ihr Gesicht hatte auch etwas Farbe bekommen und der Hauch von Make-Up ließ sie lebendiger und um Jahre jünger aussehen. Hanna Karl kam schnell zur Sache, und Katharina Runde begann zu erzählen.

„Ich habe wirklich keine Ahnung, wer die beiden umgebracht haben könnte, aber, wenn ich es wüsste, würde ich dem Täter wohl zuerst danken und ihn anschließend umbringen. Schließlich verdient der Kerl, der den Vater meines Kindes umgebracht hat, den Tod. Das ist doch wohl nachvollziehbar."

Hanna Karl ging um den Schreibtisch herum und setzte sich vor Katharina Runde auf die Tischplatte. „Nun ja, dieses Gefühl der Rachsucht gegenüber Ihrem Mann kann ich mir durchaus vorstellen. Allerdings – den Vater ihres Kindes rächen? Ihre Gefühle für ihn dürften doch erkaltet sein, insbesondere, weil – verzeihen Sie mir – Ihr Kind ebenfalls nicht mehr lebt." Katharina Runde lächelte matt. „Ich spreche nicht von Jan Hendrik. Hartmut hatte zwar nahezu jegliches Interesse an mir verloren, doch ab und zu lief im Bett doch was zwischen uns, und das hatte Folgen." Mit diesen Worten griff sie in ihre

Handtasche und zog einen Mutterpass hervor. „Ich bin jetzt in der 14. Woche. Mein Kind wird seinen Vater nie kennenlernen, und es ist egal, ob er später mit mir zusammengelebt hätte oder nicht. Ich hoffe, der Mörder wird dafür in der Hölle schmoren." Hardcore, dachte die Polizistin atemlos. In ihrer Haut möchte ich nicht stecken.

„Wer neben Ihrem Mann wusste über Ihre Schwangerschaft Bescheid? Christian und Juliane Paulsen vielleicht?" Katharina Runde lachte kurz und bitter auf. „Ich habe Hartmut erst in der vergangenen Woche davon erzählt, da ich die berühmte 12. Woche erst einmal abwarten wollte. Christian und Juliane? Dazu hatte sich noch keine Gelegenheit ergeben. Ob Hartmut den beiden in den letzten Tagen davon berichtet hat, bezweifle ich; dass dieser Feigling seiner Geliebten unter die Nase gerieben hat, dass ich schwanger bin, ist unvorstellbar."

Hanna Karl wechselte das Thema. „Wann haben Sie Christian und Juliane Paulsen zum letzten Mal gesehen beziehungsweise wann waren die beiden das letzte Mal bei Ihnen zu Besuch?" Katharina Runde blickte überlegend an die Decke. „Warten Sie…. zum letzten Mal vor genau 14 Tagen. Sie waren Freitagabends zum Kartenspielen bei uns, und sie haben auch bei uns übernachtet. Der Abend war eigentlich sehr, sehr harmonisch gewesen. Wir hatten miteinander Doppelkopf gespielt, und entgegen der sonstigen Abläufe hatte ich ausnahmsweise Mal nicht verloren, sondern es hatte Christian erwischt. Er ist kein besonders guter Verlierer. Trotzdem hatte er richtig gute Laune und sogar im ‚International' Grillteller für alle geholt. Das liegt an der B8 Richtung Wesel und ist kinderleicht zu finden. Christian hatte seinen Schlüsselbund nicht gefunden und mich gefragt, ob er mein Auto nehmen könne. Manchmal ist er echt schusselig. Er war aber nach einer Dreiviertel Stunde wieder da." – „Einen Moment. Die Fahrt von Ihrem Wohnort zum „International" dauert doch höchstens 5 Minuten. Wieso hat es eine dreiviertel Stunde gedauert, bis er zurückkam?" – „Das weiß ich nicht. Christian hat gemeint, die Küche im „International" sei halt nicht so schnell gewesen. Christian hat seinen Schlüsselbund übrigens am nächsten Morgen auf dem Sofa wiedergefunden. Ich hatte mich ein bisschen gewundert, weil er dort am Abend zuvor auch schon gesucht hatte. Die ganze Sache war für mich aber völlig ohne Bedeutung und ich hatte sie schon wieder vergessen, insbesondere, weil ich drei Tage später die Bestätigung meiner Schwangerschaft erhielt. Das war mir wichtiger."

„Wie ist Christian nach dieser Fahrt wieder reingekommen? Hat er geklingelt, oder befand sich ein Wohnungsschlüssel an dem Bund mit dem Fahrzeugschlüssel?" Katharina Runde schüttelte den Kopf. „Na, Sie stellen Fragen. Aber ja: am Schlüsselbund meines Autos hängt auch mein Haustürschlüssel. Christian hat also aufgeschlossen und ist so reingekommen." – „Wie spät war es, als Christian das Essen holen fuhr?" Katharina Runde hob zweifelnd die Schultern. „Ganz genau kann ich es nicht sagen, aber es war spätestens halb sechs, weil wir nach dem Essen auf Julianes Wunsch noch „Das perfekte Dinner" geguckt haben. Juliane wollte unbedingt die Wochenentscheidung sehen. Wieso? Spielt das eine Rolle?"

Hanna Karl wusste nicht, ob sie dieser Geschichte eine Bedeutung beimessen sollte. Die weitere Befragung verhinderte Dr. Engel, der eintraf und ein erstes Gespräch mit Katharina Runde führen wollte. In beiderseitigem Einverständnis zogen sich Katharina Runde und Dr. Engel in einen Aufenthaltsraum zurück, begleitet von Marion Paschen. Bei der Rückkehr Heppners berichtete eine betreten aussehende Hanna Karl ihm von der Vernehmung und zog Schlussfolgerungen.

„Hypothese: Christian Paulsen konnte vor 14 Tagen bei einem Schlüsseldienst ein Duplikat des Schlüssels anfertigen lassen. Zeit genug hatte er, und auf dem Weg zum ‚International' liegen sogar zwei Schlüsseldienste; das habe ich geprüft. Mit Hilfe des Zweitschlüssels war er problemlos in der Lage, zur Tatzeit ohne Spuren zu hinterlassen ins Haus einzudringen und die Tat zu begehen. Er kennt sich gut genug aus um zu wissen, dass eine ausreichend große Leiter in der Garage hängt, die er für das Simulieren eines Einbruchs verwenden kann. Die Details der Taten kennt er aus der MK. Er hätte also alle Kenntnisse und auch die Gelegenheit gehabt, die Tat zu begehen."

Heppner nickte bestätigend, wandte aber ein: „Allerdings nur unter der Voraussetzung, dass er von dem Verhältnis seiner Frau mit Hartmut Runde wusste. Er hätte für die Herstellung eines Nachschlüssels sonst kein Motiv gehabt. Einen Sinn ergibt das nur, wenn der Plan zum Mord schon feststand." – „Warum nicht? Wie lange läuft das Verhältnis der beiden bereits? Wenn die Vermutung Katharina Rundes stimmt, seit mindestens zwei Jahren.

Das ist mehr als ausreichend Zeit, um irgendwann Verdacht zu schöpfen." Heppner seufzte bedrückt. „Du gehst jetzt erstmal in den MK Raum sagst Bescheid wegen der Schlüsseldienste Ein Team soll in den beiden Geschäften auf dem Weg von der Plutostraße zum „International" fragen, ob eine Christians Aussehen entsprechende Person am Freitag vor 14 Tagen einen Schlüssel hat anfertigen lassen." Hanna Karl nickte und verließ den Raum. Klaus Heppner blieb recht nachdenklich zurück.

Auch beim Hockey war Christian Paulsen ein schlechter Verlierer gewesen. Stets waren die Schiedsrichter schuld, der Gegner war unfair, und dies ließ er jeden spüren. Hätte er den Verlust seiner Frau kommentarlos hingenommen? Zweifelhaft…. Und irgendetwas war da noch, was Klaus Heppner an dem unbedingten Glauben seines Freundes an die Treue seiner Frau zweifeln ließ Aber was war es? Noch während er grübelte klingelte sein Telefon. Es war Günter Jordan vom KK 15, einer der wenig beliebten Ermittler bei Beamtendelikten, der ohne große Vorrede sofort zur Sache kam.

„Ich habe gehört, dass Christians Frau ermordet worden ist. Vor ziemlich genau zwei Jahren hat Heinz Wellmann, mein Vorgänger auf diesem Posten eine Anfrage aus Thüringen bekommen, vor der er meinte, wenn es stimmt, müsste er zum ersten Mal im Leben einen Kollegen verhaften, und damit war Christian gemeint." – „Heinz können wir ja nun mal nicht fragen", murmelte Heppner, und Günter Jordan stieß ein Grunzen aus. Heinz Wellmann war einer der vielen Kollegen gewesen, die nicht besonders viel von ihrer Pension gehabt hatten. Drei Monate nach Dienstende war er mit einem Herzinfarkt tot umgefallen – zur großen Freude des Finanzministers, wie die Zyniker unter den Polizisten sagten.

„Kommst du noch an Unterlagen dieser Sache?" – „In IGVP steht nichts, da sind alle Daten nach Fristablauf automatisch gelöscht worden", bedauerte Günter Jordan. „Ich versuche aber an das Aktenzeichen zu kommen und bei den Kollegen in Thüringen nachzufragen. Das geht aber frühestens morgen. Ich melde mich dann wieder." Er hustete mehrmals, bevor er das Gespräch beendete.

Das Gespräch mit Günter hatte Heppners Sorgen hinsichtlich Christian noch weiter verstärkt. Trotzdem schob er den Verdacht, dass Christian etwas mit dem Mord zu tun hatte noch weit von sich, aber ein mulmiges Gefühl blieb. Während er sich in Bombardier-Manier die Schläfen rieb, fiel sein Blick auf den Kalender, und er hoffte, dass die MK bis Pfingsten geklärt sein würde, damit er mit seinen Kindern….

Pfingsten, dachte er. Das war es. Oh mein Gott.

Christian Paulsen und Klaus Heppner hatten eine Zeit lang zusammen bei Concordia Duisburg Hockey gespielt, und dieser Club richtet jedes Jahr zu Pfingsten ein riesiges Hockeyturnier aus. Alle teilnehmenden Vereine zelten auf der Platzanlage, und 2005 war irgendetwas passiert, was dazu geführt hatte, dass Christian und Juliane Paulsen Knall auf Fall aus dem Verein austraten. Heppner rief André Binger an, und zu seiner großen Freude erreichte er den ehemaligen Concordia-Spieler sofort. „Mensch Klaus, alte Granate, es ist echt eine Freude, Dich noch mal am Telefon zu haben. Was macht die Arbeit? Wühlst Du immer noch in alten Leichen herum, oder hast Du den Bereich inzwischen gewechselt?" Die alte Kodderschnauze ändert sich nie, dachte Heppner grinsend.

Nach etwas Smalltalk kam er jedoch zur Sache. André Binger seufzte tief. „Christian hat damals doch im Bierwagen gestanden und ausgeschenkt, als der Rechtsaußen der Hermsdorfer ihn mit einem Gesangswettstreit ablenkte, damit sein Kumpel, Torhüter der Hermsdorfer, Juliane abschleppen konnte. Christian und ich fanden die beiden drei Stunden später in einem Zelteingang. Die Situation war absolut eindeutig, da beide eingeschlafen waren, bevor sie die Hosen hatten hochziehen können. Christian sagte nur, er wisse, was er zu tun habe und ging in sein Zelt. Als ich am nächsten Morgen wach wurde, waren Christian und Juliane weg und kamen nie wieder. Die ganze Nummer schien Juliane im Nachhinein ungeheuer peinlich zu sein."

„Dieses Gefühl der Scham war aber wohl nicht von Dauer. Wir ermitteln gerade in einem Mordfall zum Nachteil von Juliane und ihren Liebhaber, einen Burschen namens Hartmut Runde." – „Hartmut Runde?!", schrie André Binger durchs Telefon, dass Heppners Ohr klingelte. „Ich glaube, ich spinne! Das gibt's doch gar nicht! Klaus, ist Dir eigentlich klar, dass Hartmut Runde damals bei uns in der zweiten Mannschaft gespielt hat? Er hat an dem Abend mit Christian im Bierwagen gestanden und ist ziemlich zeitgleich mit Christian und Juliane aus dem Verein ausgetreten".

In Heppners Kopf rasten die Gedanken. TSV Hermsdorf, oh scheiße. Hermsdorf liegt unweit von Gera in Thüringen. Hatte das Ersuchen, von dem Günter Jordan berichtet hatte etwas mit Hermsdorf zu tun? Christian Paulsens Lieblingszitat war "*Rache ist ein Gericht, welches am besten kalt genossen wird.*" Hatte er vielleicht abgewartet und dann in Hermsdorf Rache geübt? Davon erzählte er André Binger natürlich nichts, sondern verabschiedete sich bis auf weiteres und legte auf.

Klaus Heppner fluchte einige Sekunden vor sich hin. Das Bild, welches sich langsam immer deutlicher zusammensetzte, gefiel ihm ganz und gar nicht. Hatte Christian Paulsen Julianes Fehltritt einfach auf sich beruhen lassen? Wohl kaum. Und wieso konnte er nach dieser Geschichte so blind auf die Treue Julianes vertrauen? Heppner hatte nur eine Antwort auf diese Fragen, und die jagte ihm gewaltige Angst ein.

Neun
2. Mai 2010, 16:00 Uhr

Die Berichte der Ermittlungsteams verdienten nur einen Namen: Pleite auf ganzer Linie. Das schloss auch Rudi Brack und Jimmy Hellwich ein, da die Zeugen des Einbruchs aus reiner Hysterie bestanden hatten. „Der Täter war männlich und dunkel gekleidet, da sind sie sicher, aber sie können nichts zu Größe oder Waffe sagen." Einzig Theo Mischke vom KK 31 machte da eine Ausnahme. „Der 61-jährige Peter Freimuth hat gestern Abend gegen 23.30 Uhr seinen Hund ausgeführt, einen äußerst verschmusten Labrador. Falls ihr Haarproben von dem Hund braucht, nehmt einfach meine Hose. Dieser Hund hat sein Bein genau in dem Moment am rechten Vorderreifen eines Opel Omega gehoben, als ein Typ von irgendwoher angerannt kam, einen Rucksack ins Auto warf, hineinsprang und wegfuhr, ohne Hund und Herrchen eines Blickes zu würdigen. Dabei hat er sich sogar weggedreht, damit man sein Gesicht nicht sieht. Fahrerbeschreibung? Fehlanzeige. Nur recht groß und dunkel gekleidet. Würde also passen."

Bombardier, Hanna Karl und Klaus Heppner hatten sich entschlossen, den Verdacht gegen Paulsen noch zurück zu halten. Kollegen sind alles Tratschtanten. Wenn solch ein Verdacht herausposaunt wird, weiß bald das ganze Präsidium davon – inklusive Christian Paulsen.

„Theo und Willi, Ihr klappert in den nächsten Tagen alle Sport- und Jagdgeschäfte ab, die Bögen und Armbrüste führen. Untersucht die Verkaufsbücher und befragt alle

Angestellten, ob jemand derartiges Material gekauft hat, und zwar in einem Zeitraum von, sagen wir mal, dem letzten Jahr." – „Nur Duisburg oder im Großraum?", fragte Willi Beugen. „Nehmt Ihr nur die Duisburger Geschäfte. Stefan und Friedhelm, Ihr kümmert Euch bitte um die Geschäfte in Moers und Krefeld, Thomas und Peter um den Rest des Landkreises Wesel, also insbesondere um Dinslaken und Voerde, Kalle und Pit nehmen die Geschäfte in Mülheim und Oberhausen. Tobias fragt bei Ebay und anderen Internetforen an, ob derartige Geräte gehandelt wurden. Steffen und Rainer, ihr sagt Christian Bescheid, dass wir uns hier mit ihm unterhalten wollen. Anschließend befragt ihr die direkten Nachbarn von Juliane und Christian Paulsen, ob es dort Streitigkeiten gab und ob jemand Christian am Tatabend gesehen hat. Reine Routine, Freunde. Die Übrigen fahren mit ihren bisherigen Aufgaben fort. Abschließende Besprechung heute Abend um 20.00 Uhr. Noch Fragen? Keine? Dann los."

Hanna Karl kam zehn Minuten später mit frischem Kaffee, der glücklicherweise von ihr selbst gekocht war, in Heppners Büro. „Was wollen wir Christian eigentlich sagen, wenn er gleich kommt?" – „Sagen? Erstmal nichts. Er soll uns was erzählen, und zwar bezüglich Julianes Verhalten in den letzten Tagen; wie es zu der Verabredung von Hartmut Runde und seiner Frau gekommen ist, wann…". Heppner stockte und schlug sich vor die Stirn. Noch etwas, das ihm unbewusst aufgefallen war. Ich Idiot, dachte er, und verzog das Gesicht.

Christian Paulsen hatte in seiner ersten Befragung berichtet, er habe noch mit seiner Frau telefoniert, und sie habe ihm gesagt, sie werde mit Hartmut Runde in Kürze zur Mayday fahren. Aber wie will er telefoniert haben? In Juliane Paulsens am Tatort aufgefundenem Handy waren keine Anrufe zur entsprechenden Zeit verzeichnet, und der Festnetzanschluss am Tatort war immer noch defekt, nachdem Runde das Mobilteil zerlegt hatte. Blieb nur noch das Handy Hartmut Rundes, das verschwunden war. Nur: warum sollte Juliane Paulsen Hartmut Rundes Handy statt ihres eigenen für ein Telefonat mit Christian benutzen? Wenn Christian angerufen haben sollte, warum dann bei Hartmut Runde und nicht unter dem Anschluss seiner Frau?

Als Christian Paulsen eine halbe Stunde später im PP auftauchte, war er unrasiert, sein Gesicht war hagerer als noch am Vortag, und sein ansonsten sorgsam gepflegtes Haar war zerzaust. An Stelle eines Sakkos trug er einen beigefarbenen Sommerpullover, der auch schon bessere Tage gesehen hatte, und an die Stelle des Trenchcoats war ein ausgeblichener Blouson getreten. Dennoch roch Heppner bei der Begrüßung unzweifelhaft den Geruch von Baldessarini. Der Geruch bildete eine irritierende Diskrepanz zum Aussehen seines Kollegen, und die Augen... Heppner kniff seine Augen zusammen, um noch konzentrierter in die seines Freundes sehen zu können. Obwohl sie tief in den Höhlen lagen und sich Falten der Müdigkeit um sie herum eingegraben hatten, wirkten sie wach, forschend und aufmerksam, ja geradezu lauernd, als würden sie sich fragen, was seine Kollegen zu bieten haben. Na, das konnte er haben, dachte Heppner.

„Berichte mir doch bitte, ob sich aus deiner heutigen Sicht Julianes Verhalten dir gegenüber irgendwann auffällig verändert hat." Paulsen sah Heppner ausdruckslos an. „Juliane benahm sich wie immer. Sie zeigte ihre Gefühle gegenüber Dritten fast nie. Juliane war und ist einfach die Liebe meines Lebens. Ich habe mir niemals Gedanken darum gemacht, sie verlieren zu können." – „Nicht einmal zu Pfingsten 2005? Da hatte Juliane doch was mit dem Spieler einer anderen Mannschaft", warf Heppner scharf ein.

Innerhalb eines Wimpernschlages zeichneten sich Überraschung, Schock und Sprachlosigkeit in Christian Paulsens Gesicht ab, bevor er sich wieder kontrollierte. „Das stimmt, aber es ist Schnee von gestern und niemals wirklich von Bedeutung gewesen. Ein einmaliger, alkoholbedingter Ausrutscher, an dem ich durch mein Verhalten vorher mitschuldig war." Hanna Karl kam mit einem Tablett herein, auf dem drei Tassen Kaffee, Milch und Zucker standen. Sie stellte das Tablett ab, nahm ihre Tasse mit und setzte sich auf ihren Stuhl, ohne den Kaffee für ihre beiden Kollegen fertig zu machen. Emanzipation, dachte Heppner. Früher wäre das anders gewesen. Achselzuckend füllte er Milch in seine Tasse und wartete ab, bis auch Christian Paulsen fertig war und weiter berichtete.

„Wir kamen überein, Concordia zu verlassen und uns eine andere Beschäftigung zu suchen. Wir haben lediglich Kontakt zu Hartmut und Katharina gehalten, weil sich unsere Freundschaft gerade festigte und beide die Geschichte eh mitbekommen hatten. Hartmut hat übrigens gesehen, wie ich Heiko, also den Hermsdorfer Torwart und seinen Kumpel zur Rede stellte und ihnen sagte, wenn sie noch mal nach Duisburg kämen, würde ich ihre Genitalien mit einem Bleirohr zermatschen. Gute Erziehung hin oder her, auch ich bin nur ein Mann. Danach habe ich die beiden nie wiedergesehen. Glück für sie."

Wieder so eine unwillkürliche Bemerkung, schoss es Heppner durch den Kopf. Christian Paulsen hätte nach seinem Austritt bei Concordia gar keinen Grund mehr gehabt, in das weit entfernte und nicht gerade als Luftkurort bekannte Hermsdorf zu fahren, und nach Duisburg kamen die beiden Hermsdorfer nicht mehr, wie er selbst auch wusste. Er verschaffte sich damit zum zweiten Mal ein Alibi, bevor er danach gefragt wurde. Echt merkwürdig, dachte Heppner.

„Was hat denn die Obduktion der beiden ergeben?", wollte Christian Paulsen wissen. Hanna Karl übernahm die Antwort. „Na ja, nach Ansicht des Pathologen hat der Täter sie mit einem Pfeil oder Armbrustbolzen erschossen." – „Außergewöhnliche, aber fast lautlose Tatwaffe. Dann muss er sich aber sehr sicher gewesen sein. Eine Armbrust muss wieder gespannt und geladen werden. Das dauert bestimmt einige Sekunden, und einen Fehlschuss konnte sich der Täter nicht leisten. Wäre es nicht möglich, dass es zwei Täter waren, die gleichzeitig oder schnell hintereinander geschossen haben?" Paulsen sah Heppner interessiert an. Der zuckte die Achseln. „Wir halten uns jede Option offen. Theorien haben wir im Moment genug, aber vielleicht hast Du ja noch eine Idee, wie die Sache abgelaufen sein könnte?"

Paulsen schnaubte. „Ich heiße nicht O. J. Simpson und werde kein Buch darüber schreiben, wie ich meine Frau und ihren Lover umgebracht haben könnte. Aber eine Theorie... Ein gewöhnlicher Einbrecher läuft nicht mit so einem Ding durch Duisburg. Und ein gezielter Mord, wahrscheinlich durch einen Profi ... vielleicht Katharinas Familie. Ich habe gehört, dass ihr Vater das Verhalten seines Schwiegersohns nach dem Tod von Jan Hendrik mit den Worten kommentierte, man müsste ihn eigentlich an den Eiern aufhängen." – „Hast Du ihn mal kennen gelernt, und hältst Du ihn für fähig, einen Mord in Auftrag zu geben?". Christian Paulsen wiegte den Kopf. „Den alten König? Schwer zu sagen; ich habe ihn zwar bei Familienfeiern gesehen, aber nicht viel mit ihm gesprochen. Er ist ein bulliger Mann, Bauunternehmer und in seinem Bereich als „harter Hund" bekannt. Vielleicht haben ja die Stuttgarter Kollegen ein paar Infos über ihn."

Heppner nickte und machte sich im Geiste schon mal eine Notiz. Christian Paulsen wertete das Nicken als Aufforderung, mit seiner Schilderung fortzufahren.

„Katharina selbst halte ich nicht für fähig, einen Mord zu planen und in Auftrag zu geben. Klar, eine Affekttat in einer In-Flagranti-Situation ist immer möglich. Es ist doch zum Kotzen, dass gerade den anständigen Menschen immer solch schlimme Dinge passieren. Kannst Du mir vielleicht verraten, wieso das so ist?" – „Nein, und ich denke auch nicht darüber nach. Ich weiß nur, dass wir den Scheißkerl finden müssen, der diese beiden Menschen umgebracht hat, oder nicht?" Mit diesen Worten sah Heppner seinen Freund direkt an.

War da ein leichtes Flackern in seinen Augen? Ein Zucken in den Augenwinkeln? Wie auch immer: während seiner gemurmelten, bestätigenden Antwort wandte Christian Paulsen den Blick ab. In der nächsten Sekunde sah er Hanna Karl an und fragte, ob er vielleicht noch einen Kaffee haben könnte. Sie nickte und verließ den Raum. Heppner wartete, bis sich die Tür geschlossen hatte, um seinen Kollegen starr zu fixieren.

„Da stimmt etwas nicht, Christian. Ich sehe Dir an, dass Du mir nicht die Wahrheit sagst." Christian Paulsen lachte verächtlich auf. „Ach nee! Was glaubst Du denn, wer Du bist? Cal Lightman aus „Lie to me"? Hast Du irgendwelche Mikro-Ausdrücke in meinem Gesicht gesehen, die Dir angeblich verraten, dass ich lüge? Habe ich mit den Augen gezuckt oder nach links oben geblickt? Die Zeigefinger auf meinen Mund gelegt, damit ich nicht zu viel sage? Jetzt höre auf, Dich lächerlich zu machen, wir sind schließlich nicht in einer Fernsehserie." Paulsen, der zu Beginn seiner Tirade aufgesprungen war, setzte sich jetzt schwer atmend wieder.

Heppner blieb ruhig. „Genau das, Christian, denn auch die gespielte Tirade passt in das Bild. Du hast Dich sehr bemüht, alle nicht zu unterdrückenden Reaktionen mit gut gespielten Gesten und Bewegungen zu überdecken." – „Ach Junge, mach dich doch nicht endgültig lächerlich. Also soll das Gespräch hier ein Versuch sein, mich zu einem Geständnis zu bringen? Wie wollt Ihr das denn anstellen? Wenn ich mich nicht schwer täusche, habe ich eine ganze Reihe von Vernehmungen mehr auf dem Buckel als Ihr beide zusammen. Wie würdet ihr mich knacken wollen?"

Heppner lächelte Paulsen an, der langsam zu grinsen aufhörte. „Du siehst das Falsch, Christian. Wir müssen nur darauf warten, bis du Fehler machst, und die kommen überreichlich. Du hast zwar die Optik eines geschockten Witwers, riechst aber zu gut, weil du dich automatisch eingedieselt hast. Nur um meine Neugier zu befriedigen: ist es Baldessarini?"

Während Heppners Lächeln allmählich breiter wurde, versteinerte Paulsens Miene immer mehr. „Du hast eine gute Nase – was Parfums angeht, meine ich. Also meint ihr das wirklich ernst. Ich werde jetzt aufstehen und gehen, denn für Gewäsch fehlt mir einfach die Zeit. Und noch etwas, Klaus: zwanzig Jahre habe ich Dich als meinen Freund betrachtet. Das ist vorbei. Wer mir einen Mord zutraut, ist alles andere als das."

Als er nach dem Unterschreiben seines Vernehmungsprotokolls den Raum verlassen hatte, berichtete Hanna Karl, was sie im MK-Raum aufgeschnappt hatte. „Christians Alibi ist erledigt. Ein Hausbewohner hat gesehen, wie Christian am Tatabend kurz nach halb elf das Haus verließ und mit seinem Renault wegfuhr. Die Opernübertragung auf ARTE lief aber von 20:45 Uhr bis 01:15 Uhr. Er hat sie überhaupt nicht bis zu Ende angesehen, sondern ist bereits zu einem Zeitpunkt losgefahren, der es ihm ermöglicht hätte, zum mutmaßlichen Zeitpunkt der Tat in Walsum zu sein", berichtete Hanna Karl dem atemlos lauschenden Heppner. „Die B 288 und die A 59 sind zu dieser Zeit frei, und mit dem Auto ist er innerhalb von 20 – 25 Minuten in Walsum. Zeit genug, um die Tat zu begehen. Und damit ist das ohnehin schwache Alibi unseres Opernliebhabers geplatzt." – „Und zwar mit einem lauten Paukenschlag", ergänzte Heppner lakonisch.

Rainer Hansen hatte noch einen weiteren Knalleffekt auf Lager. „Wir haben alle Nachbarn befragt, mit Ausnahme eines Dirk Behrens und seiner Frau Sabine. Die Behrens sind im Urlaub auf Lanzarote, haben also ein todsicheres Alibi, und Christian kümmert sich um die Blumen, hat also Zugang zur Wohnung der Behrens. Und jetzt kommt es: auf dem Wagen des Ehepaares Behrens klebt das Wappen des Verbandes deutscher Bogen- und Armbrustschützen. Dank Google weiß ich jetzt: Dirk Behrens ist amtierender deutscher Meister im Armbrustschießen."

„Ich glaub´, ich werd´ bekloppt", flüsterte Hanna Karl in die Stille. „Jetzt ist klar, warum sich Christian so gut mit den Schwierigkeiten beim Nachladen einer Armbrust auskannte. Sollten wir mit unserer wilden Vermutung tatsächlich ins Schwarze getroffen haben? Seit wann sind die Behrens' weg?" – „Seit fast 14 Tagen", sagte Rainer Hansen nach einem Blick in sein Notizbuch, das er einem Notepad vorzog. „Sie sollen in ein paar Tagen zurückkommen."

Hans Bombardier seufzte und blickte Klaus Heppner an, der ihm mit bitterer Miene zunickte. Sein Chef informierte die Kollegen daraufhin von dem beginnenden Tatverdacht gegen Christian Paulsen und teilte Hanna Karl und Heppner für die Ermittlungen gegen Paulsen ein. Die Reaktion der Anwesenden war nicht druckreif, und insbesondere Rudi Brack und Jimmy Hellwich, die zu Christian Paulsens Kommissariat gehörten, überschütteten Klaus Heppner mit Verachtung. Rudi Brack zeigte sie am Deutlichsten.

„Und wir hatten gedacht, du bist sein Freund. Du bist echt das mieseste, charakterloseste..." – „Halt den Mund, Rudi, und setz dich wieder hin", unterbrach Hans Bombardier ihn scharf. „Klaus hat völlig richtig gehandelt. Die Verdachtsmomente können nicht so einfach hinweggewischt werden. Selbst wenn wir von Christians Unschuld überzeugt sind, müssen wir das beweisen, sonst bleibt etwas an ihm hängen, okay? Also werden wir die Verdachtslage objektiv überprüfen, komme was wolle. Wer dabei nicht mitmachen kann oder will, sollte morgen früh nicht mehr hier erscheinen, sondern sich auf seiner Dienststelle melden. Und sollten wir herausfinden, dass die Vorwürfe stimmen, werden wir Christian behandeln wie jeden anderen Täter auch, also festnehmen und dem Haftrichter vorführen. Ach, noch etwas: der Verdacht gegen einen Kollegen bleibt geheim. Kein Getratsche, auch nicht gegenüber der eigenen Frau, verstanden? Ihr haltet den Rand, ist das klar? Wer sich verplappert, den mache ich persönlich fertig. Und jetzt raus, ich muss nachdenken."

Keiner der Kollegen hatte Hans Bombardier jemals so wütend gesehen. Alle, auch Klaus Heppner und Hanna Karl verließen den MK-Raum und das Präsidium wie die begossenen Pudel. Heppner beeilte sich, nach Walsum zu Marion Paschen zu kommen.

Er hatte die Lichter des Landschaftsparks Nord, an dem die alten Hochöfen eines mittlerweile aufgelassenen

Werksgeländes bunt beleuchtet sind, immer nur als kitschige Touristenattraktion einer Region betrachtet, die außer ihrer Industrie nicht viel zu bieten hat, aber heute hatte er trotz der atmosphärischen Störungen in der MK zum ersten Mal einen Blick für die malerische Schönheit dieses Ortes. Jaja, die Hormone… Heppner musste sich mehrfach ermahnen, sachlich zu bleiben und den Blick auf die Straße vor ihm zu richten.

Marion Paschen empfing ihn mit einem breiten Lächeln. „Ich war mir sicher, dass Du heute Abend noch vorbeikommst. Katharina und ich haben mit dem Essen auf Dich gewartet. Hast Du wenigstens Hunger mitgebracht?" – „Und ob! Ich habe im Moment das Gefühl, ein Pferd essen zu können." Sie lachte hellauf. „Na, den Gefallen kann ich Dir leider nicht tun. Bei mir gibt es ganz ordinäres Schweinefilet. Ich hoffe, Du magst Spargel. Meiner ist zwar nicht aus Walbeck, dürfte aber fast ebenso gut sein."

Nachdem Marion Paschen und Katharina Runde Besteck und Gläser auf den Esstisch platziert hatten, schilderte Frau Runde das Verhältnis zwischen ihrem Mann und ihrem Vater. „Spannungen zwischen den beiden hat es immer gegeben, schon als wir noch in Stuttgart wohnten. Hartmut hatte zunächst in Papas Firma gearbeitet, als wir zusammen kamen aber sofort gekündigt. Ungeachtet seines Könnens mochte Papa Hartmut nicht, und um uns auseinander zu bringen, war ihm fast jedes Mittel recht. Er berichtete mir, dass Hartmut mir nicht treu wäre, aber in einer Aussprache hat Hartmut diese Geschichten glaubhaft bestritten, und nach unserem Umzug hatte ich über mehrere Jahre keinen Grund zur Eifersucht. Umgezogen sind wir auch nur, weil in der Branche bekannt war, dass er der künftige Schwiegersohn vom alten König ist. Er wollte nicht als Protegé gelten und hat schließlich das Angebot der Setko GmbH aus Essen anzunehmen. Mittlerweile heißt die Firma aber EE Bau GmbH. Irgendwas ist da aber letzte Woche passiert, weshalb Hartmut in den letzten Tagen auch zu Hause war. Erwin Ellenbracht, der Inhaber der EE Bau, ist ein echter Drecksack. Brutal, hinterhältig und verschlagen. Ihm traue ich nahezu alles zu."

Der Ruf Marion Paschens zum Essen unterbrach das Gespräch. Heppner lehnte sich nach dem Essen genussvoll zurück. Das Filet war auf den Punkt gebraten, die Kartoffeln delikat und der Spargel butterzart gewesen. Auch Katharina Runde hatte es augenscheinlich ausgezeichnet geschmeckt, und die Röte ihrer Wangen war nicht auf irgendeinen genossenen Alkohol zurückzuführen, sondern ein deutliches Zeichen beginnender Erholung. Dennoch wurde sie allmählich müde.

Als Heppner aufstand und sich verabschieden wollte, protestierten beide Frauen vehement. „Marion hat mit versprochen, dass ich heute Nacht hier unter Polizeischutz schlafen würde. Wenn das mit Ellenbracht stimmt, wird er sich vielleicht nicht damit zufriedengeben, die falsche Frau Runde liquidiert zu haben." Katharina Runde blickte trotzig drein. Marion Paschen sprang ihr bei. „Die Couch ist immer noch frei, und Du hast doch gestern Nacht auch sehr gut darauf geschlafen. Also…"

Zwei derart zielorientiert vorgehenden Frauen kann kein Mann besonders lang Widerstand leisten. Heppner gab also klein bei und ließ zu, dass Marion Paschen ihm wieder eine Schlafstätte auf der Couch bereitete.

In der Nacht träumte er seltsame Dinge. Er saß in einer Opernaufführung und langweilte sich zu Tode, während Christian Paulsen hinter der Fernsehkamera stand und ständig versuchte, Heppner beim Gähnen zu filmen. Plötzlich verließ Christian seinen Posten und ging auf die Bühne, wo er ein Auto bestieg, damit losfuhr und einen der Sänger in die Kulissen quetschte. Wie bei einer Oper üblich, begann dieser Darsteller zu singen anstatt zu sterben. Was für ein hanebüchener Blödsinn, dachte Heppner noch im Schlaf, während das Traumbild in einem Kaleidoskop aus Farben verschwand.

***

Der Mann sah nach rechts und links, als er die Kneipe verließ und auf den Bürgersteig trat. Er war Mitte Dreißig, sah aber durch die eingefallenen Wangen und die langen, schwarzen, fettigen Haare erheblich älter aus. Ebenso ungepflegt wie seine Haare waren auch die Kleidungsstücke, die er am Leib trug. Sowohl die Jeans als auch das Sweatshirt hatten schon bessere Tage gesehen, die mit Sicherheit schon lange zurücklagen. Zum gesamten Erscheinungsbild passte, dass der Mann mehr als nur einen zu viel intus hatte. Sein bedrohliches Schwanken stand in eklatantem Gegensatz zu seiner Vorsicht, die sich durch ständiges Umhersehen dokumentierte, aber die Dunkelheit der Nacht, die abgeschaltete Straßenbeleuchtung und sein Trunkenheitsgrad ließen seine Anstrengungen zur Farce werden. Sein Zittern war jedoch nicht nur auf den Alkohol zurückzuführen, denn der Betrunkene hatte schreckliche Angst, verfolgt zu werden.

Dieses Gefühl war mehr als berechtigt.

Als der Betrunkene sich an eine Plakatwand lehnte um auszuruhen und Luft zu schöpfen, verkürzte sein Verfolger den Abstand auf wenige Meter, bevor er sich in einem Hauseingang verbarg. Befriedigt beobachtete er, wie sich seine Zielperson heftig übergab. Prima, dachte der Verfolger kalt, was er jetzt von sich gibt, kotzt er mir nachher nicht ins Auto.

Da er den Weg seines Opfers von der Kneipe nach Hause kannte, hatte er seinen Wagen etwa auf halber Strecke geparkt. Als der unauffällige Citroen nur noch wenige Meter entfernt war und sich kein anderer Passant in Sichtweite befand, schloss er mit ein paar schnellen, lautlosen Schritten zu seinem Opfer auf.

„He, Mann! Hast du mal Feuer?"

Unwillkürlich drehte sich der Betrunkene um, was genau dem Plan des Verfolgers entsprach. Das Bleirohr, welches der Verfolger mit der rechten Hand in einem perfekten Aufwärtsbogen führte, krachte gegen die Stirn des Betrunkenen und beförderte ihn augenblicklich ins Land der Träume.

Vorsichtig sah sich der Angreifer um. Nein, niemand hatte die Aktion mitbekommen. Er lud sich den Niedergeschlagenen ohne große Mühe auf die kräftige Schulter und trug ihn die letzten Meter zum Auto. Gerade als er ihn in den Kofferraum legen wollte öffnete sich ein paar Meter entfernt eine Tür, und ein Mann Mitte 20 schob sein Fahrrad auf den Gehweg. Irgendwie ritt den Angreifer jetzt der Teufel, denn er rief dem jungen Mann zu: „Hallo, kannst du mir mal helfen?"

Der junge Mann kam eifrig herbei. „Was gibt's denn?", fragte er hilfsbereit. „Ach, mein Kumpel hat einen über 'n Durst getrunken. Kannst du mir helfen, ihn auf den Beifahrersitz zu setzen und anzuschnallen? Ich fahre ihn dann nach Hause."

Der junge Mann nickte, wenn er auch die Nase rümpfte. Als er die Beifahrertür öffnete, nickte er anerkennend. „Du hast ja an alles gedacht", meinte er, als er den in Plastikfolie verpackten Sitz sah. „Klar, glaubst du, ich lasse mir gern den Wagen vollkotzen?", brummte der Angreifer.

Während der junge Mann den Betrunkenen in den Wagen schob, befestigte der angebliche Kumpel den Sicherheitsgurt und fuhr mit einem Winken als Dank los. An der nächsten Ecke begann er zu lachen. Großartig, einfach großartig, dachte er. Dank meines Helfers befindet sich nicht nur meine DNA an der Leiche – wenn man sie je finden sollte.

Seine Laune stieg, doch als er aus der Stadt herausfuhr, weiteten sich seine Augen. Er bremste und unterdrückte eine Verwünschung, bevor er die Scheibe herunterließ.

„Allgemeine Verkehrskontrolle, mein Name ist Schmeling. Dürfte ich um Ihre Papiere bitten?" Der Autofahrer griff in seine Jackentasche und reichte dem Beamten ein Mäppchen mit Führerschein und Fahrzeugschein. Natürlich waren die Papiere gefälscht, und der flüchtige Blick, den der Beamte darauf warf zeigte, dass sie ihr Geld wert gewesen waren.

„Haben Sie in den letzten Stunden alkoholische Getränke zu sich genommen, Herr Sellwo?" Der Fahrer verneinte im Brustton der Überzeugung. „Nee, das habe ich ihm überlassen. Ich war zum Fahren ausgeguckt." Er deutete auf den Mann neben sich, der vornüber gesunken auf dem Beifahrersitz saß und schnarchende Geräusche von sich gab. Der Beamte grinste nur und gab dem angeblichen Sellwo die Papiere zurück. „Gute Fahrt, und bringen sie ihren Freund so schnell wie möglich ins Bett." Der Fahrer rollte in gespielter Verzweiflung die Augen, nickte und fuhr weiter. Als er in den Spiegel blickte, kontrollierte der Streifenpolizist schon das nächste Fahrzeug. ,Sellwo' atmete auf. Es war unwahrscheinlich, dass sich der Polizist an die Kontrolle erinnern würde, und da auch keine Datenabfrage erfolgt war, blieb seine Alias-Identität unbekannt.

Rund 30 Minuten später bog er außerhalb der Stadt in einen kleinen Waldweg ab. Jetzt würde er den Mann neben sich ins Bett bringen, dachte er. Aufstehen würde er aber nicht mehr.

‚Sellwo' öffnete die Autotür und nickte befriedigt, da außer den nächtlichen Waldgeräuschen nichts zu hören war. Er hatte den Platz ausgesucht, da er abgelegen war und niemand die Schreie seines Opfers hören würde. Er zog den immer noch Bewusstlosen aus dem Auto, entkleidete ihn und fesselte Handgelenke und Knöchel des Nackten mit Panzertape, bevor er ihn mit Hilfe einer Extradosis Riechsalz wieder zu Bewusstsein brachte. Die Scheinwerfer des Citroens beleuchteten eine gespenstische Szenerie.

‚Sellwo' stand bewegungslos und mit hinter dem Rücken verborgenen Händen vor seinem Opfer, bis sich dessen Augen geklärt haben und das Erkennen in seinen Augen aufdämmerte. „Du? Oh mein Gott…".

‚Sellwo' nickte knapp und sah sein Opfer stumm an, das sich über seine Lage jetzt mit Entsetzen klar wurde. „Du wirst mich umbringen, oder? Du wirst mich abschlachten, wie du Heiko getötet hast. Du Bestie! Ich…. HILFE! HIIIILFE!!!!" Der Mann begann erbärmlich zu schreien, doch es war aussichtslos. Der Mörder hatte den Ort gut gewählt, und als er die Hände hinter dem Rücken hervorzog, verstummten die Schreie des Opfers abrupt.

Ohne eine Spur des Zögerns rammte der Killer seinem Opfer die Injektionsnadel in den Hals und drückte den Kolben gnadenlos herunter. Die Wirkung zeigte sich sofort. Der gefesselte Mann begann rot anzulaufen, seine Augen traten aus den Höhlen und er rang ebenso verzweifelt wie vergeblich nach Luft. Nur Sekunden später erschien blasiger Schaum vor dem weit aufgerissenen

Mund, und die Befreiungsversuche gingen in konvulsivische Zuckungen über.

Der Mörder betrachtete sein Opfer ohne Mitleid. Du hast es verdient, dachte er kalt, als er sah, was der Abflussreiniger im Körper seines Opfers anrichtete. Nach wenigen Minuten verebbte der Todeskampf, und das Opfer lag still und tot vor ihm.

‚Sellwo' hatte seine Vorbereitungen schon einen Tag vorher getroffen. Das Grab war bereits offen, und es bedurfte nur einer geringen Anstrengung, die Leiche hineinzurollen. Die Plastikfolie vom Beifahrersitz wanderte hinterher. Als ‚Sellwo' das ‚Grab' vollständig zugeschaufelt hatte, nickte er zufrieden und zog sich komplett um, da er die getragenen Kleidungsstücke später in verschiedenen Mülltonnen zu entsorgen beabsichtigte.

Der Mörder fuhr schreiend aus dem Schlaf hoch – und bedeckte das Gesicht mit beiden Händen. Geht das jetzt jede Nacht so, dachte er stöhnend. Werde ich Nacht für Nacht die Gesichter der von mir getöteten vor mir sehen, bis ich den Verstand verliere? Er taumelte ins Badezimmer und spritzte sich mit beiden Händen Wasser ins Gesicht. Als er sich wieder abtrocknete, sah er auf seine Hände. Sie waren groß und kraftvoll und trugen die Spuren des Lebens, welches er geführt hatte. Sieh sie dir an, flüsterte sein Gewissen. Die Hände eines Mörders. Du bist ein Mörder, ein Mörder....

Der Mann griff in den Schrank, der neben der Stelle stand, an der einst ein Spiegel die Wand geziert hatte. Das Schlafmittel hatte ihn nicht durchschlafen lassen, aber etwas Besseres hatte er nicht. Kurzerhand spülte er drei Tabletten mit einem großen Glas Brandy herunter und legte sich wieder ins Bett. Ob es am Brandy oder den Tabletten lag: diesmal fiel er in einen traumlosen Schlaf. Sein letzter Gedanke war, ob sich sein Gewissen auf Dauer so leicht abschalten lassen würde.

Zehn
3. Mai 2010, 06:30 Uhr

„Meine Weckmelodie „Locomotive Breath" von Jethro Tull hat mir einen Ohrwurm verpasst", seufzte Heppner am Frühstückstisch und beobachtete Katharina Runde, die an einer rheinischen Spezialität, Rosinenstuten mit Leberwurst und Schwarzbrot herumkaute. Igitt, dachte Heppner und steckte zwei Scheiben Vollkorntoast in den Toaster. Marion Paschen schüttelte nur mitleidig den Kopf und fragte, wie seine Nacht verlaufen sei. Heppner schilderte den Frauen seinem Traum, und überraschenderweise hielten es die beiden nicht für Spinnerei. „So etwas ist nicht ungewöhnlich, Klaus. Irgendwas versucht aus deinem Unterbewusstsein nach oben zu dringen, aber die Bedeutung wird dir noch nicht klar. Aber das wird schon noch."

Beim Losfahren Richtung Präsidium grübelte der Polizist immer noch über seine Vision nach. Zwei Männer vor der Haustür der Rundes, die durch Fausthiebe gegen die Tür Einlass forderten rissen ihn jedoch aus den Gedanken. Heppner rief die nahe gelegene Polizeiwache Walsum an und bat um Unterstützung, bevor er ausstieg und die beiden Männer ansprach. Sicher ist sicher.

„Können Sie mir verraten, was Sie dort vor der Tür machen?", fragte er. Die Männer drehten sich um und sahen ihn von oben bis unten an. Beide machten den Eindruck, zur Gilde der bezahlten Schläger zu gehören. Viele Muskeln, aber nicht viel Hirn. Die raue, gutturale Stimme, mit der einer der beiden Heppners Frage beantwortete,

134

passte zu diesem Klischee. „Verpiss Dich, Du Affe, das geht Dich nix an." – „Na ja, wenn es um Hartmut Runde geht, schon", erwiderte Heppner gelassen und schob die Hände in die Taschen, während er die beiden sich nähernden Gestalten betrachtete. Ungeachtet ihrer Körpermasse hatte ihr Gang etwas Katzenhaftes, Geschmeidiges, wie bei Raubtieren auf Beutejagd. Wo zum Teufel bleibt die Verstärkung, dachte Heppner, dessen Nackenhaare sich aufzustellen begannen. Dass einer der beiden demonstrativ ebenfalls die Hand in die Tasche steckte, trug nicht gerade zu seiner Beruhigung bei.

„Du bist nicht Hartmut Runde. Was hast Du mit ihm zu tun?" Der Akzent des Mannes verriet seine slawische Herkunft. „Los, spuck's aus, oder…" – „Oder was?", knurrte Heppner. Die beiden Männer sahen sich an. Es schien so, als sei ihre Hirnkapazität auf Gegenfragen nicht eingestellt. Heppner sah an ihnen vorbei, sah den vertrauten Anblick eines Streifenwagens um die Ecke biegen und grinste die beiden Gehirnakrobaten an.

„Ich könnte Euch verraten, wo Ihr ihn findet. Im Leichenschauhaus. Er ist nämlich ermordet worden. Und jetzt will ich Eure Ausweise sehen. Ach so: was Ihr von ihm wollt, geht mich sehr wohl was an. Mein Name ist Heppner, KHK Heppner, und ich bin Mitglied der eingerichteten Mordkommission."

Als die beiden Intelligenzbestien sich umdrehten und Fersengeld geben wollten, standen bereits die uniformierten Kollegen vor ihnen. Es ist beeindruckend mit anzusehen, wie aus aufgeblasenen Körpern in Windeseile die Luft entweicht.

„Wir haben doch gar nix gemacht! Wir sollten doch nur den BMW abholen. Der gehört unserer Firma", jammerte der kleinere der Kontrahenten Heppners. „Ja, wir haben letzte Woche den Auftrag von unserem Boss bekommen." – „Von Erwin Ellenbracht?", fragte Heppner scharf. „Ja, genau von dem", winselte der Größere. „Runde ist wirklich tot? Mann, was für eine Scheiße. Und wie kriegen wir den BMW wieder?" – „Ihr schon mal gar nicht", blaffte Heppner. „Ihr steigt jetzt mal schön in den Streifenwagen, der euch ins Präsidium bringen wird. Ich habe nämlich ein paar Fragen an euch."

Dimitri Kortscheff und Alexander Tarenko erwiesen sich tatsächlich als Bauarbeiter der EE Bau, die offenbar gerade eine Umschulung zum Angstmacher absolvierten. „Die beiden haben in dem Job aber keine große Zukunft, so leicht, wie sie sich haben einschüchtern lassen", grinste Hanna Karl eine Stunde später. Das verhinderte „Rollkommando" verließ gerade mit hängenden Schultern das Präsidium, nachdem sie ausgesagt und für die Taten wasserdichte Alibis präsentiert hatten. Heppner winkte ab, während er ihnen nachsah. „Sei geduldig, Hanna. Es war ihr erster Job in dieser Art, und sie lernen noch. Es besteht also die Chance, dass wir sie noch mal bearbeiten dürfen. Ihren Chef Erwin Ellenbracht müssen wir uns wohl etwas genauer vornehmen. Wer weiß, was und wen er noch auf Runde losgelassen hat."

Die Kommission saß einträchtig im MK-Raum zusammen. Heppners Bericht über eine mögliche Beteiligung zweier deutschlandweit bekannter Baulöwen erzeugte allgemeine Überraschung – und die Hoffnung, dass der

Verdacht gegen Christian Paulsen nur auf Zufällen beruhen würde. „Glaubst Du, dass einer der beiden was mit der Tat zu tun hat?", fragte Rudi Brack gespannt. Heppner zuckte die Achseln. „Da bin ich ehrlich gesagt skeptisch, Rudi. König war zu weit weg, und Ellenbracht hatte Runde zwei Schläger hinterher gehetzt, um seinen BMW abzuholen. Wenn er Runde hat killen lassen: warum hat er Kortscheff und Tarenko nicht zurückgepfiffen? Aber ausschließen sollten wir nichts und niemanden. Unterhalten müssen wir uns ohnehin mit beiden, um ein paar lose Fäden zu verknüpfen."

Hans Bombardier stimmte seinem Kollegen zu. „Also weiter nach Plan. Ich muss den Fall heute Morgen erst mal der Direktionsleitung vorstellen. Der stellvertretende Leiter eines Kommissariats als möglicher Tatverdächtiger einer MK, das hat man auch nicht alle Tage. Rudi, du kümmerst dich um Ellenbracht."

Rudi Brack stellte nach kurzer Recherche erfreut fest, dass durch die Essener Polizei bereits einige Verfahren gegen Ellenbracht geführt worden waren. Vorenthalten und Veruntreuen von Arbeitsentgelt, Körperverletzung, Erpressung, Bedrohung und Nötigung im Straßenverkehr bis hin zum Verfahren wegen Bankrotts vor zwei Jahren. Brack blieb keine Zeit zum Frohlocken, denn bevor er näheres in Erfahrung bringen konnte rief Erwin Ellenbracht an und fragte ohne Umschweife, ob der Polizist jetzt gleich Zeit für ihn habe. Ein Mann schneller Entschlüsse, konstatierte Brack trocken, und bestätigte den Termin.

Es war noch nicht eine halbe Stunde vergangen, als der Pförtner Diethelm Köpenick einen äußerst ungeduldigen Burschen nebst Rechtsanwalt meldete. Nur gefühlte 10 Sekunden später wurde Rudi Bracks Tür aufgerissen, und ein Mann stiefelte schnurstracks in sein Büro „Tag. Sind Sie Herr Brack?". Der Ankömmling, gekleidet in Jeans, Ralph-Lauren-Polohemd und einen bordeauxroten Sakko quittierte das knappe Nicken des Polizisten mit einem verächtlichen Schnauben. „Ich habe keine Zeit für höfliche Floskeln. Wir haben einen Termin, und ich will hier was aussagen." Sein Anwalt betrat wenige Sekunden später mit den Worten „Dann legen Sie mal los, Herr Ellenbracht." das Büro, nickte Brack zu und setzte sich auf einen freien Stuhl.

Der Polizist musterte seinen Gast mit unverhohlener Neugier. Er war etwa 60 Jahre alt, nur etwa 165 cm groß, aber fast ebenso breit gebaut, ohne dabei im Entferntesten dick oder weich zu wirken. Sein Kopf war mit Ausnahme der buschigen Augenbrauen kahl, und eine feine Narbe verlief vom Kinn bis fast zum rechten Ohr. Wiewohl sein rechtes Auge alle Bewegungen mitmachte, hatte etwas daran Rudi Brack irritiert, und jetzt sah er, was es war. Die Iris zeigte keine Reaktion auf Lichtveränderungen. Das Auge war ganz offensichtlich aus Glas.

Der Bauunternehmer kam nach der Belehrung gleich zur Sache. „Dieser Hartmut Runde hat sich vor ein paar Jahren bei meiner damaligen Firma beworben. Er hatte Krempel bei sich unten in Stuttgart und suchte einen neuen Job. Seine Referenzen waren hervorragend, und ich habe ihn eingestellt. Er war auch wirklich gut, und seine Arbeit war jahrelang absolut makellos. Im letzten

Jahr hat er sich aber plötzlich total verändert. Er fing im Sommer an, unter fadenscheinigen Entschuldigungen blau zu machen, und wenn er da war, hat er stundenlang privat telefoniert, und zwar nicht mit seiner Frau. Ich weiß das, weil sie einmal während eines solchen Gesprächs angerufen hat und Hartmut Runde seine Sekretärin anwies zu behaupten, er wäre in einer wichtigen Besprechung. Wenn Kollegen gefrotzelt haben, seine Geliebte wäre am Apparat, hat er keine Witze darüber gemacht, sondern alle nur angefaucht. War für uns ein Zeichen, dass es stimmt. Es hat auch immer die gleiche Rufnummer angerufen, und zwar 86-mal diese Rufnummer". Ellenbracht reichte Brack einen Zettel mit hin gekritzelten Ziffern und grinste. „Er hat die Telefongebühren für die Privatgespräche übrigens nachgezahlt."

Brack war wenig überrascht, auf dem Zettel die Handynummer Juliane Paulsens zu lesen. Er nickte Ellenbracht zu, der das Kommando zum Weiterreden dankbar aufnahm.

„Im letzten Monat wurde sein Verhalten für uns außerordentlich kritisch. Wir wollten uns an der Sanierung des Geländes am alten Güterbahnhof zur Vorbereitung auf die Love Parade beteiligen, Runde musste eine Kalkulation erstellen, und wir waren kurz vor Stichtag. Statt sich ins Zeug zu legen, wie ich es früher von ihm gewohnt war, hat er sich krankgemeldet. Zufällig hat ihn einer meiner Prokuristen aber während seiner „Krankheit" mit so einer Blonden im City Palais gesehen. Die beiden waren shoppen, Runde hat großzügig das Parfum und den Schmuck der Frau bezahlt und sah alles andere als krank aus. Ich habe ihn, als er zwei Tage später zurück ins Büro kam zu mir zitiert und ihn nach allen Regeln der Kunst zusammengefaltet. Er meinte aber nur, ich solle mich lieber in Acht nehmen, statt ihm zu drohen. Was er damit meinte habe ich dann zwei Tage später erfahren. Runde kam zu mir ins Büro, machte die Tür hinter sich zu und forderte von mir glatte 200 Mille. Er sagte, dies sei der Betrag, den ich an der Steuer vorbei an Erträgen gemacht hätte. Hat sich für ihn aber nicht gelohnt", triumphierte Ellenbracht. „Ich habe mit meinem Buchhalter die ganze Sache durchgerechnet, und der riet mir, bei der Steuerfahndung eine Selbstanzeige zu erstatten, da die Strafe und die Nachzahlungen alles in allem nur rund 120.000 € ergeben würden. 80.000 € weniger, das rechnet sich schon. Zudem konnte ich Runde fristlos kündigen, ohne ihm mehrere Monate Geld fürs Nichtstun zahlen zu müssen. Ach so, Strafanzeige habe ich übrigens auch gegen ihn erstattet."

Brack war von der Dreistigkeit Rundes überrascht. Ellenbracht fuhr fort: „Die fristlose Kündigung bekam Runde am letzten Montag per Boten zugestellt. Er sollte auch unverzüglich seinen Dienstwagen abgeben, was er aber nicht tat. Seit ein paar Tagen habe ich ihn auch nicht mehr erreicht. Sein Telefon zu Hause scheint gestört zu sein, und an sein Handy ging er nicht dran. Also habe ich zwei handfeste Typen gesucht und bei ihm vorbei geschickt, um den BMW wieder zu bekommen. Sie sollten ihn nicht anfassen, aber unter Druck setzen, und wenn er sich geweigert hätte, den BMW abzugeben, sollten sie ihn fragen, ob wir seiner Frau die Telefonnummer geben sollten, mit der er so oft telefoniert hat. Mehr sollte nicht passieren! War aber, wie ich erfahren habe, schon zu spät."

140

Rudi Brack betrachtete ihn sinnierend. „Wo waren Sie Freitagabend zwischen 22.00 Uhr und 01:30 Uhr?". Ellenbracht hatte auf die Frage gewartet und lehnte sich lächelnd zurück. „Zusammen mit meiner Frau und ungefähr 800 weiteren Promis beim „Tanz in den Mai". Veranstaltung der Sparkasse Essen. Ich wurde dort für meine Hilfsbereitschaft beim Bau sozialer Einrichtungen in Essen geehrt. Fragen Sie meinen Anwalt; er war auch dort."

Brack zuckte frustriert die Schultern. Wäre ja auch zu schön gewesen. Als er Ellenbracht sein Vernehmungsprotokoll vorlegte knurrte dieser nur: „Fangen Sie den Bastard. Auch wenn Runde ein Drecksack war, einen Mörder muss man schnappen, und wenn ich dabei helfen kann, werde ich das tun." Mit diesen Worten griff er zum Kugelschreiber, hielt aber dann plötzlich inne.

„Sagen Sie, bin ich eigentlich jetzt raus aus der Nummer? Ich meine, ich habe ein Alibi, kann also nicht der Täter sein." – „Nicht Sie selbst", versetzte Brack trocken. „Ich habe aber nie vermutet, dass Sie sich selbst die Finger schmutzig machen würden. Als jemanden, der auf Leitern klettert und Leute mit der Armbrust killt, kann ich mir Sie nicht vorstellen. Wenn Sie dahinterstecken, haben Sie sicher nur jemanden beauftragt."

Ellenbracht wollte protestieren, überlegte es sich aber nach einem Handzeichen seines Anwaltes anders und nickte nur. Eine Frage musste er aber noch stellen.

„Wann bekomme ich eigentlich meinen BMW wieder? Deswegen war ich doch in erster Linie hier." – „Sobald die Spurensicherung ihn nicht mehr benötigt und die Witwe ihre persönlichen Gegenstände herausgeräumt hat. Sie wird Sie auf jeden Fall anrufen." – „Gut, ich hoffe, dass sie sich ein bisschen beeilt." Mit diesen Worten unterzeichnete er seine Aussage und verließ das Büro.

„Solche Mandanten machen einfach keinen Spaß", seufzte Rechtsanwalt Jürgen Franz, als er sich ebenfalls erhob. „Ellenbracht ist nicht der Typ, der komplizierte Pläne ausarbeitet; eher so primitiv-reaktiv. Bei ihm könnte ich mir vorstellen, dass er Runde selbst den Hals umgedreht hätte, aber wie es abgelaufen ist.... Nein, das ist nicht sein Stil. Dabei ist Ellenbracht noch einer von den Besseren, insbesondere was sein soziales Engagement angeht. Letztes Jahr hat er den Bau eines Kindergartens fertiggestellt, nachdem die Kirchengemeinde auf eine betrügerisch agierende Baufirma hereingefallen ist, die dicke Vorschüsse kassiert hat und dann in Insolvenz ging. Ellenbracht hat bei dem Projekt nichts verdient, ja sogar Verlust dabei gemacht. Ist nun mal die Crux meines Berufes. Wenn man nur die Unschuldigen verteidigen würde, reichte das Honorar nur zum Verhungern. Also verteidigst Du auch die Schuldigen, die Mörder, Diebe, Vergewaltiger und Kinderschänder, auch wenn Du vor dir selbst ausspucken könntest."

„Ich hätte garantiert mehr Mitleid mit Ihnen und Ihren Berufskollegen, wenn Ihr Schmerzensgeld nicht so hoch wäre." Der Anwalt winkte ab. „Das wird alles übertrieben. Wenn man eine eigene Kanzlei betreibt, sind die Kosten auch sehr hoch. Wir sind keine Vergewaltiger und ähnliches, wir verteidigen sie nur, weil ihnen vor

142

dem Gesetz ein Anwalt zusteht. Dafür werden wir selbst wie der letzte Dreck betrachtet."

Als Brack mit dem unvermeidlichen Schreibkram fertig war, knurrte sein Magen und er beschloss, die Polizeikantine aufzusuchen. Dort Hanna Karl und Klaus Heppner in der Schlange erblickend drehte er sich jedoch auf dem Absatz um. Also doch Pommes bei Olga, dachte er missmutig.

Sein Frust war verständlich, denn das Essen in der PP-Kantine ist einfach prima. Heppner entschied sich heute für die Holsteiner Kartoffelsuppe mit Krabben und einem Salat. „Kein Schnitzel mit Pommes heute, Klaus? Was ist mit Dir los? Hast Du vergessen, dass Montag ist?", fragte Kantinier Arno, der gerade aus der Küche heraus sah. Heppner schüttelte nur den Kopf. „Passt nicht zu meinem derzeitigen Diätplan. Heute mal nicht, Arno. Tut mir leid, eine Enttäuschung für dich zu sein." Vom Grinsen des Kochs begleitet suchten er und Hanna Karl sich eine Nische. Aufgrund der neugierigen Blicke und langen Ohren der rings um sie sitzenden Kollegen verzichteten sie auf Diskussionen über die MK und widmeten uns ausschließlich ihrem Essen.

Zurück im MK-Raum trafen die beiden auf einen ziemlich gefrustet aussehenden Hans Bombardier. „Lasst mich bloß in Ruhe", knurrte er. „Was der höhere Dienst mir gerade erzählt hat, muss ich erst mal verdauen. Die haben doch allen Ernstes von mir gefordert, entweder auf Ermittlungen gegen Christian zu verzichten oder den Fall an eine auswärtige Behörde abzugeben, von wegen Neutralität und so weiter. Ich habe denen gesagt, dass niemand so neutral sei wie wir, und weißt Du, was der Leiter der KG 2 mir sagte? Ich würde nur gegen Christian ermitteln, damit jemand aus unserer Kriminalgruppe befördert wird."

Heppner fluchte erbittert, doch sein Chef zuckte nur mit den Schultern. „Scheiß drauf. Ich habe beim KK 15 ganz offiziell den Vorgang mit der Anfrage aus Hermsdorf angefordert. Günter Jordan hat von der StA Gera eine Kopie des Verfahrens erhalten, und du kannst es dir bei ihm abholen." Hans Bombardier sah Heppner mit hochgezogenen Augenbrauen an, und dieser nickte. „Schön. Vielleicht haben wir ja bis zur Besprechung um 15:00 Uhr die ersten Ergebnisse."

Gott erhalte dir deinen Optimismus, dachte Heppner und stieg die Treppe in die vierte Etage hoch, wo sich die Diensträume des KK 15 befanden. Ging nicht anders; der Fahrstuhl im Präsidium war mal wieder außer Betrieb. Für Heppner waren die zwei Treppen kein Problem, aber er empfand Mitgefühl für zwei Kollegen des KK 21, die im 4. Stock mit zwei Handkarren voller PCs und Monitoren fluchend vor den geschlossenen Aufzugtüren standen. Jürgen Kuhn stellte hierbei sein eindrucksvolles Repertoire an Schimpfworten unter Beweis. „So ein verdammter Dreck!", tobte er. „Als wir gerade hier hochgefahren sind, funktionierte dieses Mistding noch. Wir haben die Rechner von der Auswertung beim KK 31 abgeholt und in dem Moment als wir hier runterfahren wollten, wurde der Aufzug ausgeschaltet. Unaufschiebbare Wartung, meint der Pförtner. So'n Quatsch! Der Lastenaufzug an der Rückseite des PP ist doch schon seit Wochen defekt, aber die Reparatur musste europaweit ausgeschrieben werden. Ich komme mir vor wie in Schilda! Jetzt dürfen wir 26 Rechner und 14 Monitore vier Etagen runterschleppen, und wir können nur einzeln gehen, weil die Dinger ja nicht unbeaufsichtigt herumstehen dürfen." Jürgen klemmte sich einen MIDI Tower PC und einen Flatscreen Monitor unter den Arm und begann fluchend, die Treppen herabzusteigen. Noch über zwei Etagen hinweg konnte Klaus Heppner hören, was er mit dem Verwaltungsangestellten machen würde, der für diesen Zeitplan verantwortlich sei.

Günter Jordan erwartete Heppner bereits, und er reichte ihm einen schmalen Ordner mit der offiziellen Ermittlungsakte. „Es geht um eine Unfallflucht mit Todesfolge. Du bekommst von mir auch noch die internen Informationen zu der Sache, also das, was die Hermsdorfer Kollegen am Telefon gesagt oder gefaxt haben und ähnliches. Schau mal, was Du damit anfangen kannst. Da steht auch drin, was für ein Pkw bei dem Unfall verwendet wurde, wie man ihn geöffnet hat und so weiter." Jordan hustete bedenklich. Er rollte mit seinem Stuhl zurück zum Hängeschrank am Fenster und entnahm einen schmalen Hefter, den er Heppner herüberreichte. Sein Kollege nickte ihm dankend zu und sah in diesem Moment eine Tablettenschachtel hinter Günters Monitor liegen, die er nur zu gut kannte, da sein Vater das Medikament drei Jahren zuvor in den letzten Monaten seines Lebens hatte einnehmen müssen. Zytostatika. Heppner sah Günter Jordan an, und ein Blick in dessen Augen sagte ihm genug.

„Nicht auch noch Du", flüsterte Heppner fassungslos. Jordan lachte humorlos auf. „Scheiß Spiel, nicht wahr?

Da lebst du 55 Jahre friedlich vor dich hin, hast nie geraucht, immer Sport getrieben, beginnst dich auf deine Pension zu freuen und plötzlich sagt dir dein Arzt, dass du sie wahrscheinlich nicht mehr erleben wirst. Ich habe kleinzelligen Lungenkrebs. Absolut unheilbar und garantiert tödlich. Dabei hatte ich nur gedacht, unter einem hartnäckigen Husten zu leiden, als ich zum Arzt ging. Darüber hältst Du aber bitte die Klappe, ja? Außer meinem Dienststellenleiter und unserem polizeiärztlichen Dienst weiß hier niemand davon." - „Ist doch Ehrensache. Aber …. Wie lange?" – „Du meinst, wie lange ich mir den Rasen noch von oben ansehen kann? Wenn die Berechnung meiner Ärzte stimmt und die Behandlung mit den Zytostatika anschlägt, habe ich im günstigsten Fall noch drei Jahre, ansonsten kann es sehr schnell gehen. Ich werde so lange wie möglich Dienst machen; tot bin ich schließlich früh genug, aber meine Pension wird sich unser Dienstherr wohl sparen können."

Heppner bedankte sich matt und verließ Günter Jordan, doch dessen extreme Blässe beunruhigte Heppner so sehr, dass er Siggi Walden, den Leiter des KK 15 informierte. Er nickte, klopfte Heppner dankend auf den Arm und lief in Richtung von Günter Jordans Büro.

Dieser verließ das Präsidium wenige Minuten später in einem Tragesitz, und zwei Infusionsschläuche ragten aus seinem Arm. Alles Gute, dachte Heppner bitter, während sich die Türen des Krankenwagens schlossen. Mögen Dir, was immer geschieht, die Schmerzen erspart bleiben, und obwohl Heppner aufgrund größerer Probleme mit dem Bodenpersonal nicht häufig in die Kirche ging (nein, er wurde nicht misshandelt), sandte er eine

Bitte an den Schöpfer aller Dinge, gnädig mit seinem Kollegen umzugehen.

Die dünne Akte erwies sich als überaus aufschlussreich. Am 24.07.2008 gegen 22.30 Uhr hatte ein 38-jähriger Mann namens Heiko Fröhlich die Gaststätte „Zur Klause" in Hermsdorf verlassen, da er nach seinen Angaben noch jemand treffen wollte. Der Unfall, sofern es einer war, passierte etwa 10 Minuten später, nur etwa 500 m von Fröhlichs Haustür entfernt. Fröhlich war von einem alten VW Passat erfasst worden, der ihm beim Aufprall nahezu jeden Knochen im Körper brach und anschließend gegen einen Alleebaum schleuderte, aber zu diesem Zeitpunkt war Fröhlich wohl bereits tot. Der Pkw wurde mit laufendem Motor 1 km von der Unfallstelle entfernt zurückgelassen, und vom Fahrer fehlte jede Spur.

An nächsten Tag rief ein Mann bei der Hermsdorfer Polizei an. Die Tonbandabschrift des Anrufs erzeugte bei Heppner schieres Entsetzen.

P: „Polizei Hermsdorf, guten Tag."
A: „Ich will mit dem Sachbearbeiter der Unfallflucht von gestern reden, schnell!"
P: „Moment bitte" (er verbindet)
P: „Verkehrskommissariat, Kositzke. Was kann ich für Sie tun?"
A: „Hören Sie, das gestern Abend, das war kein Unfall, das war'n Mord. Der Fahrer hatte es voll auf Heiko abgesehen. Der wollte ihn kalt machen."
P: „Haben Sie den Unfall gesehen?

A: „Unfall nennen Sie das? Hören Sie mir zu! Ein Duis-
burger Bulle namens Paulsen hat Heiko gekillt. Um den
sollten Sie sich mal kümmern. "
P: „Haben Sie den Unfall gesehen? Woher sind Sie sich
so sicher, was die Absicht und die Person des Fahrers
angeht? "
A: „Nee, gesehen habe ich nix. Aber ich bin mir absolut
sicher. Der war das, und ich bin als nächster dran. "
P: „Sagen Sie uns bitte erst einmal Ihren Namen. "
A: „Nee, sage ich nicht. Wenn der Paulsen Wind davon
kriegt und in der Akte steht mein Name und meine Ad-
resse, bin ich reif. Er weiß, wer ich bin. "
P: „Wie sollen wir Sie denn auch schützen, wenn Sie Ih-
ren Namen nicht sagen? "
A: „Könnt Ihr doch eh nicht. Kümmert Euch um Paul-
sen, und wenn Ihr den einsperrt, bin ich sicher. Ich ma-
che mich erst mal vom Acker. Das ist die größte Sicher-
heit. "

Mit dieser Bemerkung hatte der Anrufer aufgelegt. Die
Kripo Gera hatte sich trotz der recht vagen Hinweise des
Vorfalls angenommen und die Ermittlungen zum Tatfahrzeug übernommen. Der VW Passat Kombi Baujahr
1988 hatte einem Hermsdorfer Obst- und Gemüsehänd-
ler gehört, vor dessen Tür er gestohlen worden war. Der
Unbekannte hatte die Seitenscheibe mit einer Zündkerze
zerstört, das Lenkradschloss geknackt, die Zündung
kurzgeschlossen und wenige hundert Meter entfernt
Heiko Fröhlich, der auf dem Heimweg war, förmlich
zerschmettert. Die Aufprallgeschwindigkeit betrug laut
Gutachten errechnete 87 km/h, und die Schleuder- und
Bremsspuren des Fahrzeugs begannen erst hinter der

Unfallstelle. Der Rechtsmediziner stellte bei der Obduktion Fröhlichs Trümmerbrüche beider Beine, Brüche des Beckens, der Wirbelsäule an zwei Stellen und eine totale Zertrümmerung des Gesichtsschädels fest, mutmaßlich durch den Aufprall auf die Dachkante, und konstatierte einen harten, aber überaus schnellen Tod.

Der Vorfall war durch die Kriminalpolizei Gera untersucht worden, welche einige Faserspuren im Tatfahrzeug finden konnte, deren Auswertung aber in einer Sackgasse endeten. Billige Jeans aus Massenproduktion und Baumwollfasern von einem Sweatshirt gleicher Güte, ohne Kreuzspuren, die Aufschlüsse auf den Träger hätten geben können. Es wirkte, so der Bericht des LKA Thüringen, als habe man die getragene Kleidung unmittelbar vor der Fahrt aus ihrer Verpackung gezogen. DNA-Spuren? Fehlanzeige. Die Planung hätte von mir sein können, dachte Heppner zynisch, und blätterte weiter. Er fand einen Bericht des damaligen Sachbearbeiters, wonach dieser dem Hinweis auf Christian Paulsen nachgegangen war. Als dieser jedoch die Flugtickets nach Verona und die Eintrittskarte für „Turandot" vorlegte und so bewies, dass er am 24.07. in der Arena war, hatten die Kollegen aus Gera die Spur „Duisburg" schnell geschlossen, um sich auf die örtlichen Täter, zumeist Autoknacker mit einer Neigung zu Spritztouren mit den Autos anderer Leute, zu konzentrieren. Auch diese Spuren führten jedoch ins Nichts, so dass der Fall als „ungeklärt" zu den Akten gelegt wurde.

Heppner dagegen hätte die Akte am liebsten in die Ecke gepfeffert. Wie man mit einer Zündkerze eine Scheibe lautlos zerstört weiß jeder Polizist, und Christian Paulsen war vor ein paar Jahren nach dem Training der Zündschlüssel im Zündschloss seines Autos abgebrochen. Er hatte unter Heppners staunenden Augen kurzerhand die Lenkradverkleidung gelöst, das Lenkradschloss durch einen kräftigen Ruck zerbrochen und anschließend die Zündung kurzgeschlossen, um nach Hause fahren zu können. Er fuhr damals einen VW Passat. Was für ein Zufall. Und wie hatte der Hermsdorfer Torhüter geheißen, der beim Pfingstturnier die Affäre mit Juliane hatte? Heppner zog seine Notizen hervor, sah den Namen, schloss die Augen und fluchte lauthals. Das durfte doch alles gar nicht wahr sein.

***

Rudi Brack machte genau in diesem Moment das gleiche wie Heppner – er fluchte wie ein Kutscher, bis ihn das Klingeln seines Telefons unterbrach. „Hallo Rudi, du hast heute offenbar Baulöwen-Tag." Detlef Schalls Stimme triefte vor Sarkasmus. „Gerade hat sich Katharina Rundes Vater bei uns gemeldet und sein Kommen für 16:00 Uhr angekündigt. Er machte dabei einen sehr bestimmten Eindruck." – „Scheint bei denen eine Berufseigenschaft zu sein", kommentierte Brack trocken und legte auf.

In seinem Metier sind Kontakte zu den übrigen Dienststellen in Deutschland das A und O, und zum Glück kannte er Jakob Stemmle, Sachbearbeiter im Bereich Tötungsdelikte der LPD I Stuttgart sehr gut. Stemmle meldete sich zu Bracks Freude sofort. „Salü Rüedi, was verschafft mir die Ehre Deines Anrufs?" – „Ein Doppelmord hier in Duisburg. Eines der Opfer ist der Schwiegersohn von Carsten König, der..." – „Unser Carsten König? Der Bauunternehmer? Na so was!", unterbrach ihm Jakob Stemmle. „Wie ist denn das passiert?" – „Erkläre ich Dir gern später, aber zuerst muss ich wissen, was Ihr in Stuttgart über König wisst, und zwar schnell, denn er wird in einer knappen Stunde bei mir aufschlagen."

Jakob Stemmle lachte leise. „Na, dann beeile ich mich besser. Carsten König, 63 Jahre alt und wohnhaft in Vaihingen. Verwitwet, drei Kinder; ein Sohn und zwei Töchter, die Zwillinge sind. Alle Kinder sind bereits selbst verheiratet, Sohn und eine Tochter wohnen aber noch hier in Stuttgart. Die Firma heißt jetzt neumodisch CK Real Estate, ist aber ein altes Familienunternehmen in dritter Generation. Der Sohn ist bereits Prokurist, wird demnächst den Betrieb übernehmen und zwecks Expansion die GmbH in eine AG umwandeln. Das Unternehmen hatte vor kurzem mal eine Krise, aber jetzt läuft es wieder. König ist hier äußerst populär, hat durch Geldspritzen verschiedene Traditionsvereine vor der Pleite bewahrt und niemals ein Aufheben darum gemacht. Polizeiliche Ermittlungen hat es gegen ihn nie gegeben, wohl aber eines bei der Steuerfahndung; angeblich steht König auf einer der angekauften Steuer-CDs aus Liechtenstein. Wenn Du mich fragst, wird er das Verfahren mit einem Achselzucken abtun und die Strafe aus der Portokasse zahlen."

Brack seufzte nur. „Danke Dir, Jakob. Gibt es sonst noch etwas, was ich wissen sollte?" – „Nichts Konkretes, nur mehren sich in letzter Zeit die Gerüchte, dass sich der alte König aus dem Geschäftsleben zurückziehen will. Das wird daraus geschlossen, dass Carsten jr. viele Geschäftsvorfälle mittlerweile selbständig abwickelt. Gilt aber auch als Könner und steckt wohl hinter den Plänen zur Umwandlung in eine AG. Ein kleiner Tipp: wenn Du noch etwas Geld in Reserve hast und die CK an die Börse geht, dann investiere in sie. Es könnte sich auf lange Sicht lohnen."

Mit einem nochmaligen Dank legte Rudi Brack grinsend auf. Schwaben, dachte er, sind eben Schotten, die wegen übermäßigen Geizes ihres Landes verwiesen wurden. Neben Informationen über König hatte er nun auch Börsentipps erhalten.

Das Grinsen sollte ihm jedoch bald vergehen.

Elf
3. Mai 2010, 15:00 Uhr

Hans Bombardier wirkte immer noch genervt, als er seine Leute zur nächsten Besprechung begrüßte. „Jungs, unsere Führung hat es nicht gern, wenn wir gegen einen Kollegen der eigenen Behörde ermitteln. Ich habe ihnen gesagt, wir finden den Mörder, egal, wer es ist. Wenn es uns nicht gelingt, werden sie mir Feuer unter dem Hintern machen, und mich zum Patrouille schwimmen im Rhein verdonnern. Auch wenn die Wasserqualität sich verbessert hat: darauf habe ich keinen Bock." Alles grinste. Bombardier als Ente, das ging nun mal gar nicht.

Die Teams meldeten jetzt die Anwohnerbefragung als abgeschlossen. Fakt blieb: der Täter, ob es nun Christian Paulsen war oder ein anderer, war äußerst umsichtig vorgegangen und außer den schon ermittelten Zeugen niemandem aufgefallen. Tobias Unger vermeldete eine komplette Fehlanzeige; nach Auskunft von Ebay Deutschland wurde bei ihnen im vergangenen Jahr keine einzige Armbrust versteigert. Gleiches galt für die Jagd- und Sportgeschäfte in Krefeld und Moers, die von Tom Hermanns und Peter Elgert abgegrast worden waren. Theo Mischke und Willi Beugen hatten ihre Suche in Duisburg noch nicht abgeschlossen und wollten nach der Besprechung weiter ermitteln.

„Dein Freund vom LKA hat sich übrigens gemeldet", wandte sich Bombardier an Heppner. „Nach seiner Untersuchung wurden die sichergestellten Bolzen alle aus der gleichen Armbrustschiene abgefeuert, also auch der

Bolzen mit den Greifhaken aus der Wand. Er sagt, es würde sich um eine Pistolenarmbrust handeln, eventuell Compound II oder ähnliches Modell. Wenn es eine Compound ist, meinte er, hätten wir ein zusätzliches Problem, weil die Gleitschiene für den Bolzen auswechselbar sei. Das sei ungefähr wie bei Pistolen, bei denen man ja auch den Lauf auswechseln kann."

Heppner stöhnte auf. „Na toll! Dann müssen wir unsere Recherche auch auf die verkauften Gleitschienen ausdehnen, nicht nur auf die Armbrust an sich. Wo soll das denn noch enden?" Hans Bombardier zuckte mit den Achseln.

Ede Vollstraß und Fritz Sattmann hatten ebenfalls Nachricht vom LKA erhalten, und auch ihre Neuigkeiten waren wenig erfreulich. „Keine signifikanten Spuren auf den Leichen aller drei Tatorte, weder Fasern noch serologische Spuren. Im Umfeld haben wir als einzige Fremdspuren die Spuren von Christian Paulsen gefunden, aber die können von ihm im bei den früheren, berechtigten Besuchen hinterlassen worden sein. Die Spuren besagen also nichts."

Alle schwiegen betreten, während sie über die wenigen verbleibenden Ermittlungsmöglichkeiten nachdachten. Hans Bombardier seufzte. „Setzen wir mal einen Schuss ins Blaue. Tom und Peter, ihr schnappt euch die Lady vom Mittelaltermarkt und sagt ihr, dass sie morgen früh um zehn hier sein soll. Ich habe beim LKA schon die Montagebildgruppe für diese Zeit herbestellt, und mal sehen, ob sie ein Bild ihres Traummannes erstellen kann. In der…"

154

Bombardier kam nicht dazu, den Satz zu Ende zu sprechen, da ihn das Telefon unterbrach. „Ja? Was… Und warum… Na gut, ich schicke ein Team hin.". Die Gesprächsfetzen ergaben für die Ermittler keinen Sinn, aber ihr Chef klärte sie auf, sobald er aufgelegt hatte.

„Das war der Dienstgruppenleiter der Polizeiinspektion Süd. Ein Streifenwagen hat in Großenbaum einen Opel Omega gefunden, bei dem es sich um das in Walsum beobachtete Fahrzeug handeln könnte." – „Nun ist Walsum ja ein Stückchen weg von Großenbaum", knurrte Tom Hermanns. „Wie kommen die Kollegen darauf, dass ein Zusammenhang bestehen könnte?" Hans Bombardier zuckte die Achseln. „Vermutlich aufgrund des Fahrzeugzustandes. Wer immer die Karre in den Wald gefahren hat, er hat sich große Mühe gegeben, alle Spuren zu verwischen. Der Wagen hat keine Kennzeichen mehr und ist komplett ausgebrannt."

***

Carsten Königs Anblick zeigte Rudi Brack sofort, von wem Katharina Runde ihre Haarfarbe geerbt hatte. Obwohl sich bereits graue Strähnen durch den ziegelstein-blonden Schopf zogen, wirkte Carsten König erheblich jünger als sein Pass anzeigte. Er trug einen anthrazitfarbenen Zweireiher mit Weste, weißem Hemd und stahlgrauer Krawatte. Die Kleidungsstücke wirkten, als wären sie maßgefertigt, und die Maurice Lacroix-Uhr am Handgelenk und die RayBan-Brille bewiesen seinen erlesenen Geschmack. Sein Händedruck war fest und seine Handflächen trocken. Von Aufregung also keine Spur, und dies zeigte sich auch durch das offene, ansteckende

Lächeln, welches er zeigte. Brack bat ihn, Platz zunehmen, und er bedankte sich artig. Sein Verhalten bildete einen wohltuenden Gegensatz zu dem großspurigen Ellenbracht.

„Herr König, wie Sie wissen, ist Ihr Schwiegersohn Hartmut Runde in der Nacht zum 1. Mai ermordet worden. Wir haben eine Kommission eingerichtet, um den oder die Mörder zu finden, und ich würde Sie bitten, mir etwas über Ihren Schwiegersohn zu erzählen."

König lachte auf. „Na, das könnte etwas dauern. Runde kam nach der Bundeswehrzeit und dem Studium als junger, dynamischer Dipl. Ing. zu mir, ich habe es mit ihm versucht und es ursprünglich auch nicht bereut.

Bei der Weihnachtsfeier im Jahre 2000 haben sich Hartmut und Katharina dann kennen gelernt, als sie mich abholen sollte. Da hat es bei den beiden gefunkt, wie man so sagt, und zwar so heftig, dass ich mir an dem Abend ein Taxi nehmen musste. Eigentlich hätte ich mich darüber freuen können, einen guten Mitarbeiter noch fester an die Firma zu binden, aber nach einem halben Jahr fand ich heraus, dass er sich immer noch regelmäßig mit meiner Sekretärin Doris in einem Hotel traf. Ich stellte ihn zur Rede und forderte eine sofortige Entscheidung von ihm, und nach 24 Stunden Bedenkzeit legte er mir die Kündigung auf den Tisch. Er meinte, dass er sich für Katharina entschieden habe, sich aber von mir keine Vorschriften bezüglich seines Privatlebens machen lassen wolle. Seine Kündigung führte dazu, dass wir uns an etlichen Ausschreibungen nicht beteiligen konnten und hierdurch kurzfristig in die roten Zahlen gerieten. Die

Löhne mussten ja weitergezahlt werden, ob Aufträge da waren oder nicht. Ich wollte auch wegen dieses Kerls keinen meiner Leute entlassen. Zudem fand ich heraus, dass der Kerl trotz seiner Beteuerungen mit der halben Hockeytruppe meiner Tochter rumgevögelt hat. Als ich ihm sagte was ich davon hielt, suchte er sich einen neuen Job im Ruhrgebiet, und zwar bei Erwin Ellenbracht.

Kurz nach der Geburt von Jan Hendrik gab es zum ersten Mal Gerüchte, dass zwischen ihm und der Frau eines Freundes etwas laufen solle. Ich habe bei Familienfeiern beobachtet, dass Hartmut und diese Juliane keine Gelegenheit ausgelassen haben Körperkontakt aufzunehmen, ob es notwendig war oder nicht.

Ich habe Katharina und den Ehemann der Frau informiert, und beide schlugen meine Warnungen in den Wind. Na gut, habe ich gedacht, wenn sie beide nicht hören wollen, müssen Sie fühlen." – „Wann war das etwa?", unterbrach Rudi Brack den Zeugen. „Das muss etwa... nein, ich weiß es genau. Das war anlässlich von Jan Hendriks viertem Geburtstag im Oktober 2007." Brack schob Carsten König ein Foto Juliane Paulsens entgegen, und er nickte. „Ja, das ist sie. Ich kenne sie ja von mehreren Partys bei Hartmut und Katharina her. Kein Zweifel."

Dem Polizisten fiel die nächste Frage schwer. „Können Sie sich noch genau an die spontane Reaktion von Christian Paulsen auf Ihre Beobachtungen erinnern?" König überlegte, und schließlich sah er den Polizisten mit großen Augen an, anscheinend von sich und seinem Gedächtnis selbst überrascht.

„Ja, das kann ich. Keine Ahnung, wieso. Ich habe ihm alle meine Beobachtungen explizit geschildert. Sein Gesicht nahm für einen Moment eine Traurigkeit an, wie ich sie noch bei keinem Menschen gesehen hatte, und er schien innerhalb von Sekundenbruchteilen um Jahre zu altern. Paulsen machte in diesem Moment den Eindruck eines Mannes, dem buchstäblich der Boden unter seinen Füßen weggezogen wurde. Es dauerte nur etwa ein bis zwei Sekunden, dann fing er sich wieder und beteuerte lächelnd, dass ich mich täuschen würde; beide seien nur gute Freunde und alles sei ganz normal. Als ich ihn im Dezember zu Hartmuts Geburtstag wieder traf und auf die Sache ansprach, verhielt er sich wieder vollkommen normal, und er meinte zu mir, er habe alles geregelt, und ich brauche mir keine Gedanken mehr zu machen.

Ungefähr ein Jahr darauf blieb Katharina zum ersten Mal mehrere Tage bei ihrer Schwester, weil Hartmut mit ihrer Freundin Juliane zu so einer Techno-Veranstaltung in die Eifel fahren würde. Katharina kamen diese gemeinsamen Unternehmungen der beiden im Laufe der Zeit immer merkwürdiger vor, und es kam zu immer häufigeren Streitigkeiten, die meist damit endeten, dass Katharina ihre Sachen packte und zu uns fuhr.

Letztes Jahr am 20. Mai war Katharina wieder mit ihrem Sohn bei uns gewesen und befand sich auf der Heimfahrt, als sie von einem die Fahrspur wechselnden Geländewagen in die Leitplanke gedrückt wurde. Katharina selbst hatte nur ein paar Kratzer und Prellungen, aber Jan-Hendrik wurde aus dem Auto herausgeschleudert und starb noch am gleichen Abend im Krankenhaus. Und wissen Sie, was für mich das Schlimmste war? Dass

Hartmut nach dem Unfall ins Krankenhaus gerast kam und diese Juliane im Schlepptau hatte. Ich habe sie angespuckt und ihn mit einem saftigen rechten Haken zu Boden geschlagen. Oh ja, das Schicksal seines Sohnes ging ihm so sehr zu Herzen, dass er seine Geliebte mitbringen musste, um seine Frau zu trösten. Ihr seid schuld an Jan Hendriks Tod, und werdet dafür in der Hölle schmoren, habe ich ihnen gesagt."

„Sie haben Ihren Schwiegersohn so richtig von Herzen gehasst, nicht wahr?", fragte Brack in neutralem Tonfall. König begriff die Intention seiner Frage sofort, antwortete aber dennoch spontan. „Er war ein blöder Idiot, das stimmt, und ich mochte ihn nicht besonders. Das Dreckschwein, das ihn umgebracht hat, hasse ich aber aus rein praktischen Gründen. Ein toter Vater zahlt nun mal keinen Kindesunterhalt mehr. Wenn ich den Kerl also vor Ihnen in die Finger bekomme, haben Sie keine Arbeit mehr mit ihm. Ich habe noch ein paar Bauprojekte, wo in den Fundamenten Platz ist für einen Kadaver."

In diesem Moment summte etwas, König griff in seine Westentasche, zog ein Pillendöschen hervor und entnahm diesem eine kleine Tablette, die er unter die Zunge legte. „Nur so eine blödsinnige Frühjahrsallergie", beeilte er sich zu erklären. „Die Antihistamine halten die Symptome aber in Schach." Er schloss die Augen und atmete tief durch.

„Katharina berichtete am 30. April voll Freude von ihrer Schwangerschaft und wollte selbst einen Weg finden, sich mit Hartmut zu einigen. Unser Familienrat hatte schon Pläne gemacht, aber Katharina wollte sich partout nicht helfen lassen und die Sache allein durchstehen. Na, es hat sich ja gezeigt, dass das gar nicht so einfach ist."

Brack fragte König nicht nach seinem Alibi, da feststand, dass er und seine Kinder zur Tatzeit zusammengesessen hatten. Stattdessen fragte er, wer nach seiner Meinung die Tat begangen haben könnte. „Keine Ahnung", meinte er. „Ich glaube, diese Tat war eine Eifersuchtsgeschichte, nichts Anderes. An die Story mit dem Einbrecher oder an einen Zufall glaube ich nicht so recht."

König las sich konzentriert seine Vernehmung durch, schüttelte Brack mit großem Ernst die Hand und verließ das Büro. Ein großer Mann und eine beeindruckende Persönlichkeit, dachte der Kommissar. Hatte er nicht vielleicht doch einen stilvollen Killer engagiert, um das Problem Hartmut Runde zu beseitigen? Bei diesem Gedanken schüttelte er entschieden den Kopf. Er hatte König die ganze Zeit über beobachtet, und nicht eine Unstimmigkeit zwischen Gesten, Mimik und den gesagten Worten festgestellt. König sagte also offenkundig die Wahrheit und schied als Täter aus. Doch wer war es? Der Einbrecher? Ellenbeck, oder doch Christian Paulsen, wie Heppner glaubte? Rudi Brack schüttelte angewidert den Kopf und rief seinen Chef an, um das Ergebnis der Vernehmung zu berichten.

***

Hans Bombardier saß Heppner gerade gegenüber und teilte ihm mit, dass die Besprechung mangels Neuigkeiten ausfallen würde. „Einzig Steffen hat etwas Interessantes herausgefunden; Christian Paulsen war mit Dirk Behrens ziemlich eng befreundet. Zudem hat Steffen die Nachbarn nach Rundes Auto befragt, und die konnten sich erinnern, dass sehr häufig ein 5er BMW mit Essener Kennzeichen bei Paulsens vor der Tür stand, und zwar immer dann, wenn Christian im Dienst war. Also scheint das Verhältnis zwischen Juliane Paulsen und Hartmut Runde nicht erst vor ein oder zwei Jahren begonnen zu haben, sondern erheblich früher." Er berichtete Heppner von Königs Aussage, die gleiches beinhaltet hatte. „Keine Überraschung", knurrte Heppner. „Wir sehen uns morgen."

Der Kontakt zwischen Heppner und seiner neuen Freundin beschränkte sich an diesem Abend aufs Telefonieren. Nach nur drei Minuten am Telefon hatte er ohne Übertreibung bereits fünfmal gegähnt. Marion kicherte durch Telefon. „Mensch, bist du abgeschlafft. Macht aber nichts, denn Katharina ist noch mit ihrem Vater unterwegs, und ich lege mich auch gleich hin. Also schlafe gut und träume von was Schönem." – „Vornehmlich von Dir", antwortete Heppner und gähnte schon wieder. Marion legte lachend auf.

Heppner sah sich in seiner Wohnung um und erblickte das übliche Junggesellenchaos. Die Behausung sah zwar nicht aus wie die von Horst Schimanski in seinem ersten Krimi „Duisburg-Ruhrort", aber gegenüber der gepflegten Sauberkeit bei Marion kam es ihm bereits winzig und schäbig vor. Bevor ich Marion hier hereinlasse, ist auch hier ein Hausputz fällig, dachte Heppner. Aber nicht heute. Er putzte sich die Zähne, fluchte, weil er immer noch keine Rasierklingen gekauft hatte und ließ sich auf sein Bett fallen, wo er nahezu sofort einschlief. Wieder einmal träumte er von Paulsen, der am Flughafenschalter eines Autovermieters stand und einen Autoschlüssel überreicht bekam. Komischerweise steig er in einen Vierzigtonner mit Firmenaufschrift. Was für ein Quatsch, dachte Heppner erneut. Kann ich nicht klarer träumen?

Zwölf
4. Mai 2010, 01.00 Uhr

Er wusste, dass es ein Risiko war, aber das war es ihm wert.

Thomas Mellersen befand sich erneut in seinem Revier, aber diesmal lag er einfach auf der Lauer. Er jagte keine Reichtümer, sondern ein anders Wild, von dem er wusste, dass es selbst ein Raubtier war.

Nellys Reaktion hatte ihm keine andere Wahl gelassen, als ihr reinen Wein einzuschenken. Er berichtete ihr schonungslos von seiner betriebsbedingten Kündigung, dem unterirdischen Hartz IV-Satz und den finanziellen Problemen, die er durch die Einbrüche beheben wollte. „Ich weiß genau, wo ich einsteigen kann", hatte er ihr gesagt, und auf ihren abweisenden Blick sogar die Quelle seiner Informationen präsentiert, was sie sprachlos machte. „Aber… die Morde…", hatte sie gestammelt. „Ich weiß. Die haben nicht in meinen Zielobjekten stattgefunden. Da kopiert jemand meine Methode, um mir die Sache in die Schuhe zu schieben. Und den Kerl muss ich kriegen."

„Warum überlässt du die Sache nicht der Polizei?", hatte seine Frau gefragt, und ob ihrer Naivität hatte Thomas laut aufgelacht. „Die Bullen? Die interessiert es doch nicht, ob sie den richtigen geschnappt haben, Hauptsache sie präsentieren der Öffentlichkeit einen Schuldigen. Und was sollte ich ihnen sagen? ‚Hier bin ich, aber ich bin nur ein Einbrecher und kein Mörder?' Folge ist doch nur, dass sie mich zumindest für die Brüche einbuchten. Und glauben würden sie es auch nicht. Nein, meine Unschuld kann ich nur beweisen, wenn ich ihnen den wahren Täter frei Haus liefere."

Widerstrebend hatte Nelly ihm zugestimmt, und da saß er nun mitten in der Nacht auf einem Hausdach und beobachtete die Umgebung. Das Haus, welches er sich ausgesucht hatte überragte die anderen ein wenig und ermöglichte ihm den Blick auf etliche Hausdächer und Fassaden.

Und dabei hatte ich noch so viele Objekte auf der Liste, die ich heute nach besuchen könnte, dachte er traurig. Und das Warten würde echt langweilig werden, wenn....

Ein leises Geräusch ließ ihn innehalten. Mellersen sah sich suchend um und sah, wie sich ein dunkler Schatten langsam eine Hauswand in unmittelbarer Nähe empor bewegte. Er sah auf seine Liste und nickte. Lindemanshof 19. Er kannte dieses Haus nur zu gut. Das Tempo ließ den Beobachter verächtlich grinsen. Da wäre eine Schnecke ja schneller, dachte er verächtlich. Mit dem werde ich wahrscheinlich wenig Schwierigkeiten haben.

Mellersen schoss seine Kletterhaken routiniert ab. Er befestigte die Enden der Seile an der Satellitenantenne und glitt fast unhörbar auf das Dach des Hauses, in dessen erstem Stockwerk seine Kopie soeben durch ein offenstehendes Fenster verschwunden war. Der Mann auf dem Dach beschloss, noch einige Sekunden zu warten und dem Anderen dann zu folgen. Er streckte sich und dehnte seine Muskeln, um für die Auseinandersetzung gerüstet zu sein. Dich mache ich platt, und dann werde ich dich verschnüren und den Bullen als Paket hinterlassen, dachte er siegessicher.

Er vergaß dabei leider, dass aus der Geschwindigkeit beim Klettern nicht unbedingt auf die Kampfkraft des Gegners geschlossen werden kann…

***

„Klaus, es brennt! Die PI Nord macht in Walsum Jagd auf einen Einbrecher, der gerade einen Bruch verübt hat und überrascht wurde. Es ist unter Garantie unser Armbrust-Typ. Wenn…" – „Halt die Klappe, ich komme ja schon." Heppner warf das Mobilteil aufs verlassene Bett und zog sich in Sekundenschnelle an. Aus einem plötzlichen Impuls heraus griff er zu seinem Handy und wählte Christian Paulsens Privatnummer. Es dauerte einige Sekunden, doch dann meldete sich die verschlafene Stimme seines Kollegen. Das gibt es doch nicht, dachte Heppner, während er ohne ein Wort auflegte. Habe ich mich geirrt? Ist Christian doch nicht der Täter?

Wenige Minuten später flog er geradezu über die A 59 nach Walsum. Helmut hielt ihn über sein Handy auf dem neusten Stand der Jagd. „Die Jungs der PI Nord sind in dem Block Lindemanshof 19 und haben den Täter im Moment aus der Sicht verloren, glauben aber, dass er sich im Dachgeschoss aufhält. Der Hinweis auf den Täter kam übrigens anonym. Anrufernummer wird festgestellt." – „Bin gleich da. Sag den Kollegen Bescheid, dass ich bei der Durchsuchung des Gebäudes mitkomme."

PHK Lakensteiner, der Einsatzführer vor Ort war weniger begeistert. „Ich hoffe nur, du bist nicht zu sehr im Weg. Wenigstens hast du deine Waffe dabei. Die Kollegen sind informiert und haben den Häuserblock umstellt."

Heppner zog einen Flunsch. Als ob ich ein Frischling wäre, dachte er verdrossen. Zusammen mit einem jungen Kommissar des Wachdienstes namens Spengler bildete er eines der Durchsuchungsteams, die vom Erdgeschoss aus nach oben vordrangen. Die Aufregung wies ihnen schließlich den Weg. Als Heppner sein Ohr an die Tür der Dachgeschosswohnung legte, hörte er, wie ein Fenster aufgerissen wurde, und unmittelbar darauf das Scharren von Sohlen auf Dachziegeln. Unter der Gewalt von zwei Schultern flog die Tür auf. Noch während Heppner zum offenen Dachfenster der Studiowohnung stürzte sah er zwei mit Panzertape verschnürte Gestalten im Bett liegen, die das Erscheinen der Eindringlinge angstvoll beobachteten. „Kümmere dich um die beiden", rief Heppner seinem Kollegen zu, dessen Uniform die beiden Gefesselten sichtbar aufatmen ließ.

Vorsichtig steckte Heppner den Kopf durch die Dachluke und sah sich um. Mit einem Tempo, dass den Ermittler an professionelle Stuntmen erinnerte lief eine dunkel gekleidete Gestalt den Dachfirst entlang. Ohne zu überlegen kletterte Heppner hinterher und folgte dem Flüchtigen. Erst als er oben auf der Dachkante balancierte fiel ihm ein, dass die Schuhe mit Ledersohlen keine besonders gute Idee gewesen waren. Heppner entschloss sich zu einer List. „Bleiben Sie stehen! Polizei!

Sie haben ja doch keine Chance, der Häuserblock ist umstellt!"

Die einzige Reaktion des Flüchtenden bestand darin, noch mehr Tempo aufzunehmen. ‚Der wird doch nicht…‘, dachte Heppner. Doch, würde er. Der Einbrecher holte Anlauf, um zu dem 3 m entfernt stehenden nächsten Haus hinüber zu springen – und flog geradezu über die Lücke hinweg. Er landete mit der Eleganz einer Katze auf dem Dachfirst und lief ohne zu zögern einige Meter weiter. Dann drehte er sich um und sah Heppner zu, wie dieser ebenfalls sprang.

Verrückt, werden Sie sagen. Ja, war es auch. Der Polizist hatte so was zwar schon mal gemacht, aber damals war er 20 Jahre jünger und im Training gewesen. Heppner rutschte beim Absprung halb aus und wusste sofort, dass er es nicht schaffen würde. Seine ausgestreckten Hände erreichten wenigstens noch die Dachkante, an der er hängen blieb wie ein Plastiknikolaus in der Weihnachtszeit. Heppner versuchte sich hochzuziehen und mit den Füßen an der Wand abzustürzen, doch seine Sohlen glitten immer wieder ab, und nach kurzer Zeit erlahmten seine Kräfte. Scheiß Jagdfieber, dachte er fatalistisch. Was soll ich Marion erzählen, wenn ich in Gips liege?

„Du verdammter blöder Idiot", hörte Heppner eine Stimme über sich, und er hob den Kopf. Eine schwarz gekleidete Gestalt mit Sturmhaube kniete am Dachrand und reichte ihm die Hand herunter. „Greif zu, Mann. Los!" Heppner ließ es sich nicht zweimal sagen, und der Unbekannte zog ihn scheinbar mühelos aufs Dach, wo er schwer atmend liegen blieb. Zu Heppners Überraschung rannte sein Retter nicht davon, sondern ließ sich auf seine Kehrseite plumpsen und blieb neben ihm sitzen.

„Danke", keuchte der Polizist. „Aber… wieso sind Sie nicht getürmt?" Der Mann lachte bitter und zog sich die Maskierung vom Kopf. Zum Vorschein kam ein blonder Mittdreißiger, der mit dem Daumen nach hinten auf die Dachfenster zeigte und resigniert grinste. „Deine Kollegen haben mich schon in der Zange. Vielleicht wäre ich noch weggekommen, aber als ich dich da hängen sah… ich konnte dich doch nicht abstürzen lassen. Kommt nicht so gut vor Gericht, wenn man am Tod eines Bullen schuld ist."

Der Mann sah im Schein der auf ihn gerichteten Taschenlampen gelassen zu, wie Heppner sich langsam aufrichtete. „Nochmals danke", sagte dieser, diesmal mit festerer Stimme. „Trotzdem sind Sie jetzt festgenommen."

***

Als Heppner total übermüdet aus dem Bad kam, fühlte er sich, als wäre er in zwei Filmen gleichzeitig. Sein Aussehen entsprach etwa dem von Robin Williams in „Jumanji", als der sich nach 26 Jahren im Dschungel erstmals rasiert hatte, da etwa 20 kleine Pflaster sein Gesicht zierten. Nie wieder Einwegrasierer, schwor er sich, und pfefferte den Übeltäter in den Mülleimer. Anschließend schrie er wie weiland Kevin allein zu Haus, als er

„Cool Water" über seinem malträtierten Gesicht verteilte. Er betrachtete sich leidend im Spiegel, warf einen hellen Trenchcoat über den Arm und spazierte gemächlich zum Präsidium. Pförtner Diethelm Köpenick ließ vor Schreck seine Zeitung fallen, als er Heppner sah.

„Du lieber Himmel, wie siehst Du denn aus? War das ein Rasenmäher, der Dich überfahren hat?" - „Nein, ich wollte mich nur mal so fühlen wie ein Ast in einem Häcksler", knurrte Heppner. Das konnte ja heiter werden. Den nächsten dummen Spruch bekam er von Hanna Karl, die ihm aus dem MK-Raum entgegenkam. „Meinst Du nicht, Du solltest Dich rasieren lassen, wenn der Morbus Parkinson zu stark wird?" – „Kann ich mir nicht leisten. Dann blute ich lieber", fauchte Heppner zurück. Hanna Karl entschwand lachend. Als Hans Bombardier ihn auch noch fragte, ob er sich mit einer Glasscherbe rasiert habe, war für Heppner das Maß voll. „Noch so'n Spruch – Kieferbruch", kommentierte er die Frage seines Chefs. Der winkte ab.

„Nach dem, was ich da gerade gehört habe kannst du von Glück sagen, nur mit so ein paar Cuts davongekommen zu sein", grollte Bombardier. „Du hast ja nicht mehr alle! Turnst auf dem Dach herum als wolltest du einen Parcours absolvieren, aber die Spezialisten ziehen im Gegensatz zu dir dabei keine Slipper mit glatten Sohlen an! Du wolltest dir wohl unbedingt den Hals brechen, was?"

Heppner zog pflichtschuldig den Kopf ein. „Schon gut, das habe ich verdient", murmelte er betreten. „Ich war nur erpicht darauf zu sehen, ob der Bursche als unser Täter in Frage kommt. Nachdem er meinen Hals gerettet

hat, habe ich da erhebliche Zweifel." – „Ich auch",
knurrte Bombardier. „Da du ihn festgenommen hast, be-
fragst du ihn auch selber. Wenn du hier im Büro sitzt,
kommst du seltener auf blöde Ideen."

Heppner erinnerte sich plötzlich an die Tube mit Wund-
und Heilsalbe in seinem Schreibtisch, entschuldigte sich
kurz und kramte sie unter einem Fernglas, diversen halb
und vollständig leeren Kugelschreibern und einer Pa-
ckung mit Schuhputzutensilien hervor. Seit einem halben Jahr über dem Mindesthaltbarkeitsdatum, aber was
soll's. Er benutze die Salbe reichlich und sah anschließend aus wie eine Speckschwarte, verspürte aber weder
ein Brennen noch Schmerz. Na also, dachte er. Ein
durchaus beachtlicher Erfolg.

Hanna Karl stiefelte in sein Büro und überraschte ihren
Kollegen mal wieder mit einem Genieblitz. „Hör mal
Klaus, es wird wahrscheinlich schwierig, Christian Paulsen die Taten hier in Duisburg nachzuweisen. Aber was
ist mit der Hermsdorfer Sache? Sein Alibi ist nicht so
sicher, wie es schien. Theoretisch kann er durchaus die
Tat begangen haben. Wir wissen, dass er am 24. Juli
2008 um 06:15 Uhr mit einer Lufthansa-Maschine nach
Verona flog, wo er planmäßig um 09:00 Uhr ankam. Das
ist auf jeden Fall gesichert. Wenn er nach dem Check-In
im Hotel aber sofort wieder zum Flughafen zurückge-
fahren wäre, hätte er den Flieger um 15:00 Uhr nach
Dresden erwischen können, der dort um 19:00 Uhr landet.

Mit einem Mietwagen kann er spätestens nach 2 – 2 ½
Stunden in Hermsdorf sein. Genug Zeit, in der Nähe des

Unfallortes nach einem geeigneten Pkw zu suchen, diesen kurz zu schließen, auf Fröhlich zu warten und ihn über den Haufen zu fahren. Danach geht er in aller Seelenruhe zu seinem Mietwagen zurück, fährt zurück nach Dresden, übernachtet dort und nimmt einen Flug zurück nach Verona. Die Flieger gehen um 09:10 Uhr und um 12:05 Uhr, wodurch er spätestens um 14:15 Uhr zurück am Flughafen Verona ist und alle Zeit der Welt hat, um in sein Hotel zurück zu kehren, sich frisch zu machen und um 20:00 Uhr im Theatro zu sein, wo Aida läuft. Alles was er verpasst hätte, wäre die Turandot-Aufführung am 24. Juli gewesen, und die ist live von RaiUno übertragen worden. Wenn wir sehr viel Glück haben, zeigt uns die Aufzeichnung seinen leeren Sitz. Gut, dass Günter Jordan die Karte fotokopiert hat, als Christian sie ihm als Alibi zeigte. Wir müssen mal beim Fernsehsender nachfragen, ob wir die Aufzeichnungen bekommen können."

Heppner blieb die Luft weg. Manchmal sind Träume eben nicht nur Schäume, dachte er matt. Christian Paulsen hinter einer Fernsehkamera, die eine Oper filmt. Hanna hatte die seinem Traum zugrundeliegende Information mühelos dekodiert. Weibliche Intuition ist schon etwas Schönes, dachte Heppner zynisch. Scheiß Y-Chromosomen.

Hans Bombardier gab sofort seine Zustimmung zu den Ermittlungen, setzte aber noch grinsend einen drauf. „Gut die Frau! Jörg Kuhnen spricht fließend italienisch, und er kann bei Francesco Perlatti bei der Sonderabteilung in Lucca anrufen, mit dem wir den Sechsfachmord vor dem Silberpalais bearbeitet haben. Er kommt bestimmt besser an die Aufzeichnungen dran als wir."

Er betrachtete Heppner und beschloss, diesem noch einen Seitenhieb zu verpassen. „Klaus hat heute Nacht übrigens Spiderman gespielt und den Serieneinbrecher aus Walsum festgenommen, obwohl seine Taktik, fast abzustürzen und sich von dem Verdächtigen retten zu lassen, etwas gewöhnungsbedürftig ist." Alles grinste, und Heppner hatte sein Fett weg – nicht nur im Gesicht.

„Gut. Der ausgebrannte Opel Omega war tatsächlich der Wagen vom Mittelaltermarkt. Die Fahrgestellnummer passte. Was das Feuer an Spuren übriggelassen hatte, wurde vom Löschwasser der Feuerwehr weggespült. Ich könnte kotzen." Der MK-Leiter schüttelte frustriert den Kopf. „Theo und Willi, von Euch möchte ich heute Mittag die endgültigen Ergebnisse bezüglich der Armbrustverkäufe hören. Wird langsam Zeit." Mit einem Nicken von Bombardier waren alle Kollegen bis 16:00 Uhr entlassen. Heppners Gedanken wanderten zu der Nachricht, die am Morgen auf seinem Rechner gewesen war.

Nach Auskunft des Providers hatte es keine Telefonate zwischen Christian und Juliane Paulsen oder dem Privatanschluss im Haus der Paulsens am Abend des 30. April gegeben. Wie zum Teufel wollte Christian dann mit seiner Frau telefoniert haben? Dieses Rätsel war etwas für Martin Heimeroth beim KK 31. Heppner erklomm erneut die vierte Etage und spürte, dass seine Kondition allmählich besser wurde. Er schilderte dem Kollegen sein Problem und wappnete sich für einen längeren Monolog als er sah, dass Heimeroth tief Luft holte.

„Klaus, es scheint, Du hast nicht die Spur einer Ahnung von moderner Handy-Technik", begann Martin Heimeroth seinen Vortrag. „Bei jedem Gespräch werden nicht nur die Daten der SIM-Karte, sondern auch die IMEI-Nummer des benutzten Handys mit übertragen und gespeichert. Also können sie nicht über ihre Geräte telefoniert haben. Wenn es Gespräche gab, dann mit gänzlich neuen Handys und SIM-Karten." - „Moment", unterbrach Heppner seinen Kollegen. „Dann hätte Juliane es aber merken müssen."

Heimeroth wiegte zweifelnd den Kopf. „Vielleicht auch nicht. Es gibt eine Möglichkeit, Handys auszutauschen, ohne dass der Betreffende es merkt, aber es ist ein riesiger Aufwand und klappt nur kurzfristig. Man braucht ein identisches Handy-Modell und eine neue SIM-Karte, die man ins alte Handy steckt und die Verbindungen drauf kopiert. Christian müsste ein anderes Handy benutzt haben, dessen Nummer er unter seinem Namen in die Kurzwahlliste eingespeichert hatte. Der Austausch wäre aber aufgefallen, wenn Juliane von sich aus jemand anderen angerufen hätte. Aber für einen einzigen Abend… das könnte schon klappen. Mal sehen…. Wenn es so abgelaufen ist, hat er Prepaid-Karten benutzt, die erst kurz vor ihrer Anwendung freigeschaltet worden sind. Das bekomme ich raus. Sagen wir, zwei Tage nach dem Erlass der Beschlüsse durch das Amtsgericht. Ich melde mich dann."

***

Dass sein Name Thomas Mellersen war, bedeutete für Klaus Heppner keine Überraschung. Der Mann, der ihn

173

vor dem Absturz vom Dach bewahrt hatte saß ihm im Vernehmungszimmer gegenüber und legte eine überraschende Gelassenheit an den Tag, die nicht einmal verflog, als Heppner ihn des Mordes beschuldigte. Im Gegenteil. Mellersen lachte so verächtlich auf, dass der Polizist überrascht die Augen aufriss.

„Ihr Bullen seid ja so was von berechenbar. Das war genau die Reaktion, die ich erwartet habe. Immer hübsch brav dem ersten Anschein folgen; das ist ja so schön bequem. Den Anschein zu hinterfragen kommt euch gar nicht in den Sinn, Hauptsache eure Statistik stimmt. Merkt euch eins: ich bin ein Dieb, aber kein Killer. Das ist einfach nicht mein Ding." Mellersen schüttelte den Kopf. Heppner fühlte sich von der Selbstsicherheit des Mannes irritiert und entschloss sich zu einem Frontalangriff.

„Sie stecken bis zum Hals in der Scheiße, Mann. Der Mord wurde mit einer Armbrust verübt, und genau so ein Ding hatten Sie im Rucksack. Und erzählen Sie nicht, dass Sie das Ding noch nie gebraucht haben. Vorgestern Nacht haben Sie ein Ehepaar, dass Sie auf frischer Tat ertappt hat damit bedroht." – „Nee, hab ich nicht!" Mellersen schüttelte empört den Kopf. „Ich hatte das Ding nur gerade in der Hand als die Leute reinkamen. Blöder Zufall, das. Als ich mich umdrehte haben sie sofort die Hände hochgerissen und angefangen um Hilfe zu schreien. Da habe ich Fersengeld gegeben. Ich hätte denen nie was getan, ehrlich! Die Armbrust verwende ich nur, um Greifhaken an die Dächer zu schießen. Ist wesentlich genauer als wenn ich sie werfe. Aber es war mir

174

schon klar, dass Sie diese Geschichte gegen mich verwenden würden."

„Und was ist mit dem Schuss, den Sie auf dieses junge Pärchen im Bett abgegeben haben?" Mellersen zuckte die Schultern. „Auch keine Absicht. Ich war gerade im Zimmer und hatte die Armbrust noch in der Hand. Die Dinger haben einen so empfindlichen Druckpunkt, und ich habe mich erschreckt, als die Kleine anfing, sich zu bewegen. Da hat das Ding ausgelöst. Gott sei Dank habe ich niemand getroffen."

Heppner sah sein gegenüber lange an. „Was, wenn ich Ihnen jetzt sage, dass unsere Ballistiker bewiesen haben, dass die Bolzen aus den Toten und der Bolzen aus der Wand mit der gleichen Waffe abgeschossen worden sind? Sie haben gerade selbst zugegeben, dass Sie zumindest den einen, nicht tödlichen Schuss selbst abgegeben haben? Und wenn Sie nicht der Killer sind – was haben Sie dann zum Teufel noch mal nachts auf dem Dach zu suchen?"

Mellersen seufzte und ließ die Schultern hängen. „Ich habe mich wohl ein bisschen überschätzt und vielleicht zu oft ‚Über den Dächern von Nizza' gesehen. Wie Cary Grant wollte ich euren Job tun und den Killer selbst fangen. Schließlich war mir klar, dass ihr mir ohne handfeste Beweise nicht glauben würdet, selbst wenn ich die Chance hätte, sie euch vorzulegen.

Ich habe dem Typen, der meine Arbeit kopiert und die Leute abmurkst aufgelauert, aber als ich ihn in der Wohnung überraschte musste ich leider feststellen, dass er erheblich stärker war als ich. Mann, ich bin ja schon nicht schwächlich, aber der Kerl kannte sich offenbar mit Kampfsport aus und hat mich mit zwei, drei Schlägen mattgesetzt.

Ich weiß nicht, wie lange ich außer Gefecht war, aber als ich ins Schlafzimmer sah bemerkte ich die beiden alten Leute im Bett, die mit Klebebändern verschnürt waren. Wenigstens habe ich ihn davon abhalten können, auch die beiden zu killen, habe ich gedacht, denen freundlich zugenickt und bin durchs Fenster geklettert, als ich die Schritte im Flur hörte. Den Rest wissen Sie ja.

Aber hey, dass die Spuren auf den Bolzen zueinander passen, kann gar nicht sein! Ich war nicht an den anderen Tatorten, das müssen Sie mir einfach glauben!"

Der Polizist schwieg und sah sich die Unterlagen über Mellersen an, die vor ihm lagen. 39 Jahre alt, früherer Gerüstbauer und verheiratet. Er hatte offenbar nach dem Verlust seines Arbeitsplatzes angefangen, in Häuser einzusteigen und Bargeld und Schmuck zu stehlen. Trotzdem wirkte er nicht wie ein skrupelloser Mörder.

Seufzend schob Heppner seinem Gegenüber einen Zettel zu, auf dem die Tatorte der Einbrüche und Morde notiert waren. „Das waren doch Sie, oder?", knurrte er Mellersen an, doch der wiegte den Kopf. „Teils – teils", murmelte er. Er griff nach einem Kugelschreiben und hakte etliche der Adressen ab, während er andere durchstrich. Am Schluss der Liste blickte er Heppner an und schob den Zettel zurück. „Das da gebe ich zu. An den anderen

Adressen bin ich nicht gewesen – und ich kann es zum Teil auch beweisen."

„Wie das?", fragte Heppner interessiert. Mellersen hatte alle Tatorte der von Karl Weidmann aufgelisteten Fälle angestrichen, aber keinen der Mordfälle. Jetzt lehnte sich der Festgenommene zurück und schüttelte den Kopf. „Ich wollte meine Frau eigentlich aus der Sache heraushalten, aber jetzt... Fahren Sie zu mir nach Hause und fragen Sie Nelly nach meinem Notizbuch. Das wird alles beweisen. Ich habe meine Einbrüche ausschließlich in den Häusern verübt, an denen Gerüste meiner Firma gestanden hatten, und bei denen ich Fenster und Dächer kannte. Ohne Vorinformationen mache ich gar nix. Ich bin doch nicht bescheuert. Und was die Tat am 1. Mai angeht – da habe ich ein bombensicheres Alibi."

„Ach was? Wo waren Sie denn?", fragte Heppner bereits leicht resignierend, und ein Grinsen erschien auf Mellersens Gesicht. „Ich war abends um halb zehn losgefahren um... na, Sie wissen schon. Wenn die Leute tanzen gehen, kommt die Katze über die Dächer. Ich hatte drei Häuser ausbaldowert, aber auf dem Weg nach Walsum ist meine Karre verreckt. Ich habe den ADAC gerufen und zwei Stunden auf der A3 bei Hünxe gestanden, bis der flügellahme gelbe Engel endlich antanzte. Als er meine Karre wieder zusammengeflickt war hatten wir schon nach zwei Uhr. War nix mehr mit Einsteigen, weil ich nicht wusste, wann die Leute zurückkommen. Also bin ich nach Hause gefahren. Den Zettel vom ADAC habe ich sogar noch inner Tasche. Hier isser."

Heppner sah auf das ihm gereichte Blatt und fluchte innerlich. Das passte alles hinten und vorne nicht. Wieso konnte Mellersens Armbrust die tödlichen Schüsse auf Juliane Paulsen und Hartmut Runde abgegeben haben, wenn er nachweislich nicht am Tatort gewesen war? Das Notizbuch Mellersens bestätigte zwei Stunden später, dass niemals ein Gerüst seiner Firma am Haus der Rundes gestanden hatte. Verdammt noch mal, dachte Heppner und knallte das Notizbuch auf den Schreibtisch, sodass es fast bis an den Rand schlitterte. Wenn es kein angeheuerter Berufskiller war, blieb fast nur noch Christian als Täter übrig. Es war zum Kotzen.

Mellersen wanderte also wieder ins Polizeigewahrsam, um von den Kollegen des KK 42 weiter befragt zu werden. Die freuten sich schon über eine geklärte Tatserie, dachte Heppner. Und was habe ich, um mich zu freuen? Er stiefelte zum Erkennungsdienst, um sich dort auszuheulen, doch Sattmann und Vollstraß hatten die gleiche Laune wie er selbst, denn ihre Tatortarbeit hatte kein Ergebnis gebracht.

„Den ganzen Rotz hätten wir uns komplett sparen können, Klaus. Wir haben an den Leichen nur Partikel von Einweghandschuhen gefunden. Kann also sein, dass wir die Spurenleger waren, oder der Täter war genauso ausstaffiert wie wir. DNA war komplett negativ, und in der gesamten Umgebung der Tatorte zwei und drei waren nur Fingerspuren von berechtigten Personen, also von unseren Opfern sowie Katharina Runde und Christian Paulsen. Er kann jederzeit behaupten, sie bereits bei seinem letzten Besuch dort gelegt zu haben. Und die Spuren im Rest des Hauses? Nur bei Rundes haben wir zwei noch nicht zugeordnete Spuren am Wohnzimmerschrank festgestellt, aber die können von irgendwelchen Besuchern stammen. Da ermitteln wir weiter. Wenn Christian die beiden tatsächlich gekillt hat, dann gratuliere ich ihm schon mal. Über die Tatortspuren werden wir seine Täterschaft niemals nachweisen können." Ede schüttelte frustriert den Kopf.

Als Heppner Hans Bombardier von den Misserfolgen bei der Spurensicherung berichtete, flog die Tür mit Schwung auf, und Theo Antweiler und Willi Beugen stürmten herein. Beide begannen simultan auf Hans einzureden, der verwirrt von einem zum anderen sah und dann die Arme hob, als wolle er sich ergeben.

„Gnade, Leute! Ich bin keine Frau, also nicht Multi-Tasking-fähig. Willi zuerst." Der setzte sich und begann zu berichten, während Theo zur Kaffeemaschine ging. „Wir haben uns um die restlichen Waffen- und Sportgeschäfte in Duisburg gekümmert und uns die Verkaufsbücher der Geschäfte angesehen. Insgesamt sind in den vergangenen 14 Monaten 16 erlaubnispflichtige Waffen des gesuchten Typs verkauft worden. 15 Käufe sind harmlos, aber der letzte hat mich elektrisiert."

Theo setzte sich an den Tisch und übernahm das Reden, während sich Willi ebenfalls am Kaffee bediente. „Wir haben zum Beleg eine Kopie aus dem Verkaufsjournal mitgebracht. Am 23. März dieses Jahres ging bei Waffen Sport Klinkert in Neudorf eine Pistolenarmbrust Compound II über den Ladentisch, und der Käufer war niemand anders als…" – „Dirk Behrens", vollendete Willi den Satz. „Es ist zwar nicht ungewöhnlich, dass ein

Schießsportler eine Armbrust kauft, aber hierbei handelt es sich um eine Pistolenarmbrust mit einer extremen Schnellspannvorrichtung, die innerhalb von fünf Sekunden nach dem Abfeuern des ersten Bolzens wieder schussbereit sein kann. Zudem ist sie zusammenklappbar und daher sehr gut transportfähig. Für eine Waffe im offiziellen Schießsport ist sie viel zu leicht, für einen Quasi-Profi wie Behrens erst recht. Das ist, als ob Felix Neureuther seine Skier im Second Hand kauft. Wenn ihr mich fragt, haben wir unsere Tatwaffe gefunden."

„Schreibt das alles zusammen und schafft mir den Verkäufer her, damit der seine Aussage machen kann", bestimmte Hans. Theo winkte ab. „Schon in Arbeit. Der Bursche wird in seiner Mittagspause gegen 13.30 Uhr hier sein."

„Wir müssen mehr über diesen Kauf wissen", meinte Hans. „Vor allem, wie er zustande kam und was dahintersteckt. Einmal haben wir jedenfalls Glück. Steffen hat sich gerade gemeldet, und er meint, dass Behrens wieder zu Hause ist." – „Soll ihn sofort mitbringen", rief Heppner, und Hans nickte. „Sieh nur zu, dass er keine Armbrust auf Dich abfeuert, sondern nur Fakten".

Behrens traf kurz nach 13:00 Uhr ein, setzte sich in den Vernehmungsstuhl und streckte seufzend die Beine aus. Heppner blickte auf einen baumlangen, schlaksigen Mann Mitte Dreißig, der in einen Jeansanzug, Cowboystiefel und ein T-Shirt mit Ed-Hardy-Motiv gekleidet war. Auf seinem von raspelkurzen, blonden Haaren bedeckten Kopf thronte ein Basecap der New York Yankees, und sein Gesicht zierte neben tiefer Sonnenbräune und einem Dreitagebart noch ein Piercing in der rechten Augenbraue. Behrens gesamte Erscheinung zeugte von selbstbewusster Lässigkeit.

„Herr Behrens, wie lange kenne Sie Christian Paulsen, Ihren Nachbarn?" Behrens blinzelte überrascht. „Ach, um den geht's? Die Kollegen meinten nur, es gäbe ein paar Fragen zu den Waffen, die ich zu Hause habe. Tja, den Christian kenne ich seit ungefähr zwei oder drei Jahren näher. Gesehen hatte ich ihn und seine Frau schon viel früher, aber mehr als ‚guten Tag' und ‚guten Weg' war da nicht. Wir waren schließlich Nachbarn und sind uns im Treppenhaus über den Weg gelaufen. Eines Tages hat er meine Angelausrüstung im Keller gesehen und fragte mich, ob dies mein Hobby sei. Wir haben in den Monaten danach so einige Brassen aus dem Rhein geholt und dabei jede Menge Bier getrunken. Später haben wir auch öfters Züge durch die Kneipen gemacht, wenn seine Juliane mal wieder auf Tour war und meine Olle ihre Migräne hatte. Was ist denn eigentlich los?"

„Tja, das hat auch mit Juliane Paulsen zu tun. Wir ermitteln in einer Kommission, nachdem sie und ihr mutmaßlicher Liebhaber Hartmut Runde ermordet worden sind." – „Eh Kacke, wat is denn dat für`n Scheiß?" Behrens fuhr in die Höhe, und durch die Überraschung kam das bisher verborgene Duisburger Platt durch. Er nahm die Mütze ab und strich sich über den Kopf, als sei ihm plötzlich heiß geworden. „Wat ham Sie gesacht, wie der andere Tote heißt? Hartmut? Hat der so'n Essener BMW gefahren?" Heppner nickte nur. „Hammer, ej", wiederholte Behrens. „Ich hab die Mistkarre X-Mal bei uns vor der Tür geparkt gesehen. Genau dat waret, wat ich dem

Christian verklickert hab. Seine Ische vögelt fremd! Christian wollte dat aber nich glaum. Die Juliane hat so getan, als wenn der Kerl nur`n Freund is und da nix läuft. Eh Mann, dat konnte se doch jemandem verklickern, der die Hose mitter Kneifzange anzieht! So oft, wie der da war, kam der nich nur zum Kaffee süppeln! Und wer hat die abgeknipst? Doch nicht mein Kumpel Christian? Nee nee, Meister. Dat is total daneben."

„Es waren nicht nur die beiden, sondern auch noch vier andere. Und ich kann ihnen sagen, dass die Opfer mit einer Armbrust getötet wurden, und zwar höchstwahrscheinlich mit einer Compound II mit 14 Zoll-Bolzen und einer Schnellspannvorrichtung, und genau so eine haben Sie gekauft. Sie waren zur Tatzeit im Urlaub und kommen als Täter nicht in Frage, wohl aber Christian. Deshalb frage ich Sie: kann er mit so einer Waffe umgehen?"

Behrens wischte sich jetzt deutlich sichtbare Schweißperlen von der Stirn, und er nickte. „Ja, kann er. Ungefähr vor ´m Jahr hat er begonnen, sich fürs Armbrustschießen zu interessieren. Also hab ich ihn mit zu unserm Schießstand genommen. Nach `n paar Schüssen meinte er aber, die Dinger seien ihm zu schwer. Deshalb haben wir für ihn dann dat kleine Dingsda mit Schnellspanner gekauft. Mit dem Miniding hat er übrigens geschossen wie ’n Weltmeister. Er hat mal fünf Bolzen in ´ner halben Minute auf 15 Meter genau ins Ziel gesetzt! Aber dat Ding ist bei mir inner Wohnung sicher unter Verschluss. Meine Waffen sind alle hübsch eingesperrt in so ’nem fetten Stahlschrank, den kriegste nicht mal als Safeknacker auf, und den Schlüssel hab ich immer … eh, warte mal…" Er unterbrach sich und wurde plötzlich blass. „Eh Kacke, der Schlüssel zum Safe is ja am Schlüsselbund, den ich Christian zum Blumen gießen gegeben hatte. Dat is doch nich wahr!" Er wischte sich erneut mit dem Handrücken über die Stirn.

Heppner rieb sich derweil das Kinn. Da war doch was mit der Waffe… dann fiel es ihm ein. „Haben Sie zusätzliche Laufschienen für die Armbrust gekauft?" Behrens schüttelte entschieden den Kopf. „Nee. War ja erst nur zum Üben. Dat wäre rausgeschmissenet Geld gewesen." Der Polizist nickte befriedigt. Eine Sorge weniger.

„Nun gut. Lassen Sie uns aber auf das Verhältnis zwischen Juliane Paulsen und Hartmut Runde zurückkommen. Können Sie sich erinnern, was Christian Paulsen dagegen zu tun beabsichtigte?" Behrens schüttelte sich kurz, um dann mit weit geöffneten Augen zu antworten, offenbar von der Klarheit seiner Erinnerung selbst überrascht.

„Ja, kann ich. Christian war die Woche vorher zu diesem Operntrara in Italien gewesen, und in der Zeit stand die Essener Karre fast täglich bei uns vorm Haus. Ich hab et Christian erzählt, aber der hat nur gelächelt und gemeint, dat sich dat bald ändern würde. Er hätte Juliane 'ne Warnung zukommen lassen, die sie verstehen würde. Da war er aber schief gewickelt. Wenn Christian brasseln war, kam dieser Hartmut. Leck mich am Arsch, hab ich gedacht, und Christian 'ne Zeit später gesagt, dat mit der Warnung hätte wohl nich hingehauen. Er meinte, dat er dann noch 'ne Schippe drauflegen müsse. Ich würde davon aber nix mitbekommen, weil et woanders passieren würde. Dat war vor ungefähr `nem Jahr. Kurz darauf begann auch sein Interesse fürs Armbrustschießen. Oh Scheiße…" Behrens senkte frustriert den Kopf.

„Wenn mit einer meiner Waffen eine Straftat begangen wurde, schmeißt mich der Verband achtkantig raus, und ich muss alle Titel abgeben. Kacke, verdammte. Nicht mal `nem Bullen kannste mehr vertrauen."

„Ich danke Ihnen dennoch für die Aussage. Wenn Sie unterschrieben haben, fahren Sie bitte zurück und geben den Kollegen die Armbrust und alle Bolzen, die dazu passen." Behrens nickte, las sich das Protokoll sorgsam durch und unterzeichnete an den vorgesehenen Stellen, bevor er wie ein geprügelter Hund davonschlich. Der Polizist sah ihm nach, während seine Gedanken immer düsterer wurden. Christian Paulsens Aussage, seiner Frau immer vertraut zu haben, war nun keinen Pfifferling mehr wert, sein Zugang zur mutmaßlichen Tatwaffe war gesichert und die von Behrens geschilderten Aussagen von Christian, Juliane „Warnungen" übermittelt zu haben, passten zeitlich ziemlich genau zur Ermordung Heiko Fröhlichs. Paulsen hatte aber noch `ne Schippe draufgelegt, durchfuhr es Heppner. Was war die zweite „Warnung" gewesen, die weiter entfernt hatte stattfinden sollen?

Heppner suchte sich noch einmal die Akte aus Hermsdorf heraus und stutzte. Der anonyme Anrufer hatte gesagt ‚Paulsen kennt mich'. Die einzige Verbindung nach Hermsdorf war und blieb der TSV. Wie im Fieber rief Heppner die Homepage des Vereins auf und fand dort wie erhofft Namen und Telefonnummer des dortigen Hockeyobmanns. Der ging auch gleich an den Apparat.

„Klar kann ich sagen, wer der beste Kumpel von Heiko Fröhlich gewesen ist. Das war der Steffen Ranker, unser Rechtsverteidiger. Die beiden waren unzertrennlich und haben jeden Scheiß nur gemeinsam fabriziert." – „Prima! Und wie erreiche ich Ranker?", fragte Heppner atemlos. Das Lachen, mit dem sein Gesprächspartner antwortete, klang ebenso bitter wie seine nachfolgenden Worte.

„Das wüssten wir selbst gern. Nach Heikos Tod ist Steffen nie mehr auf die Füße gekommen. Er hat wilde Beschuldigungen geäußert und ist dann in Nacht und Nebel nach Dresden abgehauen. Als wir ihn dort gesucht haben, um die beiden ausstehenden Jahresbeiträge zu kassieren war die Wohnung verlassen und er einfach verschwunden. Er hat zu der Zeit schon mehr Mokkalikör getrunken als ich Köstritzer, also wird er jetzt wohl als Penner durch die Lande ziehen."

Oder auch nicht, dachte Heppner und legte auf. Mit seiner letzten Antwort hatte der Hermsdorfer Hockeywart bestätigt, dass das Verschwinden Steffen Rankers zeitlich mit der zweiten Warnung an Juliane Paulsen zusammengefallen sein musste. Noch ein Indiz, dachte Heppner ungläubig. Wann wir das jemals aufhören?

Als er sich den dringend benötigten Kaffee holen wollte stand Jörg Kuhnen an der Maschine und informierte ihn sofort über sein Telefonat mit der Polizei Lucca.

„Francesco schickt uns die offizielle Fernsehausstrahlung von RaiUno und sämtliche Outtakes der eingesetzten Kameras. Rund 50 Stunden Filmmaterial, aber nur teilweise mit Ton." – „Wurscht", knurrte Heppner. „Mir ist Stummfilm ohnehin lieber als dieses klassische Gedudel." – „Gut, dann wissen wir ja, wer sich die Takes ansieht", ertönte Bombardiers Stimme aus dem Hintergrund. „Und zwar deshalb, weil Du dich nicht von der Schönheit der Musik ablenken lässt und Dir garantiert nicht entgeht, wenn Christians leerer Stuhl ins Bild kommt", erwiderte ihr Chef. Heppners Schultern sanken herab. Ihm wurde jetzt schon schwindlig.

„Einen Trost habe ich aber. Vier Befragungsteams sind mit ihren Listen durch, und die stelle ich Dir zur Verfügung. Mit insgesamt neun Mann dürfte die Auswertung in einem Tag abgeschlossen sein." – „Die Daten bekommen wir wahrscheinlich schon morgen Nachmittag", ergänzte Jörg Kuhnen, dem die Erleichterung ins Gesicht geschrieben stand. „Die Festplatte mit den Daten kommt mit einem Flug der Lufthansa, der um 14:10 Uhr in Fiumicino abhebt und um 16:20 Uhr in Düsseldorf landet."

Heppner ging in sein Büro zurück und dachte nach. Christian Paulsen hatte vor gut zwei Jahren von Carsten König den ersten Hinweis auf ein Verhältnis Julianes mit Hartmut Runde bekommen. Das war nur zwei Jahre nach ihrer Eskapade mit Heiko Fröhlich. Hatte Christian auf den Hinweis reagiert, indem er Heiko Fröhlich und Steffen Ranker quasi als Warnung für Juliane und Hartmut umbrachte, und als sie diese Warnung ignorierten, endgültig die wahre Ursache aus der Welt geschafft?

Willi Beugen schneite in Heppners Büro und warf mit einer lässigen Handbewegung das Vernehmungsprotokoll des Angestellten aus dem Waffengeschäft auf den Tisch. „Der Bursche heißt Mario Fenner, und Dirk Behrens ist für ihn ein Idol wie für mich Michael Ballack. Als sich Behrens eine Pistolenarmbrust zeigen ließ war es tatsächlich, als würde Ballack sich für einen Vertrag beim MSV interessieren. Deshalb war ihm sonnenklar, dass die Compound II für den zweiten Mann bestimmt war, den er zwar nicht beschreiben kann, aber wir wissen ja, dass es Christian war. Langsam fange ich an, dir zu glauben." Heppner nickte. Wieder eine Lücke weniger.

„Perfekt. Christian hat sich also eine lautlose Distanzwaffe besorgt, und bei einem Polizisten stellt keiner Fragen, wenn er damit übt. Freie Bahn, würde ich sagen. Fast möchte ich Hans fragen, wie er die Chancen auf einen Haftbefehl sieht."

Heppners Handy klingelte, und am Display erkannte er Marion als Anruferin. „Hier ist dein Nachrichtendienst", lachte sie. „Katharina versucht gerade zusammen mit ihrem Vater ihr Wohnhaus wieder zu betreten, um ein paar Kleidungsstücke aus den Schränken zu holen. Ich habe mich gestern Abend noch eine Stunde lang mit ihrem Vater unterhalten, nachdem er Katharina hierhergebracht hatte und sie schon im Bett lag. Ich mag den Burschen. Wir sehen uns dann nachher. Ruf mich an, wenn Du im PP losfährst." Das werde ich sicher tun, dachte Heppner.

Die Besprechung um 16:00 Uhr entlockte den acht Kollegen, die mit Heppner die Videodaten sichten sollten ein kollektives Stöhnen. Hans Bombardier blieb ungerührt. „Wat mutt, dat mutt", kommentierte er trocken. „Stellt Euch vor, stattdessen Patrouille in der Emscher schwimmen zu müssen." – „Dann erfolgt nicht die Auflösung des Falls, sondern der Kollegen", kommentierte Jimmy Hellwich trocken. Die Emscher galt zu Recht jahrzehntelang als der einzige Fluss Deutschlands ohne Wasser. Heppner erinnerte sich, dass er bei der Suche nach einer Tatwaffe vor etlichen Jahren einmal hindurchwaten musste und sich sein Vollschutzanzug aus Gummi bereits nach einer Stunde aufzulösen begann. Echt ätzend, in der Tat. Auch wenn die Emscher mittlerweile wieder sauber war – ihr Ruf blieb.

Bombardier beschloss, seine Leute für den Rest des Tages nach Hause zu schicken. „Derzeit warten wir noch auf einen Haufen von Ermittlungsergebnissen, die wir haben müssen, bevor wir weitermachen können. Also erholt Euch, wir sehen uns morgen um 07.30 Uhr wieder." Heppner freute sich. So war er schneller bei Marion Paschen.

Die A 59 war auf den ersten Kilometern wie üblich voll, voller, am Vollsten, und Heppner kam wieder einmal nur im Schritttempo voran. Da die Sonne hinter den Wolken hervorgekommen war und die Temperatur auf jenseits der 20 Grad-Marke angehoben hatte, ließ er die Seitenscheibe in der Tür verschwinden. Das Golf I-Cabrio neben ihm fuhr sogar mit offenem Verdeck, und der Fahrer hörte sich die Hymne auf seine Heimatstadt an. „Dat is Duisburg", von der Band „Die Bandbreite". Heppner lauschte dem ironischen Text vergnügt grinsend, und besonders bei der Passage

> *„Et gibt bei uns in Duisburg nicht viel Kriminalität*
> *und et kommt auch nur ganz selten vor, dat mal wat inne*
> *Zeitung steht.*
> *Manchmal gibt's in Marxloh eine Massenschlägerei*
> *Und manchmal schaut die Mafia beim Pizzamann vor-*
> *bei"*

musste er lauthals lachen. Auch der Cabriofahrer lachte über das ganze Gesicht. Zwei lachende Menschen im Stau. Es gibt noch Wunder in dieser Welt.

Knappe 30 Minuten später traf Heppner trotz des Verkehrs entspannt bei Marion ein und klingelte an der Haustür. „Katharina war mit ihrem Vater in der Stadt, um einige Sachen einzukaufen. Sie war total versessen darauf, mir ihre neuen Klamotten zu zeigen. Ich werte das als gutes Zeichen", berichtete Marion, und machte ihn mit Carsten König bekannt. Heppner musste Rudi Brack Recht geben, denn die Persönlichkeit des Bauunternehmers nahm ihn sofort für sich ein.

Als Katharina Runde eintrat, hätte Heppner sie fast nicht wiedererkannt. Offensichtlich war sie bei einem sehr guten Frisör gewesen, der das rote Haar wieder zum Glänzen gebracht und in leichte Wellen gelegt hatte. Sie trug ein knielanges, grünes Salonkleid, Pumps und hatte eine Handtasche über der Schulter hängen. Respekt, dachte Heppner. Dr. Engel ist ein Zauberkünstler, wenn er mit nur zwei Sitzungen aus einer Depressiven eine Diva machen kann. Auf dem Weg zum Abendessen im „La Gamba" auf der Dr.-Wilhelm-Roelen-Straße kaufte sich Heppner schnell ein Kombipack mit Rasierer, Klingen,

Rasiergel und einer kleinen Flasche After Shave, sowie einen Satz neuer Unterhosen.

An einem ruhigen Tisch für vier Personen erzählte er beim Essen von Fällen aus seiner beruflichen Laufbahn, insbesondere vom Fall eines Serienmörders, der vor einigen Jahren vier junge Frauen ermordet und teilweise bestialisch verstümmelt hatte. „Als wir ihn festnahmen, sah er uns nur an und meinte, wir hätten verdammt lange gebraucht. Er konnte nur sexuelle Gefühle entwickeln, wenn er sich vorstellte, einen lebenden Menschen zu töten und zu verstümmeln. Am Ende sagte er: ‚Sperren Sie mich ein und werfen Sie den Schlüssel weg. Ich bin nicht therapierbar, eine Handgranate ohne Sicherungsstift. Wenn ich noch mal rauskomme, morde ich weiter, egal ob mit 49 oder mit 60 Jahren. Schützen Sie die Menschen vor mir'. Den Gefallen haben wir ihm getan." – „Fast ein klassischer Fall wie Dr. Jekyll and Mr. Hyde", meinte Carsten König, der interessiert zugehört hatte. „Stimmt auffallend, denn in seiner normalen Existenz war er liebevoller Ehemann und Vater. Bei ihm war aber kein Serum nötig, um die dunklen Triebe zu erwecken", bestätigte Heppner.

Der Abend endete mit der Vernichtung des spanischen Rotweins aus Marions Keller, und man war mittlerweile per Du. Langsam gewöhne ich mich an die Couch, dachte Heppner, bevor er einduselte.

Dreizehn
5. Mai 2010, 06:30 Uhr

Frisch rasiert, ohne einen Kratzer und nach einem herben Rasierwasser undefinierbarer Marke duftend erschien Klaus Heppner am Frühstückstisch, an dem zu seiner Überraschung bereits Carsten König saß. „Morgen, Klaus. Ich leide offenbar schon unter seniler Bettflucht. Katharina schläft noch wie ein Murmeltier. Ihren Termin bei Dr. Engel hat sie erst um zehn, und bis dahin kann ich auch wieder fahren. Du warst ja gestern Abend vernünftiger als wir."

Marion legte ihm zum Abschied die Hand an die Wange. „Vergiss mich nicht, hörst Du?" – „Aber woher denn? Niemals. Übrigens: wer sind Sie?", grinste Heppner und duckte sich rechtzeitig unter der angedeuteten Ohrfeige weg. Es begann zu tröpfeln, als er die A 59 erreichte, und in Höhe der Ausfahrt Marxloh goss es bereits in Strömen.

Doch er hatte Glück. Bei seinem Eintreffen riss der Himmel auf und die Sonne begann mit warmen Strahlen den Parkplatz zu bescheinen. Das machte das alte, rote, hässliche Backsteingebäude des Präsidiums zwar auch nicht schöner, aber Heppner erreichte den Eingang wenigstens in trockenem Zustand.

In der Besprechung kam Hanna Karl sofort zur Sache. „Ich habe gestern Nachmittag mit Jimmy Hellwich die 142 Personendaten aus den Passagierlisten der Flüge Verona – Dresden und zurück überprüft. Bis auf zwei Leute scheiden sie alle aus. Interessant sind nur ein Karl-Hans Sellwo für eine Firma namens Critico GmbH aus Köln und ein Stefan Penzel, der für eine Thalamus GmbH mit Sitz in Leipzig unterwegs war. Bei den Beiden hake ich als Erstes mal intensiver nach. Die Kölner Firma ist eigentlich mein klarer Favorit. Dass jemand von Verona nach Dresden und zurück fliegt, macht Sinn, wenn man zu seiner Firma in Leipzig will, aber für jemanden aus Köln?"

Hans Bombardier nickte. „Klingt plausibel. Ach, ja: Tom und Peter, der Pilot der Maschine aus Rom wartet ab 16.30 Uhr am Lufthansa-Infopoint auf die Kollegen. Francescos Freund bei RaiUno hat ihm gestern Abend eine Festplatte mit dem Bildmaterial gegeben. Ich habe schon mit dem 31 gesprochen, und sie werden den Anschluss sofort herstellen, sobald sie die Platte haben."

Zum Abschluss der Besprechung berichtete Hans Bombardier noch von den serologischen und toxikologischen Auswertungen bei den beiden Toten. „Juliane Paulsen hatte 1,0 Promille, Hartmut Runde 1,2 Promille Alkohol und ein starkes Beruhigungsmittel im Blut. Kein Wunder, dass er tief und fest geschlafen hat und nicht einmal von seiner eigenen Ermordung geweckt werden konnte." Er schnaubte angewidert und fuhr fort: „Weiterhin hat die serologische Untersuchung des Spermas in der Vagina von Juliane Paulsen ergeben, dass es von Hartmut Runde stammte. Keine Überraschung, denke ich."

Gegen 11.00 Uhr hatte Heppner sich gerade den vierten Kaffee geholt und war noch ungefähr zehn Schritte vom Schreibtisch entfernt, als sein Telefon zu läuten begann.

Er beschleunigte seine Schritte und erreichte damit nur, dass der heiße Kaffee über den Rand der Tasse schwappte und seine Hand verbrühte. Verdammt, tat das weh! Heppner nahm den Hörer ab, schlenkerte die verbrühte Hand zur Kühlung durch die Luft und knurrte in den Hörer: „Wehe, wenn Du keine guten Neuigkeiten für mich hast." – „Wie man's nimmt", lachte der Anrufer. „Martin! Was gibt es denn? Sag jetzt nicht, Du hättest ein Ergebnis, mit dem ich was anfangen kann!" – „Nicht auf den ersten Blick, aber es ist ausbaufähig, glaube ich.

Ich habe einfach mal bei allen Netzbetreibern nachgefragt, ob sie alle Gespräche auflisten könnten, die am 30.04. mit Mobiltelefonen von der Wabe rund um Serm in die Wabe rund um Walsum geführt wurden, oder in umgekehrter Richtung. Das Ergebnis war eine Liste von insgesamt 1853 Anrufen. Die Zahl ist recht groß, aber ich konnte Filter setzen. Zunächst habe ich mir gedacht, dass ich sicherlich alle Handys ausfiltern könnte, deren Verträge seit über einem Jahr bestehen. Es blieben noch 659 Gespräche übrig. Weil es ein kurzes Telefonat gewesen sein soll filterte ich danach alle Gespräche aus, die länger als 75 Sekunden gedauert haben. Blieben noch 139 Gespräche. Anschließend habe ich den Zeitraum des Gesprächs auf die Zeit zwischen 19:00 Uhr und 21:00 Uhr eingegrenzt, und es blieben ganze 25 Telefonate übrig, die allen Kriterien entsprachen. Ich glaube, dass Du durchaus in der Lage bist, dir meine Liste abzuholen und auszuwerten. Schwing die Hufe, Mann, ich habe nicht den ganzen Tag Zeit."

Als Heppner wenige Sekunden später das Büro seines Kollegen betrat, telefonierte der bereits erneut, diesmal mit einem Kollegen vom KK 12. „Pass auf, mag sein, dass dein Beschuldigter den Rechner beruflich braucht, aber wer Kinderpornos aus dem Netz herunterlädt, muss eben warten." Martin warf den Hörer regelrecht auf die Gabel und sah Heppner an. „Diese Kinderficker regen mich auf. Geilen sich an Fotos und Filmen von Minderjährigen auf, fangen aber sofort an zu jammern, wenn man ihren Rechner konfisziert und wollen in die Vorrangstufe. Nix da! Vorrang habt erst mal Ihr, wenn Ihr mit Euren Opernaufnahmen kommt. Was machst Du eigentlich hier? Ach so, Deine Liste. Ich muss mal eben suchen…" Er wühlte in einem Stapel Papier auf seinem wie üblich chaotisch aussehenden Schreibtisch. „Was hältst Du denn vom Aufräumen?", fragte Heppner ironisch. Martin Heimeroth hob nicht einmal den Kopf, sondern suchte weiter. „Wieso denn? Ich finde doch alles. Ah, hier!" Er zog einen dünnen Schnellhefter hervor und sah ungerührt zu, wie der Rest haltlos umkippte. „Das ist Deine Liste. Viel Spaß damit, aber lass mich jetzt in Ruhe, ich habe zu tun." Bevor Heppner sich bedanken konnte, wühlte Heimeroth schon weiter. Bloß nicht stören, dachte Heppner und schlich auf Zehenspitzen aus dem Raum.

Zurück in seinem Büro sah er sich Martins Liste ehrfürchtig an und stellte nach einem einfachen Sortiervorgang fest, dass von den 50 beteiligten Handy etliche sofort gestrichen werden konnten. Offenbar hatte ein Handynutzer eine Reihe von Kumpels aus Walsum angerufen, um eine Fete zu organisieren. Wieder elf Nummern weniger. Machte noch 39, die übrig waren. Die RegTP wird sich freuen, dachte Heppner, sandte die erneute Anfrage ab und streckte sich ein wenig.

Das Klingeln des Telefons riss ihn aus den gymnastischen Übungen. Es war Hanna Karl, und sie schien aufgeregt zu sein. „Komm am Besten gleich zu mir rüber, ich muss Dir was zeigen. Jimmy und ich haben hier was gefunden, was fantastisch ist. Du wirst es nicht glauben."

Bei seinem Eintreffen blickte Hanna zu Jimmy, der die Erklärung begann, da er von Fach war. „Hanna und ich sollten uns um die beiden Firmen kümmern, die Hanna in Zusammenhang mit Flügen Verona – Dresden und zurück festgestellt hat. Die Leipziger Firma ist sauber. Die Spur konnten wir also vergessen. Bei der Kölner Critico GmbH sieht es anders aus.

Der geschäftsführende Gesellschafter Eduard Matschy verkaufte nach der vorliegenden Notarurkunde die Firma vor zwei Jahren bei 25000 € Nominalwert für einen Euro an einen Hermann Josef Steinert, der am Geschäftssitz der Firma wohnte und seit Löschung der Firma spurlos verschwunden ist. Wahrscheinlich war er ein Penner und sein Bonus für das Auftreten als Geschäftsführer eine Flasche Lambrusco. In der Regel hat bei solchen Firmenmänteln nicht der Geschäftsführer das Sagen, sondern ein Prokurist. Hier wäre das ein Karl-Hans Sellwo aus Brüssel, und Sellwo steht auf den Passagierlisten der Flüge Verona – Dresden am 24.07.2008 um 15:00 Uhr und auf der des Rückflugs am Folgetag um 09:10 Uhr, was fast unmöglich ist, denn Karl-Heinz Sellwo existiert nicht. Alle von ihm vorgelegten Dokumente waren gefälscht. So was ist ganz normal bei Firmenbeerdigungen, aber da ist noch was.

Normalerweise versuchen die tatsächlichen Firmenchefs, also in diesem Fall der angebliche Sellwo, möglichst viel Profit aus der Firma zu schlagen. Es werden schnell noch sehr viele Leasingverträge für Fahrzeuge, Handys oder PCs abgeschlossen und Waren bestellt, die dann binnen kürzester Zeit zu einem absoluten Dumpingpreis abgestoßen werden, bevor die Rechnung bezahlt werden muss. Nicht aber bei der Critico, und dies ist in einem solchen Fall mehr als ungewöhnlich. Die Übernahme der Firma diente scheinbar nur einem Zweck: einen anonymen Flug für Sellwo von Verona nach Dresden und zurück zu ermöglichen."

„Deshalb ist Sellwo nach Juli 2008 auch nie mehr aufgetaucht", murmelte Heppner nachdenklich. „Aber was glaubst Du, ist aus diesem Steinert geworden?" Jimmy zuckte die Achseln. „Keinen blassen Schimmer. Wahrscheinlich hat er gesoffen, bis ihm die Leber geplatzt ist, und wenn er keinen Pass in der Tasche hatte, ist er anonym verscharrt worden. Passiert bei vielen Nichtsesshaften."

Nach dem Notarverlag hatte Steinert einen Pass vorgelegt, der 2007 in Bonn ausgestellt worden war. Das Bonner Passamt erwies sich als äußerst kooperativ. Als die Ermittler auf das wenige Minuten später übermittelte Foto sahen fragten sie sich ungläubig, welcher Notar auf die Idee kommen sollte, hinter einer solch abgewrackten Gestalt den Geschäftsführer einer GmbH zu vermuten. Heppner schüttelte den Kopf und fertigte eine Mail an die jeweils zuständigen Kommissariate für Todesermittlungen im Land NRW. Das Foto Steinerts fügte er als Anhang bei.

196

Schon am Nachmittag rief Bernd Lewark, der Leiter des K 11 beim PP Aachen zurück. „Hallo Klaus, lange nichts voneinander gehört. Wir haben Ende August 2008 an der deutsch-belgischen Grenze einen unbekannten männlichen Toten gefunden, dessen Aussehen und Alter zu Steinert passen. Das einzige, was wir herausfanden war, dass der Tote in Pennerkreisen „Jupp vom Rhin" genannt wurde, erst seit gut einem Monat in Aachen herumkreuchte, über eine Menge Geld verfügen sollte und nur ausgesuchte Branntweine soff. Unsere Toxikologen haben in der Leiche neben einer Blutalkoholkonzentration von 5,9 Promille Schwebstoffe im Blut gefunden, die den Genuss von Carlos I. belegten. „Jupp", also mutmaßlich Hermann Josef Steinert, lag in einem Buschwerk am Rand der B 258, unweit dem Wilhelmslägerweg. Auf der anderen Straßenseite ist schon Belgien. Wenn ein Autofahrer nicht dringend hätte Pinkeln müssen und sich in die Büsche geschlagen hätte, wäre die Leiche noch ziemlich lange vor sich hin gemodert. Er ist woanders gestorben, denn die Spuren belegen, dass der „Jupp" im Gebüsch abgelegt worden war. Es war für uns aber nicht mehr von großer Bedeutung, weil der Pathologe natürlichen Tod durch Alkoholintoxikation festgestellt hat und wir den Burschen, der „Jupp" ins Gebüsch befördert hat, nur wegen unsachgemäßer Leichenbehandlung hätten belangen können. Das war uns aber zu blöd."

Wieder ein möglicher Zeuge weniger, dachte Heppner verdrossen. Mittlerweile war es kurz vor 16.00 Uhr, und im MK-Raum sammelten sich die Kollegen. In Abwesenheit von Jimmy und Hanna schilderte Heppner das

Ergebnis ihrer Ermittlungen und fügte seine eigenen Erkenntnisse bezüglich des mutmaßlichen Schicksals von Steinert hinzu. „Alles passt einfach. Egal welche Summe, ich gehe jede Wette ein, dass es genau so war wie wir es uns vorstellen, und durch seine Ausbildung weiß Christian, wie man sich eine Scheinfirma besorgen kann." – „Gut und schön", meinte Hans Bombardier. „Es sind aber immer noch nur Indizien. Beweise haben wir im Grunde keine, und kein Staatsanwalt macht sich auf diese Weise lächerlich. Beweisen zu können, dass Christian von der Anwesenheit der beiden in Walsum gewusst hat ist unverzichtbar für unsere Beweiskette, und das können wir noch nicht." Der MK-Leiter seufzte und rieb sich die Augen. Heppner stand schon wieder auf.

„Ich schau mal nach, ob die Antwort der Regulierungsbehörde mit den Anschlussinhabern schon da ist. Eventuell habe ich dann bald heraus, welche Telefone beziehungsweise Handykarten für das Gespräch zwischen Christian und Juliane verwendet worden sind." – „Das beantwortet noch lange nicht die Frage nach dem Grund", murmelte sein Chef. „Ich bleibe auf jeden Fall hier, bis Jimmy und Hanna aus Leverkusen und Tom und Peter vom Flughafen zurückkommen. Ansonsten sehen wir uns morgen früh um halb acht wieder."

Die Antwort der Regulierungsbehörde ließ Heppner lauthals lachen. „John Doe" und „Jane Doe" sind die amerikanischen Synonyme für eine männliche und eine weibliche Person ungeklärter Identität. Hier würde man wohl „Hans und Lieschen Müller" sagen. Wer immer die Karten beantragt hatte, besaß Sinn für Humor, da er in beiden Fällen als Wohnsitze die Anschrift der Justizvoll-zugsanstalt in Duisburg-Hamborn angegeben hatte.

Tatsächlich hatte „Jane Doe" am 30.04. um 20:26 Uhr von Walsum aus ein 62 Sekunden langes Gespräch mit dem Telefon „John Does" geführt, welches sich zu die-sem Zeitpunkt in Serm befand. Nochmals Bingo, dachte Heppner. Aber wo stammten die verdammten Karten her? Und die Rufnummer John Does kam ihm irgend-woher bekannt vor. Er griff auf die Metadaten der MK zu und stellte fest, dass mit der Nummer John Does der anonyme Hinweis auf Thomas Mellersen an die Leit-stelle übermittelt worden war. Heppner lachte immer noch, als Hanna und Jimmy in sein Büro stürmten und aufgeregt durcheinander sprachen. Der Inhalt der Nach-richt elektrisierte Heppner, und er sprang auf. „Ruhe jetzt, Ihr beiden. Das muss Hans sofort erfahren. Mög-licherweise reißt ihn das aus seiner Lethargie."

Ihr Chef saß nach wie vor auf seinem Platz und schlürfte einen seiner speziellen Kaffees. Davon muss man ja de-pressiv werden, dachte Heppner. „Ah, unsere Weltrei-senden. Was habt Ihr denn zur Erheiterung Eures trau-rigen Chefs beizutragen?" Hanna grinste nur und über-ließ Jimmy sein Fachgebiet.

Der holte tief Luft. „Wir haben die Zweitakte des Ver-fahrens gegen die Critico in Sachen Insolvenzverschlep-pung beim KK 43 in Leverkusen abgeholt, und die bein-haltet auch alle Kontoauszüge der Commerzbank. Sellwo hatte Debitkarte und VISA-Card für das Firmen-konto.

Von den Karten wurde nur die VISA-Card von Sellwo eingesetzt, und zwar für die Abrechnungen der Fluggesellschaft und der Leihwagenfirma sowie die Übernachtungsrechnung vom Dresdner Flughafenhotel. Wenn Christian die Karte vor Ort eingesetzt hat, gibt es vielleicht Verträge im Original, und auf denen könnten seine Prints oder seine DNA sein.

Das war's dann aber auch mit der Critico. Die Finanzbehörden haben wegen fehlender Steuererklärungen eine Steuerschätzung vorgenommen und das Geld aufgrund der vorliegenden Einzugsermächtigung per Lastschrift abgebucht. Das Konto war aber leer; also stellten die Finanzbehörden Insolvenzantrag. Da Steinert und Sellwo verschwunden waren oder trotz polizeilicher Ermittlungen nicht identifiziert werden konnten, wurde das Verfahren von der StA Köln eingestellt." Letzteres kam im Tonfall äußerster Ironie.

„Was ist denn mit dem Vorbesitzer der Critico?", wollte Hans gespannt wissen. Jimmy schien den Tränen nahe. „Es ist zum Kotzen. Matschy hat im letzten Frühjahr Urlaub in Brasilien gemacht und wollte am 1. Juni mit Air France 447 wieder zurückkommen. Er liegt jetzt mit den übrigen Passagieren auf dem Grund des Atlantiks."

Hans Bombardier war nahe daran, in die Tischplatte zu beißen. „Oh, verdammt! In dieser MK läuft alles, aber auch wirklich alles schief. Ich sehe schon kommen, dass wir genau wissen, wie alles abgelaufen ist, aber keine Beweise haben. Es ist zum Jammern. Also macht weiter, sonst kriege ich einen Anfall."

Wenig später standen Tom und Peter vor ihm und drückten ihm einen kleinen Metallkoffer in die Hand. Hans öffnete ihn und sah entzückt auf eine externe Festplatte, deren Speicherkapazität laut Aufschrift bei einem Terabyte lag. „Sauber, sauber", murmelte er und reichte Heppner die Platte. „Jetzt darfst Du Oper gucken. Weißt Du überhaupt, welchen Platz Christian hatte?" – „Ja sicher. Poltrone, Reihe 12, Sitz 114. Schräg rechts vor der Bühne". Heppner verließ seinen matt grinsenden Chef, druckte den genauen Sitzplan neunmal aus und markierte Christians Platz auf den Kopien, bevor er sich auf den Heimweg machte. Mal sehen, dachte er beim Verlassen des Präsidiums spöttisch, ob beim Opern gucken was Anderes herauskommt als ein Tinnitus.

Marion öffnete ihm in Jeans, einer brombeerfarbenen Bluse, einer Schürze mit einem aberwitzigen Blumenmuster und breitem Lächeln umgehend die Tür. „Ich wusste doch, dass Du kommst. Das Essen ist in fünf Minuten fertig." Heppner war verdutzt. „Woher wusstest Du das? Ich wusste es ja nicht einmal selbst, bis ich hier vor der Tür stand. Na, egal." Sie verzog sich lachend in die Küche, während der Ermittler ins Wohnzimmer ging und sofort von Carsten und Katharina zum Stand der Ermittlungen befragt wurde. Katharina hielt mit ihrer Meinung nicht hinter dem Berg. „Es war Christian, ich weiß es. Da er meine Anrufe nicht annahm, sind Papa und ich heute Mittag zu seiner Wohnung gefahren, und aus seiner Wohnung hörten wir…" Carsten fiel ihr ins Wort. „Opernmusik, und zwar den ‚Bajazzo'".

Selbst als bekennender Banause kannte Heppner die Oper und schüttelte sich ob der Parallelen. Der Bajazzo, eine Oper über einen Schauspieler, der seine ungetreue Ehefrau und ihren Liebhaber ersticht. Mit einem Schaudern erinnerte sich der Kommissar sogar daran, dass der Mörder das entsetzte Publikum mit den Worten „la commedia é finita", also „Die Komödie ist aus", nach Hause schickt.

Das anschließende hervorragende Abendessen verbrachte er daher größtenteils schweigend und ließ das Gespräch an sich vorbei plätschern. Carsten König schlug ihm im Rausgehen auf die Schulter, als wolle er sie brechen, während Katharina schon einige Schritte vorausging. „Und Du kannst mir wirklich versprechen, dass Ihr den Täter jagen werdet, gleichgültig, wer er ist?" Heppner nickte nur. „Das spielt keine Rolle. Wir werden ihn jagen, auch wenn es ein Kollege sein sollte, das schwöre ich Dir. Was die Justiz daraus macht, ist eine andere Sache. Aber Geduld, Carsten. Wir kriegen den Täter, und wir bringen ihn vor Gericht." Der Unternehmer nickte Heppner noch einmal zu. „Du hast keine Ahnung, wie viel Katharina und mir das bedeutet. Hier muss die Gerechtigkeit siegen, und zwar um fast jeden Preis."

„Du bist im Moment nicht recht zufrieden mit Dir selbst, zumindest was Deine Arbeit angeht", meinte sie wenig später, während ihr Kopf an Heppners Schulter lehnte und er seinen linken Arm um sie legte. Heppner gab ein zustimmendes Brummen von sich. „Alles passt, aber es fehlen kleine, unverzichtbare Details zum Beweis. Was mich beunruhigt ist, dass Carsten Gerechtigkeit um jeden Preis will. Um jeden Preis?" Sie hob den Kopf. „Ich habe mich mit Carsten unterhalten und glaube, Ihr werdet sehr aufpassen müssen."

Klaus Heppner sollte noch sehr oft an diese Worte denken.

Vierzehn
6. Mai 2010, 06.00 Uhr

Am wolkenlosen Himmel schickte sich eine Sonne an, zaghaft über die Hausdächer zu lugen. Es versprach also ein schöner Tag zu werden, an dem man alles Andere lieber tun würde als im Büro zu sitzen und auf einen Computerbildschirm zu starren. Leise und auf Zehenspitzen schlich Klaus Heppner in die Küche, machte Frühstück und stand mit einem Tablett vor der Couch, als Ian Anderson & Co schon wieder loslegten und ihren Locomotive Breath verströmten. Marion öffnete verschreckt die Augen und blinzelte. „Ist ja ein furchtbarer Krach", stöhnte sie. „Kannst Du dir keine sanftere Musik zum Wecken aussuchen?" – „Nö, dann werde ich nicht wach", grinste Heppner, während er das Tablett vor sie stellte. Während Marion ein Sesambrötchen mit Leerdamer vertilgte, beobachtete ihr Freund sie liebevoll, und seine Blicke offenbar spürend lächelte sie zurück. Dieses Lächeln sagte ihm mehr als alle Worte, und er betete im Stillen darum, nicht zu träumen.

Nach Dusche und Rasur schlüpfte Heppner in eine neu gekaufte Unterhose und fühlte sich in den Boxershorts mehr als wohl. Ein Blick auf die Uhr zeigte ihm, dass er noch genug Zeit hatte, sich zu Hause ein frisches Hemd anzuziehen. Die Luft in seiner Wohnung erwies sich als abgestanden, und ihm wurde auf einmal klar, dass er schon einige Tage nicht mehr hier gewesen war. Das Hemd zu wechseln war eine Sache von Sekunden. Heppner ließ den BMW stehen und marschierte im fast preußischen Schnellschritt zum Präsidium.

„Du willst wohl umsatteln auf Dressman", ertönte eine vertraute Stimme, als er auf den Eingang zusteuerte. Jimmy Hellwich hatte seinen Mercedes SL abgestellt und schlug die Tür zu. „Bist Du nicht etwas overdressed zum Fernsehen?" – „Nur kein Neid", antwortete Heppner trocken. „Gutes Aussehen hat noch keinem geschadet, und wenn ich Dich so ansehe…" Heppner zuckte die Achseln und verkniff sich jeden weiteren Kommentar zu Hellwichs üblichem Outfit, einer khakifarbenen Cargohose und grellbuntem Hawaiihemd.

Im Rahmen der nachfolgenden Besprechung verteilte Heppner die Kopien der Arena-Sitzpläne an die zum „Fernsehen" eingeteilten Kollegen. Dazu berichtete er ausführlich von Christian Paulsens Vorliebe für den „Bajazzo". Das betroffene Schweigen der Kollegen bewies, dass der Inhalt der Oper den Anwesenden bekannt war.

Martin Heimeroth führte sie zu ihren PCs. „Die Bedienung funktioniert wie bei einem CD- oder DVD-Player, ist also idiotensicher. Noch Fragen?" Allgemeines Kopfschütteln. Die Ermittler verteilten sich auf die Arbeitsplätze und nahmen sich die Files einzeln vor. Stunde über Stunde warteten sie verzweifelt, dass irgendwann einmal der Platz Poltrone, Reihe 12, Sitz 114 ins Bild kommen würde.

Exakt um 13:59 Uhr ließ ein Schrei die Kollegen zusammenfahren. „Hier! Hier ist es!" Natürlich rannten alle zu Jimmy herüber, der mit starrem Gesicht auf den Monitor deutete.

Offensichtlich war der Bediener der Kamera männlich, denn er hatte von der Totalen auf eine attraktive Frau mit langen, schwarzen Haaren und einem silberfarbenen Paillettenkleid gezoomt, die entgegen des üblichen Verhaltens in Opernhäusern tief und fest schlief. Sie saß im Poltrone, und der Platz neben ihr, auf dem Christian hätte sitzen müssen, war leer. Ein Blick auf den Time Code besagte, dass die Aufzeichnung am 24.07.2008 um 21:16:47 Uhr erfolgt war.

Heppner atmete tief durch. „Gut gemacht, Jimmy. Wir brauchen aber noch weitere Beweise, denn noch könnte sich Christian damit herausreden, dass er mal auf dem Klo war oder einfach etwas später gekommen ist. Wir machen also weiter und konzentrieren uns auf den silbernen Fleck des Paillettenkleids."

Etwa eine Stunde später wurde Heppner fündig, und zwei weitere Kollegen meldeten nur wenige Minuten später die Treffer Nummer drei und vier. Die zeitliche Verteilung war so breit gestreut, dass Christian Paulsen mit ausreichender Sicherheit unterstellt werden konnte, am 24.07.2008 nicht in der Arena di Verona gewesen zu sein.

„Um welche Uhrzeiten genau war der Sitz leer?", fragte Bombardier seine Kollegen. „Um 21:16 Uhr, also zu Beginn der Vorstellung, um 21:56 Uhr, 22:28 Uhr und 23:46 Uhr. Das ist durch den Time Code der digitalen Aufzeichnungen definitiv belegt. Damit haben wir das Alibi „Verona" geknackt." – „Vielleicht gut für die Thüringer, aber wir haben immer noch das Problem, Christian an unseren Tatort heran zu bekommen. Hast Du eine

Antwort darauf, wie er von der Anwesenheit Julianes in Walsum wissen konnte?" – „Keine Ahnung, Hans. Vielleicht ist er ja wirklich auf Verdacht dorthin gefahren, hat Julianes Tigra dort stehen sehen und daraus auf ihre Anwesenheit geschlossen." Hans Bombardier schüttelte entschieden den Kopf. „Macht uns jeder Anwalt kaputt. Selbst wenn er den Tigra dort stehen sah, hätten beide mit Rundes BMW zur Mayday gefahren sein können. Die Garage war zu, und der BMW für Paulsen nicht sichtbar. Nein, da brauchen wir eine bessere Begründung."

„Zurück zu Hermsdorf. Was ist mit den Kreditkartenabrechnungen?", fragte Bombardier seinen Kollegen Hellwich, der frustriert den Kopf schüttelte. „Leider totaler Fehlschlag. Alle Buchungen wurden via Internet vorgenommen, und die Verbindungsdaten nach einem Jahr turnusmäßig gelöscht. Keine Chance auf Ermittlung einer IP-Adresse. Die Quittungen zur Übergabe der Tickets, des Leihwagens und der Hotelschlüssel wurden eingescannt, die Originale vernichtet. Also keine Fingerprints oder DNA-Spuren. Sämtliche Rechnungen laufen auf die Critico, und der Benutzer unterschrieb mit dem Namen Sellwo fast in Druckschrift. Im Hotel hatte man überhaupt keine Erinnerung mehr an ihn. Er hat kurz nach der Ankunft dort eingecheckt, seinen Schlüssel in Empfang genommen und sich morgens um 06:30 Uhr wecken lassen. Die Zeit des Auscheckens ist mit 07:30 Uhr angegeben.

Was das Auto angeht, habe ich aber trotzdem was Interessantes gefunden. Laut Abrechnung hat der angebliche Sellwo 328 km zurückgelegt. Ca. 310 km davon sind die

Strecke Dresden – Hermsdorf und zurück, die restlichen Kilometer sind wahrscheinlich angefallen, um ein passendes Auto für das Attentat auf Fröhlich zu finden. Wir haben zwar keinen konkreten Beweis, dass Sellwo in Wirklichkeit Christian ist, aber es passt einfach alles zusammen."

Marion war weder zu Hause noch über ihr Handy zu erreichen, als Heppner dies versuchte. Hanna Karl grinste schadenfroh. „Ihr seid ja zu bedauern. Jetzt würde euch ein Partner-Tracker helfen, wenn ihr ihn programmiert hättet." – „Was ist denn das?", fragte Heppner abwesend, während er über Marions Aufenthaltsort nachdachte. „Ach, das ist etwas, was bei den Jugendlichen heutzutage ‚in' ist. Damit kann man das Handy seines Partners orten. Nicht allzu präzise, aber es wird angezeigt, in welcher Funkwabe man sich befindet. Wie genau das funktioniert, kann ich Dir nicht sagen, aber Ganze kann man als Freeware aus dem Internet ziehen."

Heppner erstarrte und bemerkte nicht einmal, wie ihm das angebissene Brötchen aus der Hand fiel. Dann schlug er sich mit der freien Hand vor die Stirn, als wollte ich einen Nagel hineintreiben. „Ich Idiot!", brüllte er und rannte zu Hans Bombardier, dem er in fliegender Hast alles erzählte. Schon nach wenigen Sätzen wurde er unterbrochen. „Genau das ist es. Danke, jetzt kann ich mit Sicherheit besser schlafen. Wir werden morgen Früh die notwendigen Schritte einleiten."

Heppner fuhr an diesem Abend mit zwiespältigen Gefühlen nach Hause. Einerseits war er zwar befriedigt, den Fall gelöst zu haben, aber er fühlte eine merkwürdige Beklommenheit, wenn er an Christian Paulsen dachte. Auch drei Halbe im Deutschen Vatter verhalfen ihm nicht zur Ruhe. Als er dann doch einschlief, träumte er von seiner Zeugenaussage bei einer Gerichtsverhandlung, bei der zu seiner großen Überraschung Christian Paulsen auf dem Richterstuhl saß und ihn zum Schluss fragte, ob er berechtigt sei, über andere Menschen ein Urteil zu fällen. Was danach folgte, ließ Heppner schweißgebadet und um sich schlagend aufwachen, denn der Christian Paulsen auf dem Richterstuhl sprach das Urteil „schuldig" und schoss sich in den Kopf.

Fünfzehn
7. Mai, 07:30 Uhr

Christian Paulsen wohnte in Serm in einem dreigeschossigen Mehrfamilienhaus, und zwar im ersten Obergeschoss. Nur eine halbe Stunde nach dem Ende der Besprechung standen vier Mitglieder der MK vor Christians Wohnungstür, durch die unverkennbar klassische Musik drang. Die Beamten sahen sich an. Jeder erkannte die Melodie: „Lache, Bajazzo".

Als Paulsen öffnete und Heppner sah, verlor sein Gesicht für eine Sekunde jeglichen Ausdruck. Dann straffte er sich, und es gelang ihm sogar, zu lächeln. „Ist es jetzt soweit, Klaus?" - „Ja, Christian, es ist soweit. Du bist wegen des Verdachts, Juliane und Hartmut Runde in der Nacht zum ersten Mai getötet zu haben, vorläufig festgenommen. Muss ich dich über deine Rechte als Beschuldigter belehren? Das würde ich doch für ein wenig lächerlich halten." Christian winkte ab. Zumindest äußerlich schien er ausgesprochen gelassen zu sein, und auch sein Erscheinungsbild hatte sich wieder erheblich verbessert. Er trug bereits in den frühen Morgenstunden eine mittelgraue Stoffhose, ein weißes Hemd und einen dunkelblauen Blazer, dazu ein paar schwarze Schuhe offensichtlich italienischer Herkunft. Christian war perfekt rasiert und roch nach einem teuren Rasierwasser, kurz: er war wieder ganz der Alte. „Geschenkt, Klaus. Ich komme sofort mit." Trotzdem traten die Beamten durch die Tür ein und sahen sich um.

Die Wohnung befand sich in einem Zustand, der ein Empfehlungsschreiben für jede Putzfrau gewesen wäre. Alle Bücher in den Regalen standen in Reih und Glied und waren fein säuberlich nach Autorennamen sortiert. Klaus Heppner schlenderte an den Regalen entlang und stellte fest, dass Christian Paulsen sich offenbar auf das Sammeln von Krimi-Klassikern verlegt hatte. „Dashiell Hammett, Arthur Conan Doyle, Agatha Christie…", murmelte Heppner bewundernd. Mit einem Mal hoben sich seine Augenbrauen.

In der Gesamtausgabe der Schöpferin von Miss Marple und Hercule Poirot klaffte eine Lücke. Ganz offensichtlich fehlte ein Buch. Heppner sah sich um, doch es war nirgendwo in der Wohnung zu entdecken. Er wusste, dass Paulsen niemals Bücher oder DVDs verlieh. „Die bekomme ich doch nie zurück", hatte er mal als Begründung angegeben. Wo war dieses Buch? Und was stand darin? Leise flüsternd gab er Hanna Karl einige Anweisungen, die sie nickend bestätigte.

Die viertelstündige Fahrt zum Präsidium verlief stumm. Christian Paulsen wollte auch ohne Anwalt hören, was seine Kollegen auf Lager hätten. Im Büro beschloss Heppner, ihm die Fakten gnadenlos ins Gesicht zu schleudern.

„Mach dir keine Hoffnungen, Christian. Wir wissen genau, was abgelaufen ist, und was immer Du uns erzählst, dient eigentlich nur noch der Bestätigung. Beweise für Julianes Untreue brauchtest Du gar nicht, Bajazzo. Einem Mörder aus Eifersucht reicht die Vermutung. 'Juliane ist die Liebe meines Lebens...... Ich weiß nicht, wie ich ohne sie weiterleben könnte', hast du in deiner ersten Vernehmung gesagt. Eine Trennung kam also nicht in Frage.

Du hast am Abend des 30. April laut Aussagen von Nachbarn deine Wohnung verlassen, bevor die Opernübertragung zu Ende war. Du wusstest genau, dass sich Juliane und Hartmut dort und nicht bei der Mayday in Oberhausen aufhalten. Du hattest nämlich in einer minutiösen Arbeit ein Duplikat ihrer SIM-Karte und ihres Handys hergestellt. Der Kauf der Handys 16 Tage vorher belegt die langfristige Planung, und der schwule Verkäufer, der sich in dich verliebt hat, wird dich ohne Frage wiedererkennen. Anschließend hast du auf beide Handys einen so genannten Partner-Tracker gelegt. Beide Handys liefen auf die Namen John und Jane Doe. ‚Hier ist John Doe' mit Gary Cooper ist einer deiner Lieblingsfilme.

Als du festgestellt hast wo sie waren schlug deine Stunde. An die Pistolenarmbrust, mit der du ein Meisterschütze bist kamst du leicht, denn am Wohnungsschlüssel von Behrens hing auch der Schlüssel zum Waffenschrank. Es war für Dich einfach in das Haus der Familie Runde einzudringen, da Du 14 Tage vorher Katharina Rundes Schlüssel von einem Schlüsseldienst hast kopieren lassen. Wahrscheinlich hast Du noch unten im Flur den mitgebrachten Spurensicherungsanzug angelegt und bist die Treppe nach oben geschlichen, wo Deine Frau und ihr Liebhaber im Bett lagen. Und dann hast du sie getötet und das Szenario eines Einbruchs vorgetäuscht, unter anderem mit einer Leiter, von der dir genau be-

kannt war, dass sie an der Garagenwand hing. Anschließend bist du nach Hause gefahren, hast die Armbrust gereinigt und wieder in den Waffenschrank von Dirk Behrens zurückgelegt, bevor dich der Anruf der Mordkommission erreichte."

Christians Gesicht hatte während Heppners Worten immer mehr seine Farbe verloren. Heppner war aber noch
nicht fertig.

„Auch die Gleitschiene einer Armbrust verursacht am
Bolzen individuelle Merkmale. Also werden wir die tödlichen Geschosse, welche du unregistriert in jedem
Sportgeschäft kaufen konntest dieser Waffe zuordnen
können. Nach Prints und DNA brauchen wir wohl nicht
zu suchen, nachdem wir eine leere Flasche Wasserstoff-
superoxyd in deinem Müll gefunden haben.

Du hattest das Motiv, die Gelegenheit und die Möglichkeit, die Tat zu begehen. Wir haben zwar bislang ausschließlich Indizien gesammelt, die aber nach unserer
Auffassung lückenlos belegen, wie Du deine Frau und
Hartmut Runde getötet hast. Aber das war nach unserer
Meinung nicht das einzige Mal, dass Du dich zum Herrn
über Leben und Tod aufgeschwungen hast."

Christians Kopf zuckte hoch. Er wollte etwas sagen, aber
angesichts seiner jetzt deutlich zu Tage tretenden Verun-
sicherung war Heppner nicht gewillt, sich unterbrechen
zu lassen.

„Heiko Fröhlich war der Torhüter von Hermsdorf, der
Pfingsten 2003 den One-Night-Stand mit Juliane hatte.

Als Du festgestellt hast, dass Juliane ein Verhältnis mit Hartmut hat, wolltest Du Juliane zunächst eine Lektion erteilen, damit sie die Beziehung beendet. Du hast also Fröhlich umgebracht und Juliane die Meldung in Form eines Zeitungsartikels zugespielt. Leider hat sie die Warnung nicht sonderlich ernst genommen, möglicherweise, weil sie Dich fälschlicherweise als Flasche und Weichei eingeschätzt hat." Christians Augen flackerten, aber noch schwieg er. Jetzt übernahm Hanna Karl das Wort.

„Du bist nicht in der Oper gewesen, als Heiko Fröhlich starb. Wir können anhand von Fernsehaufzeichnungen beweisen, dass Dein Sitz während der gesamten Veranstaltung leer war. Pech gehabt, Alter." Hanna verzog das Gesicht wie die Grinsekatze im Film „Alice im Wunderland".

„Du bist von Verona nach Dresden geflogen, von dort nach Hermsdorf gefahren, hast dann in Hermsdorf einen Passat geknackt und Fröhlich über den Haufen gefahren. Abends hast du dich im Hotel schlafen gelegt und bist am nächsten Morgen zurück nach Verona geflogen. Aber das hast ja nicht du gemacht, sondern Karl Hans Sellwo."

Christian blieb der Mund offenstehen, während er weiter zuhörte. „Sellwo war eine fiktive Person, der die tatsächliche Macht in der Schwindelfirma Critico hatte, und wer kennt sich mit Schwindelfirmen besser aus als ein Polizist, der im Kommissariat zur Bekämpfung von Wirtschaftskriminalität arbeitet? Die Firma ging unmittelbar danach zugrunde. Also keine Kosten, und keine Spuren, die auf Dich hindeuteten.

Aber etwas ging schief. Steffen Ranker, der Kumpel von Fröhlich, der dich bei der Aktion zu Pfingsten abgelenkt hatte, rief anonym die Polizei an und beschuldigte dich. Er hatte eine Heidenangst vor Dir und wechselte in Leipzig dreimal den Wohnsitz, bevor er vor neun Monaten spurlos verschwand. Ich habe mal Deine Urlaubstage und dienstfreien Zeiten eingesehen und festgestellt, dass Du im August einige Tage frei hattest, genau zu der Zeit, als Ranker letztmals gesehen wurde. Das sagt nichts, ist aber ein weiteres Indiz. Zudem hast Du lauthals verkündet, Juliane zweimal gewarnt zu haben. Die erste Warnung war der Tod Fröhlichs, der zweite dürfte das Verschwinden Rankers gewesen sein. Die Zeit passt genau. Aber ich habe noch etwas herausgefunden, und jetzt kann ich dich nur noch verachten."

Hanna setzte sich und sah Christian Paulsen starr und ausdruckslos an. „Wir hatten geglaubt, du hättest den Mord an Juliane und Hartmut Runde einem wirklichen Serienmörder unterjubeln wollen. Weit gefehlt. Des Rätsels Lösung ist das fehlende Buch in deinem Bücherschrank, Christian. „Die Morde des Herrn ABC" von Agatha Christie, und das ist die Antwort auf diese Mordserie.

Im Buch werden Menschen ermordet, deren Vor- und Nachnamen mit dem gleichen Buchstaben beginnen. Alice Asher, Betty Barnard, Sir Carmichael Clarke und so weiter. Die Polizei glaubt an einen psychopathischen Serienmörder, aber Hercule Poirot kann feststellen, dass Sir Carmichaels Bruder nach Besitz und Titel gierte und die Tat einem Serienmörder in die Schuhe schieben wollte. Da aber gerade kein passender Serienmörder sein

Unwesen trieb, erzeugte er die Mordserie selbst. Er ermordete also Unbeteiligte, um die Taten eines Wahnsinnigen vorzutäuschen. Das war die Vorlage für dich." Hanna Karl hielt angewidert inne.

„Ich muss Dir allerdings ein großes Kompliment machen, Christian. Du hattest alle Aktionen in diesem Fall von Anfang bis Ende grandios durchgeplant, und selbst das Platzen Deines Alibis in Verona belegt zwar, dass Du nicht dort warst, kann aber Deine Anwesenheit in Hermsdorf nicht hundertprozentig beweisen. Wir wissen genau was abgelaufen ist, haben aber weder Sachbeweise noch direkte Zeugen. Dein Strohmann Steinert wird nichts mehr sagen, und dass der frühere Besitzer Matschy beim Absturz der Air-France-Maschine starb, spielt Dir zusätzlich in die Karten. Auch die Tatsache, dass Juliane und Hartmut mit einer Waffe getötet wurden, die Du dir leicht beschaffen konntest, und Du für die Tatzeit überhaupt kein vernünftiges Alibi hast, besagt nichts.

Du hast den perfekten Tatort ausgesucht, an dem Du sämtliche von Dir hinterlassenen Spuren durch Deine vorherige Anwesenheit erklären kannst, und da du den von Mellersen abgeschossenen Bolzen zur KTU geschickt hast konntest du ihn mühelos gegen einer deiner Bolzen austauschen. Trotzdem wird die Masse der Indizien reichen, Dir den Prozess zu machen. Ich würde es auch mit den vorhandenen Indizien auf einen Prozess ankommen lassen, aber da gibt es etwas, was mich glauben lässt, dass dieser mühsame Weg nicht notwendig sein wird." Paulsen sah ihn mir plötzlicher Aufmerksamkeit

216

an, und Heppner setzte sich ihm auf kurze Distanz gegenüber.

„Wenn ich Dich ansehe, mein Freund, sehe ich zwei grundverschiedene Menschen vor mir. Der intelligente Mörder in dir hat den Plan ausgearbeitet und ausgeführt, der Freund und Polizist mit einem instinktiven, starken Gefühl für Gerechtigkeit hat mir in den Gesprächen aus dem Unterbewusstsein immer wieder Hinweise gegeben.

In unserem ersten Gespräch hast Du nicht eine Träne für Deine Frau vergossen, Du, der sich selbst als ‚sentimentales Arschloch' bezeichnet. Im gleichen Gespräch hast Du mich darauf hingewiesen, dass Du am Tatabend mit Juliane telefoniert hattest. Du wusstest, dass wir die Verbindungsdaten der Handys und Festnetzanschlüsse überprüfen und da das erwähnte Gespräch nicht auffindbar war, die alternativen Kommunikationsmittel und auch die Tracking-Software finden würden.

Gerade jemanden, der vom Trouble zu Pfingsten 2003 wusste von deinem Glauben an ihre unbedingte Treue überzeugen zu wollen, ist völlig widersinnig. Es hat mich nur ein paar Telefonanrufe gekostet, die ganze Geschichte in allen Details heraus zu bekommen, und damit waren wir schon bei dem Komplex Fröhlich und Ranker.

Bei der ersten Vernehmung wolltest du den Familiennamen Fröhlich nicht kennen. Ein Team hat in deiner Wohnung einen Zeitungsartikel der „Hermsdorfer Rundschau" vom 25. Juli 2008 gefunden, in dem über den vermeintlichen Unfall berichtet wird. Das Opfer wird im

Artikel nur mit „Heiko F." bezeichnet, und am Rand des Artikels ist der Familienname „Fröhlich" handschriftlich ergänzt. Jimmy meinte, es sei Deine Handschrift. Diesen Artikel zu behalten war unfassbar dämlich, denn dass wir Deine Wohnung durchsuchen würden, stand so fest wie das Amen in der Kirche. Aber es war nicht einmal das letzte derartige Anzeichen.

Warum hörst Du seit Julianes Tod nur noch den „Bajazzo", eine Oper, in der es um den Mord aus Eifersucht geht, den Mord an einer untreuen Frau und ihrem Liebhaber? Warum kaufst Du das zur Tat benutzte Handy in einem An- und Verkaufsgeschäft in unmittelbarer Nähe Duisburgs? Über die A 40 wärest Du in einer halben Stunde in Venlo gewesen. Und warum benutzt Du keine SIM-Karten eines Providers, von dem wir die Kommunikationsdaten wahrscheinlich niemals bekommen hätten? Und warum hast du deine Armbrust nicht gegen die Mellersens ausgetauscht, nachdem du ihn niedergeschlagen hattest? Warum hast du die Zeugen in der letzten Wohnung am Leben gelassen? Deren Tod hätte Mellersen zusätzlich belastet.

Und zuletzt: der Zustand deiner Wohnung war aufschlussreich. Kein Spiegel mehr in der ganzen Wohnung. Konntest du den eigenen Anblick nicht mehr ertragen? Und warum hast du „Die Morde des Herrn ABC" als einziges Buch verschwinden lassen? Du hast uns so sehr auf die Sprünge geholfen, dass nur noch eine Schlussfolgerung bleibt.

Der eiskalte Mörder in Dir hat den perfekten Plan ausgearbeitet, aber der Polizist in Dir wollte erwischt werden, und hat uns deshalb diese Flut an Hinweisen gegeben. Ich glaube, dass Du mit dieser Last auf dem Gewissen nicht mehr leben kannst. Du hast alles verloren, die Frau die Du abgöttisch geliebt und für die Du gemordet hast, und jetzt auch Deinen Beruf, der Dich ausfüllte. Vielleicht werden die Indizien nicht für eine Verurteilung reichen, aber ich prophezeie Dir, dass Du ein Leben in Freiheit mit Dieser Schuld auf dem Gewissen nicht lange aushalten wirst."

Ungefähr eine Minute lang herrschte Totenstille in Heppners Büro. Dann hob Christian Paulsen den Kopf, und Heppner und Hanna Karl sahen zum ersten Mal seit Julianes Tod Tränen in seinen Augen. Endlich schien eine gewaltige Last von ihm abgefallen zu sein, und das Lächeln, welches er jetzt zeigte, war echt und unendlich traurig.

„Ich habe Juliane über alles geliebt, weißt Du, und ich habe erst viel zu spät gemerkt, dass sie dieses Gefühl nicht wirklich erwiderte. Als ich sie kennen lernte, ging sie noch zur Schule, und kurz nach ihrem Abitur haben wir geheiratet. Es war vielleicht zu früh, aber ich war bis über beide Ohren verliebt und wollte bis ans Ende meiner Tage mit ihr zusammen sein. Aber es kam anders.

Ihr habt mit allem Recht, was ihr aufgezählt habt, aber ich kann noch ein paar Details ergänzen. Jupp vom Rhin alias Steinert bekam jede Woche Hundert Euro und zwei Flaschen hochwertigen Cognac, um den Chef der Critico zu spielen." Ein schwaches Lächeln huschte nochmals über Christians Gesicht. „Den falschen Sellwo-Pass hatte ich mir im Rotlichtviertel in Frankfurt besorgt, und er hat 2000 € gekostet. Viel Geld, aber ich habe später 5000 € von Matschy als Gage für die Übernahme der bankrotten Critico bekommen. Dann hatte ich alle Möglichkeiten, meine Rache zu vollziehen.

Eure Vermutungen bezüglich des Ablaufs der Reise von Verona nach Dresden stimmen aufs Haar. Unter dem Namen Sellwo bot ich Fröhlich eine gut dotierte Anstellung bei der Critico an, und schlug ein Treffen vor, zu dem er kam. Den Ausdruck in seinem Gesicht, als er mein Gesicht durch die Windschutzscheibe erkannte, werde ich niemals vergessen. Im Hotel habe ich mich dann im Spiegel betrachtet und nur gedacht: Jetzt bist Du ein Mörder. Und soll ich Dir was sagen? Danach habe ich gekotzt, über eine Stunde lang, so sehr ekelte ich mich vor mir selbst, doch dieses Gefühl verging bis zum kommenden Morgen. Ich flog unbehelligt zurück nach Verona.

Der Hermsdorfer Polizei erklärte ich in der Rolle als Sellwo später, wegen des Jobangebotes mit Fröhlich telefoniert zu haben und extra deswegen nach Dresden geflogen zu sein, wo ich im Hotel auf ihn gewartet hätte. Er sei aber nicht gekommen. Diese Angaben waren anscheinend so plausibel, dass ich den Kollegen die Aussage nur noch zufaxen und nicht mal zu einer persönlichen Vernehmung erscheinen musste.

Ich habe Juliane tatsächlich den Artikel der „Hermsdorfer Rundschau" zum Frühstück auf den Tisch gelegt und gesagt, „Die Mühlen der Gerechtigkeit Gottes mahlen langsam, aber sie funktionieren. Es scheint, als hätten Deine Liebhaber kein langes Leben." Danach sah sie aus, als würde sie in Ohnmacht fallen. Wie es sich zeigte, war der Schock nicht von langer Dauer.

Durch den Anruf von Heinz Wellmann erfuhr ich von Ranker, also dem Burschen, der mit Fröhlich befreundet war und mich zu Pfingsten abgelenkt hatte. Glücklicherweise hat Heinz damals nicht so tief gegraben wie ihr. Zu Ranker komme ich später.

Steinert starb am Abend des 11. August 2008 unweit der Aula Carolina, als er von mir Geld erpressen wollte. Er fiel während des Gesprächs einfach um, ohne dass ich etwas tun konnte. Ich habe den Toten dann in den Kofferraum meines Autos gepackt und an die belgische Grenze gefahren, wo ich ihn ins Gebüsch geschleift habe. Sein plötzlicher Tod hat niemanden interessiert. Einfach ein Penner weniger.

Juliane hatte sich eine Weile erschrecken lassen, aber nur wenige Monate später traf sie sich wieder mit Hartmut. Im August 2009 musste ich daher ein erneutes Exempel statuieren. Ich hatte die neue Adresse von Ranker herausbekommen, ein paar Tage frei genommen und mich bei seiner Adresse auf die Lauer gelegt, bis ich einen Überblick über seine Gewohnheiten hatte. Ich habe ihn dann liquidiert, indem ich ihn vor der Kneipe abfing, entführte und ihm 20 ccm Domestos in die Halsschlagader gespritzt habe. Verbuddelt habe ich ihn irgendwo in einem Wäldchen an der Weißen Elster. Ich kann euch den genauen Ort zeigen, wenn ihr wollt. Ich war allerdings geschockt, als Juliane sich für das Verschwinden

Rankers nicht interessierte. Als Warnung war sein Verschwinden also ungeeignet gewesen. Ich hatte ihn also umsonst ermordet."

Christian Paulsen schüttelte frustriert den Kopf. „In der Folgezeit steigerten sich die Treffen zwischen Hartmut und Juliane auf ein ungeahntes Maß. Eines Abends im März war Juliane gerade im Bad, als eine SMS Hartmuts eintraf. Die Nachricht war eindeutiger Natur und endete mit ‚I.l.d.ü.a.' Klar, was dies bedeutet?" Hanna, die in SMS-Abkürzungen erfahrener war als Heppner, nickte. „'Ich liebe Dich über alles'. Sonnenklare Situation." Christian kniff die Lippen zusammen und wischte sich über die Augen. „Damit hatte ich den unwiderlegbaren Beweis, dass zwischen den beiden mehr lief als nur physische Anziehung.

Dennoch ging ich noch einen Schritt weiter. Ich deponierte ein Diktaphon mir Sprachsteuerung in unserem Schlafzimmer und konnte mir zwei Tage später anhören, dass Juliane das Zusammenleben mit mir als unzumutbar bezeichnete. Wörtlich sagte sie: ‚ich halte das nicht mehr aus', und Hartmut antwortete, dass er etwas daran ändern würde, aber es würde wohl noch eine Zeit dauern. Allerdings habe er einen Plan, sich das ausreichende Kleingeld für eine Trennung zu beschaffen. Er wollte Juliane aber nichts Genaueres sagen." – „Er beabsichtigte, seinen Boss zu erpressen, allerdings nur mit dem Erfolg, dass er achtkantig geflogen ist", klärte Hanna ihn auf. Christian warf den Kopf in den Nacken und lachte auf. „Oh Mann, das ist ja zu köstlich. Das erklärt einiges. Fast schade, dass ich ihn gekillt habe. Er war schon vorher erledigt." - „Zurück zur Tat", unterbrach Heppner ihn.

„Du hast Recht. Nach Abhören des Bandes stand mein Entschluss fest. Natürlich kannte ich die Einbruchsfälle aus Walsum, und ich wollte den Verdacht von mir ablenken. Dirk sprang auf meine Ausrede mit dem Schießen an, und wir sind zusammen nach Neudorf gefahren und haben die Pistolenarmbrust gekauft. Danach habe ich geübt, bis mir Augen und Arme wehtaten, ich aber binnen maximal zehn Sekunden zwei gezielte Schüsse abgeben konnte.

Den Partner-Tracker kannte ich dank MTV, und den Zweitschlüssel für das Haus der Rundes habe ich tatsächlich beschafft, als ich bei unserem letzten Doppelkopf-Abend angeblich das Essen holen ging. Schlüsseldienst Vollmer, schnell und preiswert, und auf dem Weg zum „International". Besser ging's nicht.

Ich hatte Dirk Behrens und seine Frau zum Flughafen gebracht und besaß sowohl Wohnungsschlüssel als auch den Schlüssel zum Waffenschrank. Die Opfer zur Ablenkung hatte ich mir vorher bereits ausgesucht. Wenn ihr nachseht, werdet ihr feststellen, dass ich dienstlich auch schon mit Hartmut Krampke zu tun gehabt habe. Meine DNA ist also auch dort rechtmäßig vorhanden. Ich bin mit den Leitern eingestiegen, habe die Leute erschossen und die Einbrüche vorgetäuscht. Die Beute ist übrigens im Rhein gelandet.

Juliane hat sich nicht mal durch die beiden Doppelmorde davon abhalten lassen, sich mit Hartmut treffen zu wollen. Die Duplikate der Handys hatte ich in Nachtarbeit erstellt und den Austausch vorgenommen, als sie sich im Badezimmer für die Fahrt zu Hartmut fertigmachte. Ich war spätestens in dem Moment von Gelingen meines Plans überzeugt, als sie mich anrief und nicht bemerkte, dass ich eine andere Nummer hatte, weil sie wie üblich meine Kurzwahl benutzt hatte.

Als der Partner-Tracker mir bestätigte, dass sich Juliane nicht in Oberhausen, sondern in Walsum befand lief es ab wie ihr es herausgefunden habt. Julianes letzte Worte waren ‚Verzeih mir', und sie streckte die Arme nach mir aus. Ich antwortete: ‚Nein. Warum sollte ich?' und drückte ab. Der Bolzen traf sie mit der Gewalt eines Hammers direkt unter der linken Brust, die ich in früheren Jahren so gern gestreichelt und liebkost hatte – wie zu viele andere Männer auch.

Danach täuschte ich den Einbruch vor und…Lacht nicht, aber ich bin anschließend zu einem noch geöffneten Schnellimbiss gefahren und habe einen Hamburger gegessen, weil mir der Magen knurrte. Ist es nicht paradox? Beim ersten Mord musste ich kotzen, der siebte und achte erzeugt bereits Hunger.

Zu Hause habe ich die Armbrust minutiös gereinigt und bei Dirk wieder in den Waffenschrank gepackt. Und weißt Du, was ich dann gemacht habe? Ich habe im Bett gelegen und Rotz und Wasser um die Toten geheult. Ich töte nicht gern, auch wenn ich es musste. Ranker hat mir schon leidgetan, denn ich hasse sinnloses Töten. Deshalb habe ich auch das alte Ehepaar nicht umgebracht, obwohl es Mellersen belastet hätte."

Hanna Karl und Klaus Heppner sahen sich an. Christians Schilderung bestätigte sämtliche Vermutungen und Hypothesen. Normalerweise hätten sie stolz auf ihre Arbeit sein können, aber der Triumph schmeckte mehr als schal. Sie hatten einen Freund verloren, und dies ließ sie alle Freude über eine geklärte Mordserie vergessen.

„Eine Frage habe ich noch, Christian: hast Du bei der Ermordung von Juliane und Hartmut nicht einmal an Katharina gedacht? Hast Du dir nie vorgestellt, was sie bei der Ermordung ihres Mannes empfindet? Katharina Runde ist schwanger, und zwar von ihrem Mann. Ihr Kind wird seinen Vater niemals kennen lernen."

Christian Paulsen blickte fast zehn Sekunden blicklos ins Leere, dann lachte er auf, wild und bitter. „Das passt ja alles großartig. Ich dachte, ich wende durch den Tod von Juliane und Hartmut alles zum Guten, aber das genaue Gegenteil ist der Fall." Er sah Heppner an und atmete tief aus. „Du hattest Recht, Klaus. Selbst wenn ich straffrei davongekommen wäre, hätte mich die Schuld auf die Dauer fertiggemacht. Sperrt mich ein und tut mit mir, was Ihr wollt." Und mit diesen Worten unterschrieb er sein Geständnis.

Bevor er den Kugelschreiber ablegte, sah er Heppner noch einmal an. „Es gab übrigens jemand, der von meinem Plan wusste und mich sogar noch ermutigt hat. ‚Na gut, verpassen Sie dem Schwein eine Kugel und von mir noch einen Tritt in die Eier', hat er mir gesagt. ‚Wer versucht mich zu erpressen muss liquidiert werden'. Er hat mir aber nicht gesagt, dass er schon Anzeige erstattet hatte." - „Ellenbracht wusste Bescheid?", flüsterte

Hanna Karl konsterniert, und Paulsen nickte. „Der Kerl hätte mich sogar finanziell unterstützt, wenn ich höhere Kosten gehabt hätte, so sehr hat er Runde gehasst. Ich denke, dass ich ihm nur zuvorgekommen bin."

Als Hanna Karl und Heppner ihn ins Gewahrsam zurückgebracht hatten, sahen sich die beiden Polizisten lange an, bevor sie unisono die Köpfe schüttelten und mit dem Vernehmungsprotokoll zu Hans Bombardier gingen. Der informierte umgehend Staatsanwalt Lichtung, welcher versicherte, natürlich einen Antrag auf Erlass eines Untersuchungshaftbefehls zu stellen. Bombardier legte den Hörer auf und sah Heppner und Hanna Karl lange an.

„Danke für Eure hervorragende Arbeit. Angesichts der Person des ermittelten Täters verzichten wir wohl besser auf den üblichen gemeinsamen Umtrunk zur Feier der Tatklärung. Klaus, ich glaube, Du wirst gleich noch nach Walsum fahren, um Deine Freundin zu besuchen. Verbinde bitte das Angenehme mit dem Nützlichen und teile Katharina Runde mit, dass der Mörder ihres Mannes überführt ist. Vielleicht kann sie dann auch besser schlafen."

So fantastisch Marions Abendessen auch war; an diesem Abend konnte nicht einmal der 1996er Chateau Neuf Du Pape Heppners Stimmung verbessern. Nach dem Essen berichtete er vom Ergebnis des heutigen Tages „Und er wird morgen dem Haftrichter vorgeführt und in Haft gehen?", fragte Katharina Runde gespannt. „Wenn nichts Unvorhergesehenes geschieht, ja. Ein Richter ist nur dem Gesetz und seinem Gewissen verpflichtet und deshalb kann das Ergebnis nicht garantiert werden. Allerdings sind unsere Beweise unwiderlegbar, und gestanden hat er auch. Also macht euch keine Sorgen; in diesem Fall wird unter Garantie die Gerechtigkeit siegen. Dabei sein dürft ihr nicht, aber ihr könnt vor dem Gericht warten. Ich sage euch Bescheid, denn ich werde morgen Früh dorthin fahren, falls der Richter noch einige Fragen zu den Ermittlungen hat."

Der Rest des Abends verstrich in Harmonie, und Vater und Tochter König verabschiedeten sich bereits relativ früh. Zurück im Wohnzimmer drückte Marion ihrem Freund einen gut gefüllten Cognacschwenker in die Hand. „Trink das, Du siehst im Moment aus, als könntest Du es gebrauchen." Der nickte, kippte den Metaxa herunter und stellte danach fest, dass er nicht mehr fahrtüchtig war. „Jetzt hast du mich buchstäblich, wo du mich haben wolltest", lächelte Heppner und breitete die Arme aus, in die sich Marion jetzt zum ersten Mal sinken ließ. „So langsam komme ich auf die Idee, dass Du mich überhaupt nicht mehr weglassen willst." - „Und wenn das der Fall ist? Was würdest Du dazu sagen?" Marions Frage überraschte Klaus Heppner weniger, denn er hatte sich selbst schon einige Gedanken in dieser Hinsicht gemacht. Er sah sie lange und liebevoll an, bevor er antwortete. „Da habe ich nur eine Antwort: lass es uns versuchen". Als Marion ihn daraufhin heiß und intensiv küsste hatte Heppner das Gefühl, möglicherweise der einzige Gewinner der letzten Tage zu sein.

So ein armer Narr.

Sechzehn
8. Mai 2010, 10:00 Uhr

Klaus Heppner war ausnahmsweise einmal ohne Hilfe von Ian Anderson wach geworden und nach einem reichhaltigen Frühstück in Richtung Präsidium gefahren, wo Hans Bombardier schon auf ihn wartete. „Bereit für den finalen Akt?" Heppner zog die Augenbrauen hoch und nickte missmutig. „Lass uns einfach unseren Job tun. Spaß macht das nicht."

Der verging den beiden Beamten endgültig als sie hörten, dass Richter Prenzlauer als Vorführrichter fungieren sollte, einem Richter, der Vorführungen am Samstag als persönliche Belästigungen betrachtete. Zudem hatte er vor einiger Zeit in der Presse Furore gemacht, als er zwei jugendliche Junkies, die 24 brutale Raubüberfälle auf Rentnerinnen, darunter zwei Fälle mit Todesfolge begangen hatten nur zu neun beziehungsweise 12 Monaten auf Bewährung verurteilt hatte. In der Urteilsbegründung hieß es, die Täter seien ja nur Opfer der inhumanen deutschen Gesellschaft. Das konnte ja heiter werden, dachte Heppner missmutig.

Das Duisburger Amtsgericht ist ein uralter roter Backsteinbau mit Säulenfassaden, und die zwischenzeitlichen Renovierungsmaßnahmen übertünchen lediglich den Verfall dieses alten Gemäuers. Dass man beim Gehen durch die Flure fröstelt, liegt seltener an der Angst vor der Justiz als an der ständig ausgefallenen Heizung. Die Vorführung Christian Paulsens fand im Zimmer A 58 statt. Als er von zwei Justizwachtmeistern an seinen Kollegen vorbeigeführt wurde, nickte er ihnen mit geschlossenen Augen zum Abschied zu. Hans Bombardier sah Heppner fragend an, doch dieser schüttelte den Kopf. Er wollte nicht Zeuge der endgültigen Demontage Paulsens werden. Bombardier nickte verständnisvoll und folgte Christian Paulsen in den Vorführraum.

Heppner wartete mit zusammengebissenen Zähnen, dachte an die mit Paulsen verbrachten Jahre und die gemeinsam gelösten Fälle zurück. Er stand seufzend auf und streckte sich, als aus dem Vorführraum die wütenden Stimmen des Staatsanwaltes und von Hans Bombardier erschallten, die offensichtlich sehr eindringlich auf Richter Prenzlauer einredeten. Es dauerte keine zwei Minuten, bis Hans Bombardier mit hochrotem Kopf aus dem Vorführzimmer gerannt kam.

„Ich glaube das einfach nicht! Prenzlauer hat den Haftbefehlsantrag abgelehnt", stöhnte er fassungslos. „Wie kann man einen achtfachen Mörder einfach so auf freien Fuß setzen? Ist dem Kerl eigentlich alles egal?"

Bombardier lehnte sich gegen die Wand und bemühte sich sichtlich, nicht noch mehr zu hyperventilieren. „Er macht sich die Sache verdammt einfach und behauptet einfach, dass alle unsere Erkenntnisse auf der Verwendung illegal gewonnener Daten beruhen. Unsere ganzen Beweise hinsichtlich des Partner-Trackers, der Gesprächsdaten von Julianes und Christians Austauschhandys und auch alles andere zu diesem Fall erkennt er einfach nicht an. Er sagt auch, dass wir uns die Fernsehaufzeichnungen aus Verona ohne Rechtshilfeersuchen, also illegal beschafft haben und sie in diesem Verfahren überhaupt nicht hätten heranziehen dürfen. Hannas großartige Recherche bezüglich der Flugdaten betrachtet er schon fast als strafbare Datenausspähung.

Typisch Richter der 68er Generation, Klaus. Stelle Dir vor, er hat sich gerade bei Christian für seine Inhaftierung entschuldigt! Als ich insistierte, hat er süffisant bemerkt, dass er das Geständnis von Christian keinesfalls als Beweismittel zulassen werde, weil wir ihn durch die Verwendung der illegalen Daten zu der Aussage erpresst hätten, und er eigentlich ein Verfahren gegen uns einleiten müsste. Diskussionen lässt er absolut nicht zu. Dazu habe er überhaupt keine Zeit, meinte er, er habe schließlich Wochenende. Ich kriege einen Kotzreiz, wenn ich den Kerl auch nur noch eine Sekunde sehen muss." Bombardier stürmte davon, um frische Luft zu schnappen.

Paulsen erschien in der Tür zum Vernehmungszimmer und sah Heppner fast entschuldigend an, während die frustriert aussehenden Justizwachtmeister seine Fesseln lösten. „Ich kann nichts dafür, Klaus. Ich habe den Richter sogar selbst noch auf mein Geständnis hingewiesen, aber er ist zu keiner Diskussion bereit." Er rieb sich die Handgelenke und schüttelte den Kopf.

„Ich habe den Beteuerungen unserer Delinquenten, dass die Dinger total unbequem sind, niemals geglaubt, aber sie haben Recht. Was werdet Ihr jetzt tun?" Er sah Heppner fragend an, der ihn kalt musterte. „Wir fechten die

Entscheidung an und legen eine Dienstaufsichtsbeschwerde gegen Prenzlauer vor. Würde mich nicht wundern, wenn er vorzeitig in den Ruhestand versetzt wird."

Paulsen nickte gefasst. Sie waren in der Zwischenzeit den Flur entlanggegangen und standen vor dem Hofausgang des Amtsgerichtes. Paulsen wirkte so müde, wie Heppner ihn noch nie gesehen hatte. „Seit gestern Abend habe ich meinen Frieden mit mir gemacht. Es ist doch eigentlich paradox: da will ich tatsächlich für meine Taten büßen, und man lässt mich nicht. Wäre es nicht zum Weinen, müsste man darüber lachen. Na ja, ihr wisst ja, wo ihr mich finden könnt." Mit diesen Worten trat er auf die Straße hinaus und blinzelte in die Sonne, die schwach zwischen den Wolken hervorlugte.

„Du mieses Dreckschwein! Du Mörder! Wieso bist du frei? Wie konntest es Du es wagen, Hartmut umzubringen?" Wie eine Rachegöttin stürzte sich Katharina Runde auf Christian Paulsen und trommelte mit ihren Fäusten auf ihn ein. Paulsen blieb reglos, hielt die Augen geschlossen und ließ die Schläge unbewegt wie Regentropfen auf sich niederprasseln. Heppner sprang hinzu und obwohl sie sich wie wild wehrte gelang es ihm, Katharina von Paulsen wegzuziehen. Der öffnete schließlich die Augen, während Blut aus seiner Nase und seinen zerschlagenen Lippen über sein Kinn rann, drehte den Kopf, bis er Katharina ansehen konnte, und flüsterte nur: „Verzeih mir".

Noch in der gleichen Sekunde explodierte aus Christians Oberkörper eine Fontäne aus Blut. Erst dann war der ohrenbetäubende Knall eines Schusses zu hören. Während

Heppner die Frau zu Boden drückte und mit seinem Körper deckte taumelte Paulsen 2, 3 Schritte zurück, bevor zwei weitere Schüsse krachten. Als Heppner den Kopf hob sah er, dass Christian Paulsen auf die Knie gesunken war und an seinem Oberkörper herabsah, der mittlerweile nur noch eine einzige Masse aus Blut und Knochensplittern war. Er sah noch einmal hoch, und die vierte Kugel traf ihn mitten in die Stirn, riss seinen Kopf zurück und schleuderte ihn auf den Rücken. Der Schütze trat auf ihn zu und jagte Kugel auf Kugel in den noch zuckenden Körper, bis die Waffe leer geschossen war und der Schlitten über dem leeren Magazin arretierte. „Das war für deine Opfer", murmelte er.

Erst danach ließ Carsten König seine Desert Eagle Mark XIX sinken. Ohne nachzudenken sprang Heppner auf, rannte zu ihm herüber und packte ihn mit beiden Händen am Kragen. „Du gottverdammter Idiot! Meinst du, er wäre davongekommen? Dass er von einem hirnrissigen Sozialromantiker auf freien Fuß gesetzt wurde, wäre nicht von Dauer gewesen. Innerhalb von 48 Stunden hätten wir den Haftbefehl von einem anderen Richter bekommen. Du bist ja so etwas von dämlich! Und ich habe Euch noch erzählt, dass er heute Morgen dem Haftrichter vorgeführt wird. Das hast Du echt fein gemacht! Jetzt wanderst du für lange Zeit in den Knast, und dann hat Katharina nicht nur ihren Mann verloren, sondern auch ihren Vater!"

Carsten König lächelte bitter. „Das hat sie letztlich schon vor einer ganzen Weile. Was ich heute getan habe, war so etwas wie ein letzter Liebesdienst für sie. Es tut mir leid, Dich in den letzten Tagen belogen zu haben, aber

232

die Medikamente, die ich schlucken muss, sind nicht gegen eine Allergie. Ich habe Leukämie, und eigentlich ist meine Lebenserwartung schon längst abgelaufen. Ich werde also garantiert keine 15 Jahre im Gefängnis bleiben".

Er ließ sich die Waffe widerstandslos aus der Hand nehmen. Während König neben seiner Tochter niederkniete und die Arme um sie legte kümmerte sich Heppner um seinen niedergeschossenen Kollegen, aber die 9 Projektile Kaliber .357 Magnum hatten ganze Arbeit geleistet. Christian Paulsens Gesicht drückte im Tod so etwas wie Erleichterung aus. Lag es daran, dass er seine Schuld als beglichen ansah oder weil er wusste, dass ihm das Gefängnis erspart bleiben würde? Eine Antwort geben konnte er nun nicht mehr. Während Heppner seine Augen schloss und sich wieder aufrichtete, hörte er in der Ferne die Sirenen der heranrasenden Streifenwagen.

Epilog
Jetztzeit

„Geht es wieder?", fragte Marion leise, und Heppner nickte schwach. Wie undeutliche Schatten registrierte er die Menschen, die durch verschiedene Eingänge in das Theatro di Verona strömten. In Gedanken war er noch bei der Beerdigung Christian Paulsens auf dem Waldfriedhof in Wanheimerort, bei der es in Strömen geregnet hatte. Niemandem außer seiner Schwester, Marion, ihm und Hans Bombardier schien der Tote eine Schippe Sand wert gewesen zu sein. Schon am offenen Grab hatte Heppner überlegt, ob Christian Paulsens letzten Worte wirklich nur zufällig die Gleichen gewesen waren wie die seiner Frau, hatte aber nie eine Antwort gefunden.

Seine Gedanken wanderten zurück zu Günter Jordan, der am Tag vor Christians Beerdigung im Krankenhaus gestorben war, und zu Christian Paulsens Opfern: Juliane Paulsen, Hartmut Runde, Heiko Fröhlich und vor allem Steffen Ranker, dessen Überreste niemals gefunden wurden, und er trauerte am meisten um die Menschen, die nur zum Zwecke der Ablenkung gestorben waren. Carsten König, der seine Tat bis zu seinem Tod nicht bereute starb ein Jahr später im Justizvollzugskrankenhaus in Fröndenberg, und seine Tochter Katharina hatte sich von den Ereignissen niemals wieder völlig erholt. Thomas Mellersen hatte für seine Einbrüche eine vierjährige Haftstrafe erhalten, von der er aber nur ein Jahr tatsächlich im geschlossenen Vollzug verbrachte. Erwin Ellenbracht konnte durch den Tod Christian Paulsens nichts nachgewiesen werden, da Paulsen ihn niemals in einer schriftlich fixierten Vernehmung beschuldigen konnte. Ein Jahr später hatte er wegen seiner sozialen Aktivitäten das Bundesverdienstkreuz am Bande erhalten.

Die Behördenleitung des PP Duisburg pries das Ergebnis der MK als vollen Erfolg und hatte die Mitglieder der Mordkommission für ihre Objektivität belobigt. Heppner bekam die Kehrseite der Medaille zu spüren. Die Kollegen schnitten ihn, eine große Boulevardzeitung beschuldigte ihn mehrere Monate lang in jeder Ausgabe der Beihilfe zum Mord, weil er Carsten König auf Anweisung von Hans Bombardier von der Vorführung Paulsens erzählt hatte, und nannte ihn nur noch den „Killer-Cop", bis Heppner rechtlich gegen sie vorging. Glücklicherweise fesselten kurze Zeit später andere Vorkommnisse die Aufmerksamkeit der Medien, und danach war es vorbei. Vorbei…

Er sah auf und blickte zum Theatro di Verona, und zum ersten Mal hatte er das Gefühl, die Dämonen der Vergangenheit vertreiben zu können. Sein Blick klärte sich, und Marions Hand haltend stand er auf und murmelte den Satz, den Marion nur zu gut kannte und der wie kein anderer auf den Fall passte.

„La Commedia è Finitá. Das Spiel ist vorbei.

Lache, Bajazzo."

Ende

Vorschau:

Preis der Gier
Ein Ruhr- Krimi von Georg von Andechs

Sommer 2010: Eine Woche vor Beginn der Love Parade werden in einem feudalen Gebäude unweit des Silberpalais die Leichen dreier Männer aufgefunden, die sich ihren aufwändigen Lebensunterhalt durch Kapitalanlagebetrug verdient hatten. Klaus Heppner und seine Kollegen konstatieren trocken, dass sich Uwe Liechtenstein, Christos Makezinis & Co diesmal offenbar die falschen Zielpersonen ausgesucht hatten – und dadurch selbst zu Opfern wurden. An Tatverdächtigen mangelt es den Ermittlern jedenfalls nicht, denn die aufgefundenen Drohbriefe zeugen von Wut und abgrundtiefer Verzweiflung der Betrogenen. Und während Klaus Heppner die Mörder jagt, muss Marion Paschen ihren eigenen Kampf ausfechten, denn ihr wird vorgeworfen, an ihrer Arbeitsstelle immense Geldbeträge veruntreut zu haben. Ihre Ermittlungen beweisen zu ihrer Überraschung einen Zusammenhang mit dem Mordfall , und ihre Feststellungen werden für sie lebensgefährlich…

„Preis der Gier" erscheint Ende 2018 bei Books on Demand.

236